大师谈爱情

THE MASTER'S INTELLIGENT SERIES

张莹◎编著

时代文艺出版社
SHIDAI WENYI CHUBANSHE

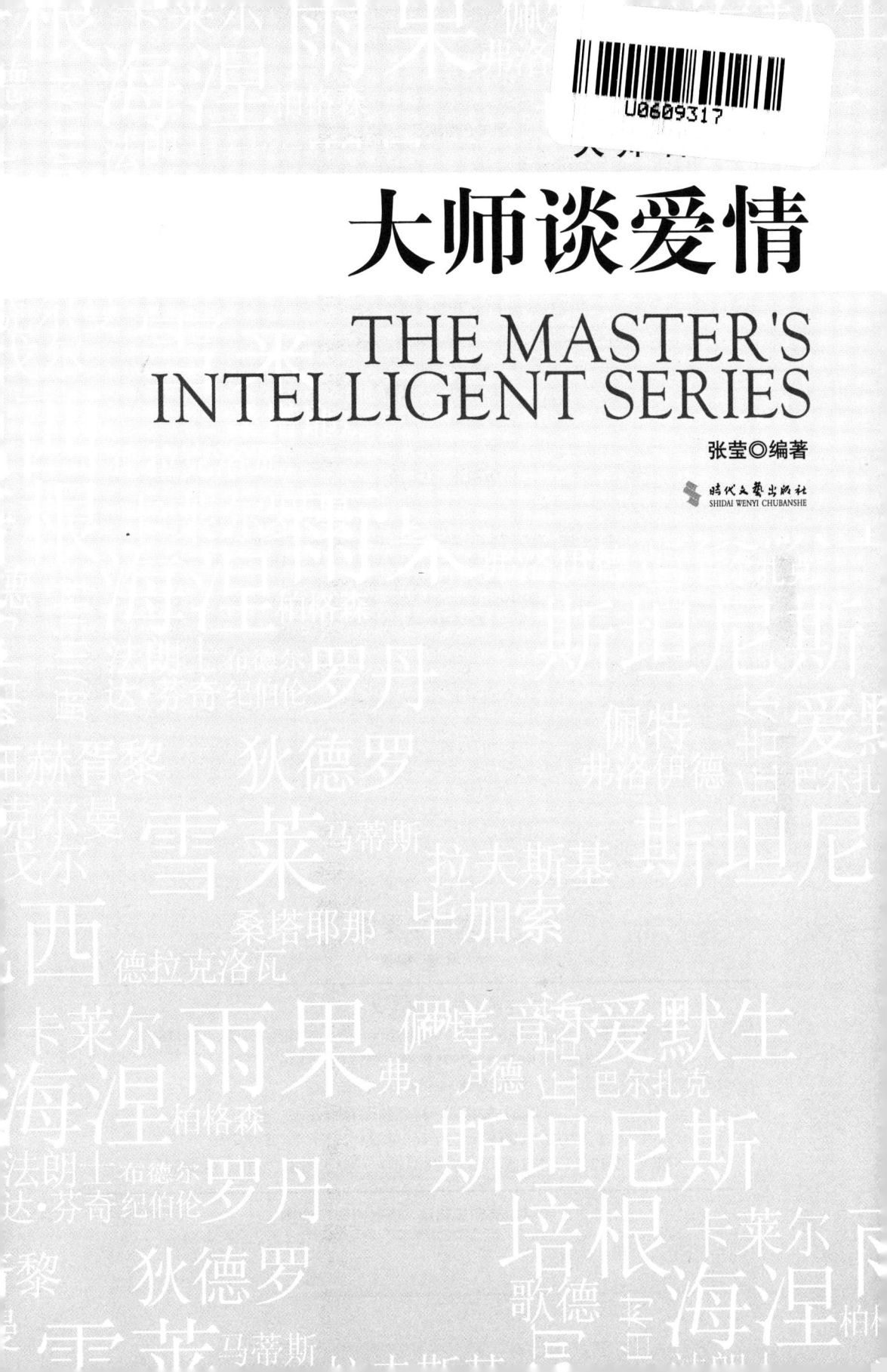

图书在版编目（CIP）数据

大师谈爱情 / 张莹 编著. 一长春：时代文艺出版社，2011.4（2023.7重印）
（世界大师的生命智慧）

ISBN 978-7-5387-3703-5

I. ①大... Ⅱ. ①张... Ⅲ. ①散文集－世界 Ⅳ. ①I16

中国版本图书馆CIP数据核字（2011）第140166号

出 品 人 陈 琛
选题策划 朱凤媛
责任编辑 苗欣宇 田 野
装帧设计 孙 俪
排版制作 沈 荣

大师谈爱情

张莹 编著

出版发行 / 时代文艺出版社

地址 / 长春市福祉大路5788号 龙腾国际大厦A座15层 邮编 / 130118
总编办 / 0431-81629751 发行部 / 0431-81629758
官方微博 / weibo.com/tlapress
印刷 / 永清县晔盛亚胶印有限公司
开本 / 710×1000毫米 1 / 16 字数 / 235千字 印张 / 15
版次 / 2012年1月第1版 印次 / 2023年7月第3次印刷 定价 / 58.00元

目录

CONTENTS

门肯

亨利·路易斯·门肯（1880—1956），美国作家，评论家。
主要作品有《美国语言》《偏见集》等。

※ 女性的智慧

男人的女眷们不管表面上对男人的优点和权威怎么尊重，私底下却总把他视为蠢材，而且还觉得他有点可怜的。男人的言行纵然显得很漂亮，也难以骗得过她们，因为她们了解他真正的底细，知道他肤浅又可怜。或许个中自有什么地方足以说明女人自有女人的聪颖，或如常言所说，具有女性的直觉。这所谓的直觉就表现在：对实际情况具有敏锐精确的洞察力，从来不为感情所动，始终能够把现象与本质区分得泾渭分明。在一般人的家庭圈子里，这里所谓的现象是位英雄、权贵、半个神仙，而所谓的本质则是个可怜的江湖骗子。

的确，做妻子的兴许会羡慕丈夫的某些使她比较平心静气的特权和情感。丈夫享有做男人的行动自由和选择职业的自由；他莫名其妙地洋洋自得；他像农民一样有些小小的不良嗜好；他有本事把真情的生硬面孔藏起来，装出一副风流多情的样子；平常里他像孩子一般天真无邪。这一切做妻子的也会羡慕，但是她从不羡慕丈夫那内里空虚、荒唐可笑的心灵。

女人就是这样，能够机敏地感觉到男人在装模作样，说大话，夸海口，心里真切地明白男人永远是可悲而又可笑的角色，可是她们表面上流露出来的却是一番嘲弄式的怜爱，世人称此为"母性"。女人之所以要像做母亲那样地对待男人，只是因为她们看的透彻，知道男人窝囊，需要周围的人对他们和蔼可亲，同时又自欺欺人得十分可爱。女人这种嘲弄态度不仅在现实生活中随时可见，就是在女作家的作品里也是贯穿始终的基调。女小说家大凡手法高明值得认真一读的，从不以认真的笔调刻画男主人公。从简·奥斯丁到塞尔玛·拉格洛夫，没有一个不在塑造人物时抱一种傲慢冷漠的态度，注入一丝疏于掩饰的调侃口吻。我想不起来女人笔下的男性角色有哪一个骨子里不是蠢材的。

人类已经进入老迈成熟的阶段，竟然还要论证妇女也具有得心应手的聪明才智。毫无疑问，这有力地证明做丈夫的眼力很成问题，成见深得已不可救药，智力又普遍低下。其次，女人不仅聪明，而且还几乎独占了某些比较含蓄、实用的聪明才智。说实在，把这种聪明才智本身说成是女人特有的气质也未尝不可，因为其中不止一处流露出显著的女性特征，就像狠毒、自虐或喜好红妆粉黛也显然属于女性的特征一样。男人身心刚强，打架拼杀了无惧色。他们浪漫多情，钟爱自认为善与美的东西；崇尚信义，生性乐观，乐善好施；懂得苦干又能持久的诀窍；待人和蔼宽厚。不过，说到男人具备最基本的聪明才智，说到他们似乎还能够透过妄想和幻觉的外壳发现并展示永恒真理的内核——至少从这方面说，他们还十分娇嫩，仍然还乳臭未干。男人的根本特点和品性，也就是说那些还没有堕落的男人的特征，在傻瓜身上也能找到。史前野人肌肉发达，臭气满身。如果没有女人管着，替他操心，他就十足一副可怜相：一个长了胡子的娃娃，一只身大如牛的兔子，简直是对上帝的荒唐拙劣的丑化。

当然，我这里并非说阳刚之气对生化反应复合物造就卓越才能的过程毫无作用。我只是说，这种复合物离开了女性的柔弱就不可能形成，它是两种成分交互作用的产物。在天才女性身上可以看到相反的情形。她们一般都有点男子气，不仅锋芒毕露，而且也刮刮脸什么的。比如：乔治·桑、叶卡捷琳娜大帝、英国的伊丽莎白女王、罗莎·博纳尔、特雷莎·卡里诺、科西玛·瓦格纳等人就是如此。无论男性还是女性，不蕴涵一点异性的特征，就不可能取得登峰造极的成就。男人身上要是没有一点女人的气质做弥补，便会过分愚钝，过分的天真烂漫，太容易被想象哄得昏昏入睡，成不了大器，最多只能当个骑兵、神学家或是公司的经理之类的人物。而女人要是没有一点男人那奇妙的天真劲儿，便会过分的现实，不容想象力海阔天空任由驰骋，而所谓天才，它的核心就是想象力。男子汉气概十足的男人缺乏机智，无法如实表达自己心底里的远大梦想，而彻头彻尾的女人则往往把人生看得太穿，压根儿就没有梦想。

男人自恃甚高，总以为女人天资不足，学不了男人那一大堆小聪明，那一套没有用的学问和枯燥乏味的陈词滥调。而一般男人用心思主要靠的就是这些。丈夫认为自己比妻子聪明，不是因为自己能把一系列数字加得准确无误，就是因为自己分得清政敌之间主张的异同，再不然就是因为自己摸着了某种肮脏下流的买卖或行当的底细。当然，这种才能无聊得很，实在算不上才智的标志，实际上不过是一套小花招、小噱头而已。掌握这套东西跟猩猩学接铜板儿、划火柴差不多，并不怎么费心劳神。

男人里面的一般商人甚至专业人才的脑袋里装的那套过时的思想全都幼稚得出奇。世间日常的沿街叫卖，讨价还价或是按照一般常规开点蹩脚的药，胡乱办个案，同驾驶出租车、煎一盘鱼没什么两样，都不需要真正的精明。说实在，明眼人同一般的商人和专业人才——我只说那些成功发迹的人，且不说那些明显失意潦倒的人——接触多了，谁都会纳闷这些人怎么都是呆头呆脑的，老实天真得不可救药，而且还不通常情，实在让人吃惊。已故的弗朗西斯·查尔斯·亚当斯的祖父和曾祖父都曾是美国总统，他本人一辈子与美国几位"天才"实业家过从甚密，晚年时曾透露说他从未听到其中任何一位说过什么值得一听的话。按说这些人都是生气勃勃、颇有男子汉气概的，在男人的世界里也是功成名就的人，可是论智力一个个都是不中用的酒囊饭袋。

的确，有相当的根据可以说，这种禀性的男人要是真的聪明，就绝不会在粗俗平庸的小事上获得成功；而他们善于掌握并记住作为看家本领的那套胡言乱语，则恰恰证明他们的智力低下。这种说法不消说是有根据的。世人公认的一流人才往往对所谓的实际问题束手无策。要是让亚里士多德用3472701乘以99999，很难想象他会不出错，也难以想象他能记住这条或那条铁路两年内运量比例的变化幅度、一百磅三寸大钉的数目或是猪油从加尔维斯顿运到鹿特丹的运费。同样也无法想象他会精通桥牌、高尔夫球或别的什么愚蠢的玩意儿，即那些所谓事业成功的男人才借以消遣娱乐的玩意儿。哈夫洛克·埃利斯对英国的天才作了了不起的研究，发现一流的男人几乎没有一位精于此等雕虫小技。他们不善系领带，理财记账让他们大伤脑筋，对党派政治一窍不通。总之，他们恰恰就是在一般男人最能充分发挥自己的活动领域里寸步难行，无能为力，很容易被实际智力像猩猩一样远在他们之下的人所超过。

这种心不灵手不巧，不会小手艺小诀窍的情况，理发师见了一定会说笨，生意兴隆的男服店老板准会说傻透了。其实，这种特点是一流男人同一二流甚至三流女人共有的特点。做事要心灵或者手巧，在有些职业里显得很突出，比如钢琴调音、当律师或是给报纸写社论等，尽管这些职业绝大部分都是妇女在体格上完全力所能及的，其中妇女因为有极其巨大的社会障碍而不能从事的职业也并不多，可是妇女在这些职业上成功的事例却难得听说。她们当律师、编辑或厂长，搞批发，开旅馆毫无建树的原因不在外部。社会上种种禁忌的阻碍作用并不大。敢想敢干、不顾禁忌、闯入禁区而安然无恙的女人大有人在。一旦闯了进去，就不会再有什么特别的障碍。可是，众所周知，真正从事这些行当和职业的妇女为数很少，其中与男人竞争的过程中成名成家的更为数寥寥。

个中原因，我已说过，不在外部，而在内部，在于她们也意识到天外有天，因而心思不定；她们也嫌小事微不足道，俗不可耐，但是又不善机械呆板的例行公事和空洞无聊的技艺。这种情况也存在于层次较高的男人中间。大多数男人办事因袭常规，可以熟练到有意无意的程度，并且因此而得意自夸。而女人即便从事按基督教国家习俗规定专属于她们的事情，也难得见到有这样熟练，常听人们说，真会做饭的家庭主妇，自己会做衣服而活儿做得粗看起来看不出是她自己做的家庭主妇，善于给孩子讲解品行、学问和个人卫生原理的家庭主妇，实属凤毛麟角，要是遇着个别，人们所敬重的却往往不是她的大才大智。

美国的情形尤其这样。在美国，妇女的地位比别的文明国家或半文明国家都要高，认为妇女智力不如男人的旧观念遭到非常有力的否定。美国资产阶级家庭的餐桌突出证明美国家庭主妇的手艺有缺陷。应邀赴宴的宾客，但凡珍爱自己脾胃的都尽量避免受这份洋罪，实在躲不过时，就当自己遇着一个有手颤毛病的人给自己刮胡子一样，无可奈何地忍着点。世界上只有美国的妇女最有增进智力的闲暇和自由，智力水平最高。但是，家里饭菜最差的在美国，治理全部家政最欠妥当的在美国，请外人、而且是男人代劳、做按理说自己能够承担的事情最多的也在美国。难怪这个妇女获解放受尊崇的国家竟然是汤料罐头、豆炖猪肉罐头、套餐罐头以及其他一切现成食品的王国，而且世界上当以美国人最喜欢把培养儿童智力的任务全部塞给大多数是白痴的专职教师去承担，把儿童体格锻炼、健康护理的事情全部交给大多是江湖骗子的儿科医生、体育"专家"、性卫生专家等诸如此类的专业人才。

总之，当今的社会组织方式迫使社会上许多人为了谋生不得不操作本行业机械枯燥的手艺。妇女们则厌恶这种机械枯燥的事情，不过往往是不自觉的，有时甚至还乖乖地逆来顺受。妇女们则厌恶说明她们聪颖机敏。她们要是乐于从事这类手艺，引以为荣，而且还以勤勉娴熟的态度加以表示，那就把自己降到了与侍者领班、会计师、教师或者地毯掸灰工之流的男人同等的水平之上，还颇为得意。女人但凡不是愚顽至极的，生来就有完全逃避责任的倾向；如果实在无法逃避，就把要求降到不能再降的地步。如果某个意外事件使女人暂时或永远打消结婚的念头，并投身到世间一般的事业中与男人较量，那么她们通常所开创的事业又可用来证明她们才智高超。妇女无论从事什么工作，凡是只需要反复不变的技巧、不很高明的骗人伎俩的，往往都失败；凡需要独立思考、随机应变的，却常常得手。所以，她们当律师十有八九不成功，因为当律师只需用空洞言辞、陈腔滥调作武器，惯于把这些言之无物的废话说得比常情、真理和正义还要动听。

她们经商也十之八九会亏本，因为做生意大体上就是浅薄琐碎的交易活动加上坑蒙拐骗凑成的杂烩，而她们的正直感使她们厌恶这种东西。但是，女人当护士一般都很成功，因为护士这个职业需要心有灵犀，面对从未遇到的情况时，需要机敏和勇气，尤其需要善解人意、驾驭病人的本领。凡是在技艺方面，尤其在那些只是需要思维敏捷、不需要天才妙招予以配合的次要层面上与男人展开竞争时，她从来就毫不逊色。就是在烟花巷里人们也会发现足够的机智和勇气以及落难时能屈能伸的韧性。这些品质足以使任何由男人专门从事的职业所需的禀赋相形见绌。如果一般男人的工作需要的精明机灵只是干老鸨那个行当所需的一半，那么他们随时都有挨饿的危险。

人人都知道，男人对女人智力胜过自己总是耿耿于怀，自负的心态驱使他们否认自己不如女人。不过他们也难得用心思索，进行逻辑分析和有证有据的分析，无法驳倒这种说法。再说他们的态度从表面上看似乎也有一定的来由。他们把一种人为制造的品格强加在女人头上，完全掩盖了她们真正的品格，而这种自欺欺人的态度却得到女人的鼓励，因为女人们觉得这样有好处。但是，尽管每个正常的男人都自称比所有的女人、尤其比自己的妻子天分高，并且聊以自慰，可他们偏偏又不断地戳穿自己的牛皮，老是求助于他们所谓的女人的直觉，对女人言听计从。这就是说，男人切身体会到，女人对许多重大事情的判断比自己周密深刻。可是他们又不愿意承认女人之所以有这样深邃的洞察力是女人的才智胜出一筹的缘故，于是他搬出一种理论，说这是由于女人有某种无形而让人捉摸不透的百猜亘是的天赋，有某种半神秘的超级敏感性，有某种朦胧的（实质上是近于人类而又非人类的）本能。

但是，只要研究一下什么样的情况促使男人求助于所谓女人的本能，便能了解这种本能的实质是什么。男人求助不是出于天天操心的纯技术问题，而是出于一些比较罕见、比较根本因而困难得多的问题。这种难题只是偶尔才遇到一个，因此考验他们的不是在技巧上能否训练出来的问题，而是是否具有真正的逻辑推理能力。依我看，男人里面除了自知不行而且怕老婆以外，没有一个会为了雇佣职员，贷款给某个小客户或是为了某个经常耍弄的骗钱花招去请教妻子。可是，事关找个做买卖的伙伴，候补公职或是千金出阁之类的大事，连极其自负的男人都会探探妻子的口风。因为这类事情至关紧要，涉及前程幸福之根本，需要当事的男人集思广益才好。决策不误，关系重大，连虚荣心也会为之收敛。正是在这种情况下，女人超群的领悟力不言而喻便有了用武之地，而且还必须承认这一点。正是在这方面，女人不受男人那种所谓的情感、迷信思想和陈规陋习的影响，将自己区分现象与本质的独特天赋用之于工作，发挥那称之为直觉的东西的作用。

直觉？瞎说八道！女人是人类最卓越的现实主义者。她们表面上似乎不懂逻辑，实际上通晓一种罕见、隐晦的超级逻辑。她们表面上似乎反复无常，实际上执拗地坚持真理，尽管真理像水母一样飘忽不定，她们却始终执拗地追随真理。表面上她们似乎十分鲁钝，容易上当受骗，实际上她们心明眼亮得很……男人身上有时也显示出同样无情的聪颖，这种男人比一般的男人来得冷漠沉着，天生具有特殊的逻辑头脑，深知世态炎凉，喜欢冷嘲热讽。男人偶尔也很有头脑，但是，男人中间像年已四十八岁、儿女成群的妇女那样的头脑冷静聪颖、判断一贯正确、很少为表面现象所迷惑的，我敢冒昧地说一句，实在少而又少。

（吴嘉水 译）

伍尔芙

维吉尼亚·伍尔芙（1882—1941），英国著名女作家，西方意识流小说代表人物之一。代表作有《奥尔兰多》《一间自己的房间》《三个基尼》《黛洛维夫人》《到灯塔去》《海浪》和《幕与幕之间》等。

※ 自己的一间屋子（节选）

第三章

晚上没带回重要的论述、可信的事实，未免令人扫兴。女人比男人穷，由于——这个或那个原因。也许现在最好是放弃寻求真理，并且轻而易举地接受山崩似的压来的见解，它们像熔岩一样炽热，像洗碗水一样脏。最好是拉上窗帘，排除分心的事儿，点上灯，缩小探究的范围，请记录事实而并非见解的历史学家描述一下，妇女是生活在什么状况之下，而且不必包括所有的时代，只谈谈英国，比如说在伊丽莎白时代。

这是因为，在那每两个男人中就有一个似乎能写韵文或者十四行诗的时代，却没有一位妇女写过一句，来参与那非凡的文学盛事。何以至此，长期以来令人百思不得其解。妇女生活在什么状况之中呢，我问自己，须知小说既是想象的作品，就并非像卵石一样忽然落在地上——科学倒是可能那样落地。小说像蜘蛛网，也许始终只是轻微地挂靠，但却仍然四个角都依附于生活。这种依附往往难以为人们所察觉，例如，莎士比亚的戏剧就似乎完全不依附他物地飘浮着。但是当这个网被扯歪，边上被钩住或中间被撕开时，人们就会记得，这些网并不是由无形体的生物在空中织成的，而是受苦受难的人的作品，并且依附于大体上是物质的事物，如健康、金钱和我们所居住的房屋等。

因而，我走到放历史书的书架前，取下一本最新的历史著作，即特里威廉教授的《英格兰史》。我又一次在索引中查找"妇女"一语，找到了"其地位"一栏，并翻到它所指出的有关页码。"打老婆，"我读道，"是男人的一种得到公认的权利，不论高低贵贱，大家都打老婆而不觉得羞耻。……同样，"这位历史学家继续写道，"女儿拒不嫁给父母所选择的夫婿，就有可能被关起来，在屋里被打来打去，而绝不会引起公众舆论的震惊。婚姻并不是关乎个人情感的事，而是关乎家庭贪心聚财的事情，在'具有骑士之风'的上流社会当中尤其是如此……往往一方或者双方还在摇篮里就已经订婚了，还没有完全脱离保姆的照顾就已经成婚了。"那大致是1470年，乔叟时代刚结束不久。下一次提到妇女的地位是大约二百年之后，在斯图亚特王朝时期。"由贵族阶级和中产阶级的妇女自己选择丈夫，仍属例外，而丈夫一被指定，他就成为一家之主，起码法律和习俗承认他是一家之主。"然而，特里威廉教授断言道，"不论是莎士比亚笔下的女性，还是可信的17世纪回忆录中的女性，比如说弗尼夫妇的回忆录和哈钦森夫妇的回忆录中的女性，似乎都并不缺乏个性和特色。"克莉奥佩特拉，我们可以设想，必定有自己的癖性；麦克白夫人，我们会推测，有着自己特有的意志；罗莎琳德，我们可断定，是一位媚人的姑娘。特里威廉教授评论说莎士比亚笔下的女性似乎并不缺乏个性和特色时，他只不过是说了实情。我们既然并非历史学家，也就甚至可以进而说自最早期起，在所有诗人的作品之中，妇女都像烽火般燃烧着——在剧作家的笔下，有克吕泰涅斯特拉、安提戈涅、克莉奥佩特拉、麦克白夫人、菲德拉、克瑞西达、罗莎琳德、苔丝狄蒙娜、马尔菲公爵夫人；还有在散文作家的笔下，有米勒芒特、克拉丽莎、蓓基·夏泼、安娜·卡列尼娜、爱玛·包法利、盖芒特夫人——在脑海中这些名字纷至沓来，而且她们绝不会使人想到妇女"缺乏个性和特色"。确实，倘若妇女只存在于由男人所写的虚构作品之中的话，那么人们就会想象妇女是最为重要的人，千姿百态，既崇高又卑贱，既光彩照人又令人沮丧，既美艳绝伦又极端丑陋，像男人一样伟大，有人认为甚至比男人还要伟大，但这是虚构中的妇女。诚如特里威廉教授所指出的，实际上妇女是被关起来，在屋里被打来打去。

这样一来，一种非常奇怪的复合人就出现了。在想象中，她最为重要，而实际上，她则完全无足轻重。从始至终她都遍布在诗歌之中，但她又几乎完全缺席于历史。在虚构作品中，她主宰了国王和征服者的生活，而实际上，只要父母把戒指硬戴在她手上，她就是任何一个男孩的奴隶。在文学中，某些最有灵感、最为深刻的思想从她的嘴中吐出，而在实际生活中，她却几乎不识字，几乎不会拼写，而且是她丈夫的财产。

由先读历史、再读诗作而构想出的女人，当然是一个奇特的怪物——长着鹰翅的蠕虫，在厨房里剁板油的生命与美的精灵。但是这些怪物，不管想象起来多么有趣，事实上却并不存在。若想使她活起来，人们就必须既充满诗意地又平淡无奇地进行思考。既与事实保持接触——也就是说，她是马丁太太，三十六岁，穿蓝衣服，戴黑帽子，穿棕色的鞋；但又不忘记虚构——也就是说，她是一个容器，内有各种各样的精神和力量，在不断地运行着，闪烁着。然而，人们一把这个方法用于伊丽莎白时代的妇女，事实的缺乏便令人望而却步，这个方面的阐述也就无法进行。有关她，人们所知的没有一件事是详尽的，是完全真实的和实质性的。历史几乎没有提及她。于是我又求助于特里威廉教授，看看历史对他意味着什么。我翻看他的历史著作的各章的题目，发现历史对他意味着——

"采邑宅第和公田农业的耕种方法……西多会修士与养羊业……宗教战争……大学……下议院……百年战争……玫瑰战争……文艺复兴时期的学者……

修道院的瓦解……农村的及宗教中的冲突……英国海上势力的发端……西班牙无敌舰队……"等等。偶尔也有某个妇女被提及,一位名叫伊丽莎白的女人,或者一位名叫玛丽的女人,一位女王或者一位贵妇。但是除了脑力和品德之外再无他物可由自己支配的中产阶级妇女,就绝无可能参加任何伟大的运动,而那些运动的集合,就构成了历史学家对往昔的见解。我们也不会在任何逸事集中发现她。奥布里难得提到她。她从不写自传,几乎不记日记,现存的只有她的几封信。她没有留下我们可以据以对她作出评价的戏剧或者诗歌。

我以为,人们所需要的,是大量的信息:她什么年龄结婚,她一般说来有几个孩子,她的住宅是什么样子,她有自己的房间吗,她下厨吗,她会有一个仆人吗?——在纽纳姆学院或者格顿学院,怎么就没有某个才华横溢的学生提供这些资料呢?所有这些事实大概是在教区记事录和账簿上。

伊丽莎白时代的普通妇女的生活一定是散见于某些地方,倘若能把它们收集起来,就能写成一本书。在书架上寻找那些架上没有的书之时,我想,向这些名牌大学的学生建议说她们应该重写历史,是超出我的胆量的奢望。尽管我认为,现有的历史似乎有点古怪,不真实,不平衡。不过她们又为什么不应该为历史加上一个补遗呢?给它补遗一个不惹人注目(这是当然的)的名字,让妇女可以不违礼法地出现在其中,这又有何不可?须知人们经常在伟人的传记中瞥见她们,她们匆匆而过消失在背景中,有时我想,她们隐藏了一个眼色,一声大笑,也许还有一滴泪水。毕竟,我们有足够的简·奥斯丁的传记,而且似乎无必要再次考虑乔安娜·贝利的悲剧对埃德加·爱伦·坡的诗歌的影响,而就我本人而言,如果玛丽·拉塞尔·米特福德的家和她经常光顾的地方向公众关闭一百年以上,我不会在乎。但是,当我继续在书架上四处寻找时,我发现,有关18世纪以前的妇女,一切都不得而知,这令我哀叹。在我的脑海中并没有一个可令我以这种或那种方式反复思考的例子。

我要问的是,为什么在伊丽莎白时代妇女不写诗歌,而且我也不清楚,她们是怎样受到教育的,她们是否被教会写字,她们是否有自己的起居室,有多少妇女在二十一岁以前就有了孩子,简单地说,她们从上午八时到晚上八时做什么。她们显然没有钱;按照特里威廉教授的说法,不管她们愿意不愿意,她们还没有走出儿童室就已经嫁人了，大有可能是在十五六岁时出嫁。凭上述情况，我断定，若她们当中有人突然写出了莎士比亚的剧本，反倒是极其古怪的。我又想到一位老绅士，他现在已经死了，但我想他曾是位主教，他宣称，任何女人，不论是过去的、现在的还是将来的，都不可能拥有莎士比亚的天才。他为报纸撰文阐发此见，他还告诉一位向他咨询的女士，猫上不了天国，尽管——他补充说——猫也拥有某种灵魂。这些老绅士用了多少心思来拯救我们啊！他们一到，无知的疆界便怎样地退缩了！猫上不了天国，妇女写不了莎士比亚的戏剧。

不管怎样，当我看着书架上的莎士比亚的作品的时候，却不能不想到，那位主教起码在一点上是对的，那就是，让任何妇女在莎士比亚的时代写出莎士比亚的戏剧，是不可能的，完全不可能的。既然事实如此难以获得，那就让我想象一下吧。假如莎士比亚有一个具有惊人天赋的妹妹，比如说名字就叫朱迪思，那又会发生什么事呢？莎士比亚本人很可能上了文法学校——须知他的母亲是一位女继承人，在学校里他可能学了拉丁文——读了奥维德、维吉尔和贺拉斯的作品，并学了基本的语法和逻辑。谁都知道，他是一个桀骜不驯的孩子，偷猎过兔子，也许还射过鹿，并不得不年纪轻轻就过早地娶了街坊里的一个女子，那女人婚后远未到十个月就给他生了一个孩子。这种越轨行为把他送到了伦敦去寻找出路。他似乎对戏剧有特殊的爱好，他先是在剧场门口给人们牵马。不久他就在戏院找到了工作，成了一位有成就的演员，并且生活在世界的中心，会见每一个人，什么人都认识，在舞台上实践着他的艺术，在街上运用着他的才智，甚至进入女王的宫殿。

而同时，我们可以设想，他的具有非凡天赋的妹妹却呆在家里。她就像他一样喜欢冒险，一样富于想象，一样渴望着了解世界。但是她没有被送去上学，她没有机会学习语法和逻辑，更不要说阅读贺拉斯和维吉尔的作品了。她有时拿起一本书，也许是她哥哥的一本书，并且读上几页。但接着她的父母就走进来，吩咐她去补袜子，或者是照看一下炖肉，而不要痴迷地看书读报。他们说话时严厉而又慈祥，他们是家境殷实的人，知道女人的生活状况并且爱他们的女儿——确实，极有可能她是父亲的掌上明珠。也许她偷偷地在存放苹果的阁楼上涂写过几页什么，但要么是仔细地把它们藏起来，要么就是把它们烧掉。不久，年仅十几岁的她就被许配给街坊里一位羊毛商的儿子。她强烈反对，说她讨厌结婚，因此又被父亲狠狠打了一顿。然后他不再斥责她，而是乞求她，求她不要伤害他，不要在婚事上使他蒙受耻辱。他说，他会给她一串珠饰，或者一件漂亮的裙子，而且他的眼里含着泪水。她又怎能不听从他呢？她又怎能伤他的心呢？但天赋的力量驱使她违抗父命。她把自己的物品包成一个小包袱，在一个夏夜攀着绳子下了楼，取道去了伦敦。她还不到十七岁。在树林中唱歌的鸟儿不比她更具有音乐才能。对于词语的声调，她拥有最敏捷的想象力，类似她哥哥的天赋。像她哥哥一样，她也对戏剧有特殊的爱好。她站在剧场门口，说，她想当演员。男人们当面笑她。经理——一位多嘴的胖男人——狂笑起来。他大叫大吼地说了一通——他说，女人不可能成为演员。他暗示——你能够想象他暗示的是什么。她不能够训练她的技艺。难道她能到酒馆求客饭，或者是半夜在街头徘徊吗？但是她的天才是在虚构想象方面，渴望着从男人和女人的生活以及对他们的癖性的研究中摄取丰富的养分。最后——须知她非常年轻，脸庞奇妙地像诗人莎士比亚，长着同样的灰眼和弯眉——最后演员经理尼克·格林动了怜悯心；于是她发现自己怀上了那位绅士的孩子，因而——当诗人的心被女人的躯体所拘囚、所纠缠时，又有谁能估量出其中的炽烈和狂暴呢？——因而她在一个冬夜自杀了，埋在某个交叉路口，位置就是现在公共汽车在"大象与城堡"酒馆外面停车的地方。

我以为，倘若在莎士比亚时代有一位妇女具有莎士比亚的天才的话，那么她的故事就会大体是这个样子。不过就我而言，我倒赞同那位已故主教——如果他的确是主教的话——的看法，即在莎士比亚的时代会有某位妇女具有莎士比亚的天才，这是难以置信的。因为像莎士比亚那样的天才不是在劳动的、未受过教育的、做奴仆的人们当中诞生出来的。在英格兰，他不是诞生在撒克逊人和布立吞人当中。在今天，他不会诞生在工人阶级当中。那么，他又怎么能在妇女中产生呢？要知道按照特里威廉教授的说法，她们在走出儿童室以前就已开始了工作，她们的父母逼迫她们，而法律和习俗的各种力量又把她们约束在这类工作中。妇女中必定也存在某种天才，正如他必定存在于工人阶级当中一样。时而有一位艾米莉·勃朗特或者一位罗伯特·彭斯一时闪耀夺目，证明了天才的存在，但这种天才肯定从未诉诸于笔墨。然而，每当读到一名女巫被人们所回避，或者某女被魔鬼所附身，或者一个聪明的女人在卖药草，或者甚至某个杰出的男人有位母亲时，我就想到，我们是碰到了一位迷途的小说家的踪迹、一位被压抑的诗人的踪迹，某个沉默而又湮没无闻的简·奥斯丁或者艾米莉·勃朗特的踪迹，她在荒野把自己的头撞破，或者在大路旁做鬼脸怪相，因为她的天赋折磨着她，使她发狂。确实，我倒乐意冒昧猜测，那写了许多诗歌却又不署名的古代无名氏，多半是妇女。我以为这令人想到女性是爱德华·菲茨杰拉尔德，她创作了民谣和民歌，向她的孩子们低声吟唱，用这些民谣和民歌帮助她度过纺线的时光，或者消磨漫长的冬夜。

这也许是真，也许是假——谁能说得清呢？但是在回顾我所杜撰的莎士比亚的妹妹的故事的时候，我觉得，其中的一点是真实的，即在16世纪出生的任何一位具有了不起的天赋的妇女都必然会发狂、杀死自己，或者在村外的某个孤独的茅舍里了结一生，半是女巫，半是术士，为人们所惧怕又为人们所嘲笑。因为只要精通心理学就可确知，一个试图将其才能用于诗歌创作的极有天赋的姑娘，一定会遭到其他人的反对和阻挠，并会被她本人的矛盾的本能所折磨和撕裂，结果她无疑会丧失健康和健全的神智。没有一个姑娘能够走到伦敦，站在剧场门口，闯到演员经理的面前，而又不使自己受到侮辱并蒙受痛苦。这痛苦也许是非理性的——因为贞节可能是某些社会出于未知的原因而创造出来的一种崇拜对象——但又是不可避免的。贞节在当时，甚至在现在，都在妇女的生活中具有一种宗教式的重要性，并且被神经和本能团团裹住，因而若要把它解放出来并置于光天化日之下，需要有最为罕见的勇气。

对一位女性诗人和剧作家来说，在16世纪的伦敦过自由的生活就意味着精神紧张和进退两难，而那种处境完全可能置她于死地。倘若她幸存下来的话，那么她所写的东西，不管是什么，都是会扭曲的，变形的，是从一种勉强而又病态的想象中产生出来的。看着没有妇女的剧作的书架，我想，毫无疑问她的剧作不会有署名。她一定会以匿名作避难所。正是贞节感的遗威令妇女甚至迟至19世纪仍隐姓埋名。柯勒·贝尔（柯勒·贝尔是夏洛蒂·勃朗特的化名。她和妹妹艾米莉和安于1846年出版了一本诗集，书名为《柯勒·贝尔、埃利斯·贝尔、阿克顿·贝尔诗集》）、乔治·艾略特、乔治·桑，她们的作品证明她们是内心冲突的牺牲品，她们寻求使用男人的名字把自己遮掩起来，虽然并不成功。这样一来，她们也就向习俗表示了敬意，那种习俗如果不是由另一性别的人所牢牢树立起来的话，也是他们大加鼓励的。那习俗认为，妇女引起公众注意是令人厌恶的。（佩里克利斯说，一个女人的主要光荣就是不被人们谈及，而她本人则是为人们所大量谈论的一个人。）匿名在女人的血液中流动，想把自己遮掩起来的欲望控制着她们。甚至现在她们也不像男人那样关心自己的声誉的健康。一般说来，她们走过墓碑或者广告柱时，并不会感到有要将自己的名字镌刻其上的不可抗拒的欲望。这就与阿尔夫、伯特或者蔡斯等不同。这些男人一定会遵从本能行事，若是看见一位漂亮女人走过，或者甚至是一条狗，那本能就会低语道：这狗是我的。当然，涉及的也可能并不是狗，我想，我记起了议会广场、西吉斯林荫道，以及其他的林荫路；它可能是一块地，或者一个长着黑色卷发的男人。

因此，那个在16世纪诞生并具有诗歌天赋的女人，就是一个不幸的女人，一个与自身相冲突的女人。要释放出她脑子里的东西（不论是什么），须有一种心境，然而她的全部生活条件，她所有的本能，都与那心境相冲突。不过我要问，什么是最有利于创作行为的心境呢。人们能够了解促进那种奇怪的活动、使之成为可能的心境吗？这时我打开了内有莎士比亚的悲剧的那卷书。例如，当莎士比亚写作《李尔王》和《安东尼和克莉奥佩特拉》时，他是处于何种心境呢？那自然是古往今来最有利于诗歌写作的心境了。不过莎士比亚本人对此只字未提。我们只是无意中偶然知道，他"从未涂抹过一行字"。也许直到18世纪，有关自己的心境，艺术家事实上从未说过一个字。也许卢梭是说出自己心境的第一人。无论如何，到19世纪自我意识已得到长足的发展，结果在《忏悔录》和自传中描述自己的心境成为文人的习惯。他们的传记纷纷写出，他们的信件也在死后被印行。这样一来，尽管我们并不知道莎士比亚在写作《李尔王》时经历了什么事情，我们却知道，卡莱尔在写作《法国革命》时经历了什么事情，福楼拜在写作《包法利夫人》时，或济慈试图以写诗来对抗死亡的到来和世人的冷漠时，经历了什么事情。

从这数量巨大的现代忏悔和自我分析文学中，人们推断出，写出一部天才的作品几乎永远是极其困难的壮举。天地万事都使那天才作品无法完完整整地从作家的头脑中娩出。一般的物质环境与之相悖。狗会吠叫，人们会打扰，钱必须得挣，身体会垮掉。此外，使得所有这些困难加剧并令人更难受的，是这个世界臭名昭著的冷漠。这个世界并不要求人们写诗歌、小说和历史。它并不需要这些。福楼拜是否找到了合适的用字，或者卡莱尔是否严格认真地核实了这个或那个事实，这个世界均不感兴趣。自然，它也不会为它所不需要的东西付钱。因而作家们，济慈、福楼拜、卡莱尔，也就注意力分散，心情沮丧，在从事创作的青年时期里尤其如此。一种诅咒，一种极度痛苦的呼喊，从这些分析和忏悔的书里升起。"伟大的诗人在不幸中死去"——这是他们歌吟的主题。如果尽管经受了这一切还是有某作品最终完成了，那就是奇迹了，而且大概没有一本书在诞生时与当初的构思完全一样而毫无残缺。

但是，在看着空空的书架的时候我想道，对妇女来说，困难必定更加令人畏惧。首先，直到19世纪初，她要自己的一间屋子也是办不到的，更不要说是一间安静的、隔音的屋子了，除非她的父母格外富有或者身份格外高贵。她的零用钱依赖于她父亲的仁善，既然这零用钱仅够她有衣服可穿，她也就不能拥有那些甚至光顾诸如济慈或丁尼生或卡莱尔之类的穷男人的慰藉，如：徒步旅行；到法国作一小小的漫游；或享有单独的房间——那住房即使寒碜，也可以使男人们免受其家庭的种种强求和专横之苦。有形的困难令人生畏，但无形的困难更糟。济慈和福楼拜以及其他的天才人物发现世人的冷漠难以忍受，轮到女人时就不只是冷漠，而是敌意。世人对那些人说，你要是愿意写就写吧，这和我无关。但世人不对她说这话，却哄笑道：写作吗？你写作又有什么用处？我再次看着书架上的空白处，心里想，纽纳姆和格顿的心理学家可以来帮助我们了。因为，现在无疑是应该衡量阻碍和挫折对艺术家的精神所产生的影响的时候了，我就曾见过一家乳制品公司衡量普通牛奶和A级牛奶对老鼠的身体所产生的影响。他们把两只老鼠放在并排放置的笼子里，其中一只老鼠鬼鬼祟祟，胆小而又个小，另一只老鼠则毛色光亮、胆大又体硕。那么，我们又给作为艺术家的妇女提供什么食物呢？我问道，我想我记起了那份由梅脯和牛奶蛋糊构成的客饭。为了回答这个问题，我只需打开晚报，并且读一下伯肯黑德勋爵的见解——但实际上我并不打算费神把伯肯黑德勋爵有关妇女写作的见解抄录出来。英奇主教所说的话我也不想动用。哈利大街的专家尽可用他的聒噪激起哈利大街的回响，而我却依然心平气和。然而我将引述奥斯卡·布朗宁先生的话，因为奥斯卡·布朗宁先生曾是剑桥的一位大人物，过去常常对格顿和纽纳姆的学生进行考试。他常宣称，"看过任何一组试卷之后，他的印象都是，不管他可能给的分是多少，最优秀的女性在智力上都劣于最差的男人。"在说了这话之后，布朗宁先生又返回他的房间——而正是这个随后而来的事使得他讨人喜欢，并使得他在某种程度上成为既高大庄严而又通人情的人物——他返回他的房间，发现一个小马倌正躺在沙发上——"瘦得只剩下一把骨头，双颊凹陷并呈菜色，牙齿是黑的，看上去他并没有充分使用他的四肢。……'那是阿瑟'（布朗宁先生说道）。'他是一个志向确实极其高超的可爱的孩子。'"在我看来，这两幅图画始终是相辅相成的。而令人高兴的是，在这个传记的时代，这两幅图画经常确实是在相辅相成，这样我们阐释伟人的见解就能够不仅听其言论，而且也观其行止。

不过尽管现在可以这样做，在五十年前从重要人物口中吐出那种见解一定是令人畏惧的。让我们设想，有一位父亲出于最高尚的目的，不希望他女儿离家当作家、画家或者是学者。他就会说，"瞧，奥斯卡·布朗宁先生是怎么说的。"而且不仅有布朗宁先生，还有《星期六评论》，还有格雷格先生——"女性存在的本质，"格雷格先生强调说，"就在于她们为男人所赡养，又为男人所支配"——还有为数众多的男性的见解，大意是说，在智力上不可对妇女抱有任何期望。即使做父亲的并没有把这些见解大声宣读出来，任何姑娘也可自己读到，而这种阅读，即使是在19世纪，也一定会伤了她的元气，并对她的工作产生深刻的影响。总会有那种断言——你不能做这个、你没有能力做那个——须由人们向其提出抗议，加以克服。也许对小说家来说，这种病菌不再具有太大威力，因为已经有了一些杰出的女小说家。但是对画家来说，这病菌一定仍有一些作用；而对音乐家来说，我料想，它甚至现在还是活跃的，并且极有毒性。女作曲家现在的地位，就相当于女演员在莎士比亚时期的地位。我想起来了，尼克·格林说过，女人演戏令他油然想到狗跳舞，这时我记起了我所编造的有关莎士比亚的妹妹的故事。两百年以后，有关妇女布道，约翰逊说了同样的话。这里，我打开一本音乐书，说道：在这个体面的1928年，针对试图作曲的女性，那些话又再次被使用了。"关于热尔梅娜·泰勒费尔小姐，我们只须重复约翰逊博士就一位女传道士所发表的权威意见，只不过把它换成音乐术语而已：'先生，女人作曲就像狗用后腿走路。做得并不精彩，但令你吃惊的是，它竟然做出了。'"历史就是这样精确地重复着自己。

这样，我合上奥斯卡·布朗宁先生的传记并把其他的传记推到一边，我断定：显然，甚至在19世纪，妇女要做艺术家也得不到鼓励。相反，她受到冷落、非难、训斥和规劝。由于必须反对这个、不赞成那个，她的精神一定很紧张，她的精力一定遭到耗损。我们再次来到那种十分有趣而又模糊的男性情结的范围之内，那种男性情结对妇女的行动产生了十分巨大的影响；那是一种根深蒂固的欲望，与其说是希望她低人一等，毋宁说是希望他高人一等。那种欲望使他无处不在，不论人们朝何处看——他不仅挡在艺术的面前，而且还拦住了通往政治的道路，即使在他本人所冒的风险似乎微乎其微、而恳求加入者既谦卑又虔诚时也是如此。我记得，甚至贝斯巴勒女士，尽管她对政治怀有满腔的热情，却也不得不谦恭地弯下腰来，写信给格兰维尔·莱维森—高尔勋爵："……尽管我对政治热烈关注，而且对此说了这么多的话，我却完全同意你的看法，认为任何一位妇女都不该更深地介入政治或任何别的严肃事情，最多只能说说她的见解（如果有人问她的话）。"这样她就在那极其重要的话题——就是格兰维尔勋爵在下议院所作的首次演说上继续消耗着她的热情，在这里她的热情不会遇到任何障碍。这无疑是一个奇怪的景象，我想。男人反对妇女解放的历史，也许比妇女解放的历史本身更为有趣。如果在格顿或者纽纳姆的某个青年学生愿意收集范例并演绎出一种理论，那就有可能写出一本有趣的书来——不过他需要戴上厚手套，需要有棒子，以保护纯洁高尚的她。

但在合上贝斯巴勒女士的书时我又想，现在引人发笑的事情，一度却需极认真地对待。我可以向你们保证，这些现在被收于一本大家认为荒唐无稽的书中、被留下准备在夏夜里给一群优秀的听众读一读的种种见解，却曾经令人热泪盈眶。在你们的祖母和曾祖母当中，有许多人曾为此哭得死去活来。弗洛伦斯·南丁格尔在极度痛苦时曾大声尖叫。除此之外，你们已经上了大学并有了自己的起居室——或许只不过是寝室兼起居室？你们有理由说，天才应该置这些见解于不顾，天才应该超然于他人的议论。不幸的是，正是天才的男人和女人最在乎人们说了些什么。请记着济慈，请记着他在他的墓碑上所刻的字。请想一想丁尼生，请想一想——不过我没有什么必要再增加例子证明这个不可否认的、虽说非常不幸的事实了，那就是，过分在乎人们说了些什么正是艺术家的天性。文学中到处都是那些不理智地在乎别人看法的倒霉鬼们。

返回到我最初的问题，即何种心境最有利于创作，我想，他们的这种敏感是加倍的不幸。因为，看着那本在《安东尼和克莉奥佩特拉》处翻开的书时，我揣度，为了将自己心中的作品完整地全部释放出来，需做极其巨大的努力，为此艺术家的头脑就必须同莎士比亚的头脑一样炽热澄明。他的头脑中必须没有障碍，一切异物都必须被消耗尽。

这是因为，尽管我们说我们对莎士比亚的心境一无所知，但即使我们在这么说的时候，我们也道出了莎士比亚的某种心境。我们之所以对莎士比亚所知如此之少——这是与多恩、本·琼森或者弥尔顿相比而言——也许就在于，他的怨恨、恼怒和反感都隐藏不见了。并没有某种"启示"使我们想起作家，使我们停顿阅读。想要抗议、传道、诉冤、报复，想使世人成为艰辛或冤情的见证等一切欲望，都从他身上烧掉了，消耗掉了。因而，他的诗歌也就自由地、不受妨碍地从他身上流淌了出来。如果说曾有一个人使他的作品得到了完全的表达，那个人就是莎士比亚。在又转向书架的时候，我想，如果说曾有一个头脑炽热而澄明，不受妨碍，那就是莎士比亚的头脑。

第四章

人们会发现，在16世纪显然是不可能有具备那种心境的女人。只须想一想伊丽莎白时代的墓碑上那些全都紧握着手跪着的孩子，想一想他们的夭折，看一看他们那阴暗狭窄的住所，就可意识到，当时没有女人能写得出诗来。人们渴望能发现的，是晚些时候也许有个了不起的女士会利用她的相对的自由和舒适，冒着被视为怪物的风险，发表署有她名字的某些东西。当然，男人并非势利之徒，我继而想，小心翼翼地避开了丽贝卡·韦斯特小姐的"彻头彻尾的女权主义"；不过他们多半是带着同情对一位伯爵夫人写诗的努力表示欣赏。人们可以设想，有头衔的贵妇所遇到的鼓励，比当时的默默无闻的奥斯丁小姐或者勃朗特小姐所会得到的要多得多。人们也可预期会发现她的头脑受到恐惧和仇恨等与诗格格不入的情感的干扰，而且她的诗歌也显示出那种干扰的痕迹。例如温奇尔西夫人，我想，并且把她的诗集取了下来。她生于1661年，系贵族出身，又嫁给贵族，无子女；她写诗，人们只须打开她的诗，就可发现她为妇女的地位而义愤填膺：

> 我们多么堕落！因错误的规则而堕落，
>
> 更多受到教育的愚弄而非天生愚顽；
>
> 我们迟钝——人们如此期望，如此设计，
>
> 不让我们的头脑得到改善；
>
> 如果有人有热情的想象，为壮志驱使，
>
> 竟而至于出人头地，
>
> 反对的集团仍强大无比，
>
> 而成功的希望永不能压倒恐惧。

显然她的头脑绝非已"将一切障碍消耗掉并变得炽热澄明"。相反，她的头脑因仇恨和冤情而受到折磨，变得混乱。人类在她看来分裂成两派。男人是那个"反对集团"；男人受到她的仇视，为她所畏惧，因为男人有权力阻止她做她想做的事情——那就是写作：

> 哎！一个试笔的女人，
>
> 被视为狂妄放肆之徒，
>
> 纵有美德，其过失也无从救赎。
>
> 他们告诉我们，我们错认了性别和行为方式；
>
> 良好的教养、时装、舞蹈、化妆、游戏，

才是我们应当属意的成就；

写作、读书、思考、或者探究，

会玷污我们的美丽，耗费我们的光阴，

使我们的青春的俘虏望而却步，

而乏味地管理一栋房子和满室奴仆

却被人认为是我们最大的艺术和用处。

确实，她须假定，她所写的东西将永远不会出版，以此来鼓励自己进行写作；她须用这悲伤的歌曲来安慰自己：

向几个朋友、向你的悲伤歌唱吧，

月桂树从来不是为你而生长；

甘心呆在你的树荫下吧，不论那儿多么昏暗。

显然，假如她能够把仇视和恐惧排遣出去，不把辛酸和不满堆满头脑，她心中的诗火是炽热的。时不时的会有纯粹诗情的话语流淌出来：

也不会用褪色的丝线编织，

隐约地再现那不可模仿的玫瑰。

——这些诗句得到了默里先生公正的称赞，而且据认为，蒲柏记住了下述诗句并在自己的诗中使用它们：

现在水仙花战胜了衰弱的头脑；

我们在芬芳的痛苦下昏倒。

能够写出这样诗句的女人，其精神转向自然和内省的女人，居然被逼得抒发愤怒和悲痛，实在是太大的遗憾。但是当我想象到那些鄙夷和嘲笑、谄媚者的逢迎以及专业诗人的怀疑，我不禁又问道：她又怎能不如此？她一定是把自己关在乡下的一间屋子里写作，也许又因悲痛和顾虑而心神分裂，尽管她丈夫是最和蔼的人，而且他们的婚姻生活完美无瑕。我之所以说她"一定"如何，是因为当人们开始寻找有关温奇尔西夫人的事实的时候，人们照例地发现，对于她几乎一无所知。她极受忧郁之苦。她告诉我们，如果她忧郁缠身，就会想象出下述诗句所描述的情况，我们了解这一点，也就可起码对她的忧郁作出某些解释。

我的诗行遭到诋毁，我的工作被看作一种无用的愚行或放肆的过错：

而就人们所能了解的情况而言，遭到这般非难的，就是那在田野里漫步和梦想的无害的工作：

> 我的手欣喜地探查非同寻常的事物，
> 偏离开那已知的、普通的方式，
> 也不会用褪色的丝线编织，
> 隐约地再现那不可模仿的玫瑰。

自然，如果这就是她的习惯，这就是她的欣喜，那么她就只能等着受嘲笑；而且据说蒲柏或者盖依也就相应地讽刺她为"一位渴望涂鸦的女学究"。也有人认为，她曾因嘲笑盖依而冒犯了他。她说，他的《琐事》表明，"他更适合于抬轿子，而不是乘坐它"。默里先生说，这完全是"靠不住的流言飞语"，而且"无聊"。不过我不同意他的看法，我倒甚至乐于获得更多的靠不住的流言飞语，这样我就可能发现或者拼凑出这位忧郁女士的某种形象。她喜欢在田野里漫游，思考一些非同寻常的事情，并且极其鲁莽地、不明智地奚落了"乏味地管理一栋房子及满室奴仆"。但是默里先生说，她变得散乱芜杂了。她的天赋上长满了杂草，为荆棘所缠绕。她没有机会把自身那种优秀卓越的天赋展示出来。我把她的诗作放回书架，又转向另一位了不起的女士，也就是兰姆所爱的那位公爵夫人，那位浮躁的、想入非非的纽卡瑟尔的玛格丽特。玛格丽特比温奇尔西夫人年长，但是她的同时代人。她们两人极为不同，但又有相似之处，那就是她们都出身高贵，都无子女，而且都嫁给了最好的丈夫。在两人身上都燃烧着相同的创作诗歌的激情，而且都由于相同的原因而毁了容。只要打开这位公爵夫人的书，就可发现相同的狂怒的爆发，"妇女像蝙蝠或者猫头鹰一样生活，像牲畜一样劳役，像虫子一样死去……"玛格丽特本来也会成为诗人的。在我们的时代，那种活力最终都会转动某一个轮子的。但实际上，又有什么能使她那种疯狂的、充裕的、天真未凿的智力受到约束，被驯服并变得文雅起来，从而为人类所用呢？用智力杂乱无章地倾泻出来，滔滔形成韵文和散文、诗歌和哲学的洪流，它们凝结在无人读过的四开本和对开本书籍中。她本来是应该让人在她手中放一把显微镜的。她本应该在教会观看星星并进行科学的推理。她的智力是靠孤独和自由来驱动的。没有人阻止过她，没有人教导过她。教授们奉承她，在宫廷里人们又奚落她。埃杰顿·布里奇斯爵士抱怨她粗野——说那是"出身名门又在深宅大院里长大的女人"的粗野。她把自己独自一人关在韦尔贝克。

　　想到玛格丽特·卡文迪什，脑海中会浮现出怎样一幅孤独而又骚动的景象啊！就好像有棵巨大的黄瓜将其枝蔓覆盖在花园里所有的玫瑰和康乃馨之上，使它们窒闷而死。这个女人曾写道："最有教养的女人是那些头脑最文明的女人"，但却竟然在草率涂写废话之中消耗自己的时间，并越来越深地陷于昏昧和愚行之中，结果她出门时，人们竟蜂拥在她的四轮马车四周围观，这是一种多么大的浪费啊！显然，这位疯公爵夫人成了一个用来吓唬聪明的女孩子们的怪物。我把这位公爵夫人的书放在一边，又打开多萝西·奥斯本的书信集，我记得，这是多萝西写给坦普尔的谈论公爵夫人新书的信。"无疑这个可怜的女人是有点精神错乱了，否则，她不会那么荒唐，去冒险写书，而且还是写诗歌，我就是两个星期不睡觉，也不会那样做的。"

　　既然有见识而又谦虚的女人不能写书，而多萝西敏感而又忧郁，在性情上恰与那位公爵夫人相反，于是多萝西就什么也没有写。书信不算数。一个女人可以坐在她父亲的病榻旁写信。她可以在炉火旁、在男人们交谈的时候写信，而又不打搅他们。我翻着多萝西的书信集，想到，奇怪的是，那位无师自通的孤独的姑娘拥有着何等的遣词造句、塑造场景的天赋啊。请听她继续说：

"午饭后我们坐着谈话，说到B先生，后来我就离开了。炎热的白天在阅读和做活儿中度过，大约六七点钟的时候，我走了出去，来到就在我们家附近的一块公地上，有许多乡村姑娘正在那儿放牧牛羊，坐在树荫下唱民歌。我朝她们走去，把她们的美貌和声调和我所读到的古代牧羊女相比较，发现了巨大的差异，不过请相信我，我认为她们和古代牧羊女同样天真无邪。我同她们交谈，发现她们是顶快活的，唯一欠缺的只是她们不知自己乃是世界上最幸福的人。当我们在交谈时，常有一位村姑四下观看，瞅见她的母牛去了麦田，于是她们都跑开，好像脚下长了翅膀一般。我没有那么灵活，于是待在后面，当我看见她们赶着牲口回家时，我想我也该回去了。吃完晚饭后，我去了花园，又来到花园边的一个小溪旁，我坐了下来，希望你和我在一起。……"

人们可以确信，她身上已具有了作家的素质。但是，"我就是两个星期不睡觉，也不会那样做的"。当人们发现，一位具有巨大写作才能的女人竟也说服自己相信写书荒唐可笑，甚至会使自己显得精神错乱，这时人们就可衡量出，到处流行的反对妇女写作的见解有多强了。我把那薄薄一卷多萝西·奥斯本书信放回书架。接下来，我们看到的是班恩太太。

随着班恩太太，我们经历了一个非常重要的转折。我们把那些孤独的贵妇留在身后，她们写作既无读者又得不到批评，只是为了给自己带来乐趣，她们和自己的对开本一起被禁闭在自家的花园里。现在我们来到城里，和街上的普通人相接触。班恩太太是中产阶级妇女，拥有平民的种种美德：幽默、活力和勇气。由于丈夫的死亡和她本人的某些不幸的冒险活动，她不得不靠智慧谋生。她必须以和男人同等的条件工作。她通过非常努力的工作，挣出了维持生活的钱。这个事实的重要性，在分量上超出了她实际上写出的任何东西，甚至超出了那篇出色的《我折磨了千百人》或者《爱神坐在神奇的胜利之中》，因为这儿开始了思想的自由，更精确地说是开始了那种可能性，即随着时间的推移，精神将会获得想写什么就写什么的自由。既然阿弗拉·班恩已经这样做了，姑娘们也就可以到父母面前说，你们不用给我生活费了，我可以用我的笔挣钱。当然，在以后的许多年里那回答都是：是的，过阿弗拉·班恩的那种生活！死了也比那强！而且门则砰的一声关闭得比以往更快。这里，很值得讨论一下那个极有趣的课题，即男人对妇女贞节的重视以及这对她们的教育的影响，如果格顿或者纽纳姆的学生有意探讨这一问题，就可能写出一本有趣的书。达德利夫人戴着钻石首饰坐在蚊虫纷飞的苏格兰荒野里，这个形象或许可以用作书的卷首插图。不久前的某一天达德利夫人去世时，《泰晤士报》载文说，达德利勋爵是"一位趣味高雅、多才多艺的人，乐善好施，慷慨大方，但古怪专横。他坚持让他太太身着盛装，甚至在苏格兰高地的最偏僻的狩猎小屋里也不能例外；他让她戴上大量灿烂夺目的珠宝，"等等。"他给了她一切——却始终不给她任何的责任。"后来勋爵中风了，从此以后，夫人一直护理着他，并以最出众的能力治理着他的庄园。那种古怪专横在19世纪也仍然存在。

还是回到原先的话题。阿弗拉·班恩证明了，如以牺牲也许是某些令人愉快的品质为代价，是能够通过写作来挣钱的；因此久而久之，写作也就不仅仅是愚蠢和精神错乱的迹象，而且也具有实际的重要性。丈夫可能会死去，某种灾难可能会袭击家庭。在18世纪中有数百名妇女开始通过翻译或者撰写不可胜数的蹩脚小说来增加私房钱，或者在紧急时刻救助家庭，那些小说现在甚至教科书里也不再提起了，但是仍可在查令十字街的廉价书摊上偶然发现。在18世纪后半叶，妇女们头脑极端活跃——谈话、聚会、撰写论莎士比亚的文章、翻译经典作品——头脑活跃的基础是这个可信赖的事实，即妇女能够通过写作来挣钱。钱使没有报酬便显得微不足道的事情获得了尊严。或许仍然有理由讥笑"渴望涂鸦的女学究"，但也不能否认，她们能够把钱放进自己的钱包里。

这样一来，到18世纪末的时候就产生了一个变化，我若是重写历史的话，我会认为这个变化比十字军东征或者玫瑰战争更为重要，并且对它进行更详尽的描述。这变化就是，中产阶级妇女开始写作了。如果《傲慢与偏见》重要的话，如果《米德尔马奇》《维莱特》和《呼啸山庄》重要的话，那么一般的妇女——而不仅仅是关在乡下大宅之内的被其对开本书和恭维者所包围的孤独的贵妇们——开始写作这一事实的重要性就远非我在一个小时的论述中所能表达的。如果没有这些先驱者，简·奥斯丁和勃朗特姐妹以及乔治·艾略特就不可能写作，就像如果没有马洛、莎士比亚就不可能写作一样；或者像如果没有乔叟，马洛就不可能写作；如果没有那些铺平了道路并使处于自然的蛮荒状态的语言得到驯化的已被遗忘的诗人，乔叟也不可能写作。须知杰作并非单一地、孤独地诞生；杰作是多年共同思考的产物，是一群人思考的产物，因而在一人声音的背后有着群体的经验。简·奥斯丁应该在范妮·伯尼的坟墓上放置一个花圈，而乔治·艾略特则应向伊莱扎·卡特强壮的幽灵表示敬意——那位勇敢的老妇人把铃系在床架上，为的是能够早起以便学习希腊文。

所有的妇女都应该把鲜花撒在阿弗拉·班恩的坟墓上。班恩的坟墓骇人听闻地但又很恰如其分地坐落在威斯敏斯特教堂之内。正是她为妇女们赢得了说出自己思想的权利。尽管她有点来历不清且又多情，但正是她使我得以今晚对你们说"用你们的智力一年挣上五百镑吧"而不显得十分荒诞离奇。

这时我们已来到了19世纪早期。这儿，我首次发现有几个书架搁板完全由妇女的作品占了。然而在我浏览这些作品的时候，我又不禁要问，为什么除了极少的例外，这些作品全都是小说？须知最初的冲动是创作诗歌的冲动，"歌曲的最高领袖"是一位女诗人。不论是在法国还是在英格兰，女诗人都先于女小说家。除此之外，当我看着那四个著名的名字的时候，我又想到，乔治·艾略特与艾米莉·勃朗特有何相同之处？难道夏洛蒂·勃朗特不是完全不能理解简·奥斯丁吗？除了她们都没有孩子这个可能相关的事实之外，在一个房间里相聚的任何四人简直是不可能比她们更不相同了——以至于虚构她们之间的一场会晤和对话成了颇具吸引力的事。然而却由于某种奇怪的力量，当她们写作的时候，她们都不得不写小说。

我问道，这是否与出生于中产阶级有关；是否与艾米莉·戴维斯小姐稍后一些时候如此引人注目地揭示出来的下列事实有关，即19世纪早期的中产阶级家庭的成员只拥有一个起居室？如果一位妇女写作，她就得在公用的起居室里写。而且，诚如南丁格尔所强烈地抱怨的那样，"妇女从未有……能称之为属于自己的半个小时"——她总是被打断。虽说如此，在客厅写散文和小说还是比写诗歌或者戏剧容易，因为不需要那么集中精力。

简·奥斯丁一直到生命的结束都是这样写作。"她能完成所有这一切，"她的侄子在回忆录中写道，"真是令人吃惊，因为她没有单独的书房可去，大多数工作须在共用的起居室里完成，受制于各种各样的偶然的打扰。她小心翼翼，不让仆人或客人以及任何家庭成员之外的人猜到她所从事的活动。奥斯丁把手稿藏起来，或用吸墨纸将它们盖住。

再者，在19世纪早期一位妇女所获得的全部文学训练，均在于对性格的观察和对情感的分析。几个世纪以来，她的情感一直受到公用的起居室的种种影响的教化。人们的感情给她以深刻的印象，个人的关系始终展现在她的眼前。因而，当中产阶级妇女开始写作时，她自然就写小说，即使这儿所谈到的四位著名妇女中的两位就其本性而言似乎显然并非小说家。艾米莉·勃朗特本来应该写诗剧，而当创作的冲动被用于历史或传记上时，乔治·艾略特的头脑中横溢的才思就可得以施展。然而，她们写了小说；我把《傲慢与偏见》从书架上取下来，说，人们甚至可以更进一步，说她们写了优秀的小说。我们可以说《傲慢与偏见》是本好书，而不至于显得在吹牛或者给另一性别带来痛苦。无论如何，在写《傲慢与偏见》时被他人偶然撞见，是不该感到羞愧的。然而令奥斯丁感到高兴的是，门的铰链会吱嘎作响，这样她可以在别人走进门以前，把手稿藏起来。在奥斯丁看来，与《傲慢与偏见》有某种不光彩之处。我很想知道，若是简·奥斯丁并不觉得有必要把她的手稿藏起来不让客人看到的话，《傲慢与偏见》是否会成为一本更为精彩的小说？

我读了一两页，察看了一下，但却不能发现有任何迹象说明她的境遇曾对她的作品产生了任何程度的伤害。这也许就是其中主要的令人惊异之处。这一位妇女大约在1800年前后从事写作，没有仇恨，没有辛酸，没有恐惧，没有抗议，没有说教。我看着《安东尼和克莉奥佩特拉》，心里想，这就是莎士比亚写作的方式。当人们把莎士比亚与奥斯丁相比较的时候，他们可能是要说明，二者的头脑都把所有的障碍消耗掉了，由于这个原因，我们就不了解奥斯丁，也不了解莎士比亚；也是由于这个原因，简·奥斯丁渗透在她所写出的每一个字中，莎士比亚亦然。如果说奥斯丁因其境遇而蒙受了任何损失的话，那就在于强加在她身上的狭窄的生活。一名妇女不能独自出门。她从未单独旅行过，从未乘公共马车穿过伦敦，或独自在一家店铺里吃午饭。不想要自己没有的东西，也许正是简·奥斯丁的天性。她的天赋和她的境遇达到了完全的和谐。不过我怀疑，夏洛蒂·勃朗特就不是这样，我说道，同时打开了《简·爱》，并把它放在《傲慢与偏见》的旁边。

我打开该书的第十二章，目光被下面的措辞吸引住了："谁爱责备我就责备我吧。"我想知道，他们责备夏洛蒂·勃朗特什么呢？我读到，菲尔费克斯太太在做果冻的时候，简·爱往往爬上屋顶，俯瞰着远处的田野。她渴望——他们正是因此而责备她——

"这时候，我渴望有一种能超出那个极限的眼力，让我看到繁华的世界，看到我听说过、却从未见过的城镇和地区。这时候，我希望自己有比现在更多的实际经验，比现在更多地跟我同类型的人来往，比在这里更多地结识各种性格的人。我珍视菲尔费克斯太太的善良，珍视阿黛勒的善良；但是我相信世界上还有另外一些更有生气的善良的类型，我希望亲眼看看我所相信的东西。

"谁责怪我呢？毫无疑问，一定有很多人；人家会说我不知足。我没有办法；我生来就不能安静；有时候，这使我很苦恼……

"说人们应该对平静感到满足，这是徒然的；人们总得有行动；即使找不到行动，也得创造行动。千百万人被注定了要处在比我的更加死气沉沉的困境中，千百万人在默默地反抗自己的命运。谁也不知道，在充斥世界的芸芸众生中，除了政治反叛以外，还掀起了多少其他的反叛。女人一般被认为是极其安静的，可是女人也和男人有一样的感觉；她们像她们的兄弟一样，需要运用她们的才能，需要有一个努力的场地；她们受到过于严峻的束缚、过于绝对的停滞，会感到痛苦，正如男人感到的一样；而她们的享有较多特权的同类却说她们应该局限于做做布丁、织织袜子、弹弹钢琴、绣绣口袋，那他们也未免太心地狭窄了。如果她们超出习俗宣布女人所必需的范围，去做更多的事、学更多的东西，他们因而就谴责她们，嘲笑她们，那也未免太轻率了。

"我这样一个人待着的时候，并不是不常听到格莱斯·普尔的笑声……"

这是一个难堪的中断，我想。突然碰上格莱斯·普尔，真令人不安。连续性被打断了。我把这本书放在《傲慢与偏见》的旁边，继续想，人们可能会说，写出这些页的那位女人有比简·奥斯丁更多的天才，但是如果人们把这几页仔细阅读一下，注意到它们包含的那种激烈、那种愤慨，就会看到，她永远也不会把她的天才完完全全地表现出来。她的书将会是变形的，扭曲的。在本应该平静地写的

时候，她却在盛怒中写作。在本应该明智地写的时候，她却愚蠢地写作。在本应
该写笔下的人物的时候，她却写她自己。她在与她的命运作战。她除了受压抑，
被挫败，英年早逝，又能如何？

人们禁不住暂时要玩味一下下述想法，即倘若夏洛蒂·勃朗特一年有比
如说三百镑的话，那又可能会发生什么事情呢——但是这愚蠢的女人当即就以
一千五百镑的价格把她的小说的版权卖掉了——倘若夏洛蒂·勃朗特拥有更多的
有关这个忙碌的世界、有关充满生机的城镇和地区的知识，倘若她有更多的实践
经验，与她的同类有更多的交往，并更多地结识各种各样性格的人，那又可能会
发生什么呢？在说出那些话的时候，她不仅精确地指出了她本人作为小说家的弱
点，而且也精确地指出了那时的全体女性的弱点。她比任何人都更清楚，倘若她
的天才不是耗费在孤独地眺望远方的田野，倘若赐予她经验、交游以及旅行的
话，她的天才就会得到多么巨大的增益。但是并没有赐予她这些，相反却拒不给
她机会。

我们必须接受这一事实，即所有这些优秀的小说——《维莱特》、《呼啸山
庄》、《米德尔马奇》——系由妇女写出，其阅历并不超出一位可敬的神职人员
的家庭所可能有的经验。她们在家庭的公用起居室里写作，而且又是如此之穷，
一次只不过能买得起几刀纸，用以写《呼啸山庄》或者《简·爱》。固然她们当
中有一位，也就是乔治·艾略特，在经过多方磨难之后得以逃脱了，但也只不过
是逃进圣约翰森林的一个僻静的别墅而已。在那儿，她在世人非难的阴影中安顿
下来。

"我希望人们会理解，"她写道，"他们若不要求，我将不会邀请他们来
看我"；因为，难道她不是与一位有妇之夫一起生活在罪恶之中，不是瞥她一眼
就会伤害史密斯太太或者任何一位碰巧被称之为史密斯太太的人的贞节吗？必须
向社会惯例屈服，并且"与世隔离"。而同时，在欧洲的另一侧，有一位青年正
自由地与这位吉普赛人或那位贵妇生活在一起，在当兵，在不受妨碍、不被挑剔
地获得多彩多姿的人生经验。而后来当他开始写书的时候，这经验也就给他提供
了极其出色的素材。我想，倘若托尔斯泰与某位已婚的女士隐居在小修道院里，
"与世隔离"，那么，不管其道德教训是多么给人以启迪，他也难以写出《战争

与和平》。

　　或许可以稍微更深入地探讨一下小说写作以及性别对小说家的影响。如果人们闭上眼睛，把小说作为一个整体来予以思考的话，那么小说似乎就是一个与生活有某种镜像般的相似处的创造物，尽管自然带有无数的简化和歪曲。不管怎么说，它都是某种在精神的目光中留下一个形体的结构，时而成方块状，时而成宝塔形，时而伸展出侧翼和拱廊，时而就像在君士坦丁堡的圣索菲亚大教堂一样坚固紧凑而又带有穹顶。回想起几部著名的小说，我想，这形体把我们身心中与之相适应的情感给激发起来了。但是这情感又立即与其他的情感混在一起，因为那"形体"并非由石头与石头之间的关系构成，而是由人与人之间的关系构成。这样一来，小说也就在我们身上把各种各样的对抗的和对立的情感给激发起来了。生活与某种并非生活的东西相冲突。由此，有关小说也就难以达到一致的意见，私人的偏见也就在极大的程度上支配了我们。一方面，我们感到，你——主人公约翰——必须活着，否则我将陷于深深的绝望之中。

　　但另一方面，我们感到，哎呀，约翰，你必须死去，因为书的形式要求如此。生活与某种并非生活的东西相冲突。那么既然它在某种程度上是生活，我们也就把它当作生活加以判断。有人说，詹姆斯是我最厌恶的那种人。或者，这是一种荒诞的大杂烩。我本人则从未有任何这种感觉。回想任何著名的小说，显而易见，其整体结构是无限复杂的，因为它是由如此众多的不同的判断构成，是由如此众多的不同的情感构成。令人惊异的是，一本这样撰写出来的书竟能够不止一两年保持整体性，它的意义，对英国读者、俄国读者或中国读者来说居然有可能是同样的，但是它们偶然确实是非常显著地保持了完整。

　　在这些罕见的长存的例子中（我想到了《战争与和平》），使它们得以保持完整的，是某种被人称之为忠正（integrity）的品性，尽管这里指的不是不拖欠或在非常时刻举止高尚。就小说家来说，所谓忠正，也就是他给人以这就是真相这一信念。是的，人们感到，我绝不会想到竟是如此；我不知道人的举止竟能是那个样子，但是你却使我信它确是如此，它是这样发生的。人在阅读的时候，把每一个短语、每一个场景带到一道灵光的面前——因为，非常神奇，造化似乎为我们提供了一道内在的光，我们凭借着这道光来对小说家的完美无缺或一无可取作出判断。或者也可更精确地说，造化在处于最非理性的状态时，用隐形的墨水在精神的墙壁上勾勒出了将由伟大的艺术家来证实的某种预兆。这是一个草图，只要把它带到天才的火焰的面前它就会被人们看见。当人使它这样显露出来并看见它苏醒，就会欣喜若狂地欢呼起来：这就是我始终感觉、知晓并向往的东西！我们兴奋不已，而且带着敬畏合上书，好像它是某种非常珍贵的东西，好像只要人活着就可不断地向它寻求支持，这时我们就把它放回书架，我这样说道，拿起《战争与和平》并把它放回原地。而另一方面，如果人们抽出来并予以检查的那些可怜的字句先以其鲜明的色彩和炫耀的姿态激起迅速而又热切的反响，却又只限于如此，似乎有某种东西阻碍了它们的发展；如果它们只是把角落中的某个模糊的潦草字迹和那边的一个污渍暴露出来，而并无完整的事物出现，我们就发出叹息，并且说道，又是一个失败。这部小说已在某个地方出了岔子。

而绝大部分小说确是在某个地方出了岔子。想象被滥用，不堪重负。洞察力被搞得迷乱，再不能分辨真假，再也不能继续进行那时刻要求使用众多不同才能的艰巨劳动。但是，看着《简·爱》和别的书，我思忖着，小说家的性别又怎样影响所有这一切呢？难道性别会以任何方式妨碍女小说家的忠正——那种被我看作是作家支柱的忠正品性吗？在我从《简·爱》中所引用的片断中，愤怒显然损害了小说家夏洛蒂·勃朗特的忠正。她离开了她本应完全专心致力于的故事，转而描述某些个人的不平。她记起她被剥夺了她本应享有的经验——她被塞在一个教区牧师的住所补袜子，从而失去活力，而她渴望的却是自由地在世界上漫游。她的想象因义愤偏转而且我们感觉到了它的偏转。除了愤怒之外，还有许多别的影响在牵扯着她的想象，使它从其轨道上偏斜开去，例如无知。罗彻斯特的画像是在暗昧中绘出的。我们在其中感觉到恐惧的影响，正如我们不断地感觉到，有一种由压迫造成的刻薄，有一种郁积在她的激情的下面闷烧着的痛苦，有一种使那些书发生痉挛阵痛的积怨，尽管那些书是出色的。

既然小说与真实生活有这种对应性，那么小说中的价值在某种程度上也就是真实生活的价值。但是显然，妇女的价值观经常与由另外一个性别的人所制造出的价值不同，这是很自然的。然而占上风的却是男性的价值观。粗略地说，足球和体育是"重要的"，而对时装的崇拜和买衣服则"微不足道"。而且这些价值观念必然从生活转移到小说。批评家断定某书重要，因为它写的是战争。某书无足轻重，因为它写的是在起居室里的女人的感情。战场上的场景比商店里的场景重要——价值的区别到处可见，而且那区别又愈加细微。对女人而言，19世纪早期小说的整个结构是由这样一种头脑建立起来的，它被稍许拉离正直之道又因遵从外部的权威而改变了其清晰的眼光。只须浏览一下那些已被忘却的旧时的小说，并且倾听一下小说的调子，就可看出，作家遇到了批评，她那时而挑衅、时而取悦的文辞披露了这点。她在承认她"只不过是个女人"，或者在声明她"就像男人一样优秀"。她按照她性情的指引迎接批评，或者温顺羞怯，或者愤怒高声。到底是怎样并无关紧要，问题是她在想艺术自身之外的某些事情。她的书落在了我们的头上。书的中心有个瑕疵。于是我想到了所有那些散见在伦敦旧书店里的女人写的小说，它们有如散落在果园中的有疤瘢的小苹果。正是中心的那个瑕疵使它们腐烂了。她已遵从别人的意见而改变了自己的价值观。

但是若要她们丝毫不向右或向左移动，又是多么的难啊。在纯父权制社会当中，面对所有那些批评，要坚持她们的见识而不退缩，需要怎样的天才、怎样的忠正品格啊。做到这一点的，只有简·奥斯丁和艾米莉·勃朗特。而这是她们的又一个可自豪的成就，也许是最好的成就。她们像女人那样、而不是像男人那样写作。在当时写小说的上千名妇女当中，只有她们完全不顾那永恒的教师爷重复不停的告诫——该写这个，该想那个。只有她们对那重复申说的声音充耳不闻，它时而抱怨，时而高高在上，时而盛气凌人，时而悲痛，时而震惊，时而愤怒，时而像叔伯长辈，那声音不肯让女人安生片刻，就像某位过于尽职的女教师一样纠缠她们，就像埃杰顿·布里奇斯爵士一样，恳请她们文雅一些；甚至把对性别的批评拖进对诗歌的批评当中去，并劝诫她们，若要举止得体并赢得某种闪闪发光的奖赏的话，那就得，我猜想，待在上述绅士认为合适的某些范围之内："……女性小说家应该只是通过勇敢地承认她们性别的局限，来追求卓越。"这也就把事情简明扼要地说清楚了，而如果我告诉你们，这句话并不是于1828年8月写的而是于1928年8月写的，当令你们颇为吃惊吧。我想你们会同意，不管现在这句话是多么讨我们喜欢，在一个世纪以前它都代表着更为有力、更坦率直言的一派强大的意见——我并非想翻这些旧账，我只不过是抓住飘到我脚边的机会。若是一位青年女性在1828年能无视所有那些冷落、责骂以及关于奖励的许诺，她必须非常刚毅才行。一个人必须几乎是个煽动作乱者，才能够对自己说，唉，不过他们总不能把文学也买了去。文学是向每一个人敞开大门的。尽管你是教区差役，我也不许你禁止我走进草地。你要是乐意你尽可以把你的图书馆关闭，但你却没有门、锁或门栓，可以禁锢我自由的精神。

不管阻碍和批评对她们的创作有什么影响——我相信它们的影响非常巨大，但与她们着手将自己的思想付诸笔墨时所面对的其他困难相比（我仍然在考虑那些19世纪早期的小说家），这影响就不重要了。所谓其他困难，就是说她们的背后没有传统，或者说传统是如此短暂而又不完整，结果无甚助益。须知如果身为女人的话，我们就只能通过母亲来思考过去。不管我们能在伟大的男作家那儿找到多少乐趣，若想到他们那儿寻求帮助却是毫无收获的。兰姆、布朗、萨克雷、纽曼、斯特恩、狄更斯、德·昆西——不管是谁——尚从未帮助过一位妇女，尽管她可能会学了他们的几个技巧，并加以利用。男人头脑的分量、速度和步幅与她本人的情况太不相像，使她难以成功地从他那儿挖掘出任何实质性的东西。效颦者离得太远了，难以亦步亦趋。也许当她把笔置于纸上时，她发现的第一件事，就是并无可供她使用的公用的语句。所有伟大的小说家，如萨克雷、狄更斯、巴尔扎克，都写一种自然的散文，灵敏而不马虎，富于表现力而不矫揉造作，具有他们自己的色彩而又不失为公共财产。他们以当时流行的语句为其散文的基础。

19世纪初流行的句子也许多少是这个样子："他们作品的伟大之处，就在于其中的一种立论，它并不突然停止，而是不断延伸。除了砥砺艺术以及不断产生真与美之外，他们不可能有更高的激动或满足。成功激发人努力，而习惯则促进成功。"这是男人的语句，在它背后人们能够看见约翰逊、吉本和其他的人。它不适于妇女使用。夏洛蒂·勃朗特尽管具有出色的散文天才，却也由于手持笨拙的武器而绊跌摔倒。乔治·艾略特因此所铸成的舛错，笔墨难以形容。简·奥斯丁则看着它，嘲笑它，而且设计出一种适合于她自己使用的完全自然美观的句子，并从未偏离。这样，尽管她的写作天才逊于夏洛蒂·勃朗特，她却说出了远为更多的东西。确实，既然自由而又充分的表达是这门艺术的精髓，那么这种传统的欠缺，这种工具的不足和不适用，就一定对妇女的写作产生了巨大的影响。

此外，一本书并不是由首尾相接地排列在一起的句子组成，而是由被建成拱廊和穹顶（如果这意象有助的话）的句子组成。而这个形态也是由男人出于自己的需要、为自己的使用而造成的。没有理由认为，史诗或者诗剧的形式比语句更适合于妇女。但是当妇女成为作家时，所有旧的文学形式已根深蒂固，固定难变了。只有小说尚年轻，运用起来还柔软可塑——也许这是她之所以写小说的另外一个原因。然而迟至今日有谁能说"小说"（我用引号把这个词引了起来，以表明我认为该词是不当的），有谁能说，这个所有的形式当中的最易驾驭的形式已被塑造得适合她使用？毫无疑问，当她能够自由使用她的四肢的时候，我们将看到她把小说敲打成形，并且为她身心中的诗意提供某种不一定采用诗韵形式的新表达工具。因为得不到宣泄的，恰恰是诗情。我继而默想，现在一位女性会怎样写一部五幕诗悲剧，是用韵文，还是宁可用散文？

但是这些是伏在未来的晨曦中的困难问题。我必须离开它们，哪怕仅仅因为它们使得我偏离开我所讨论的话题，而进入我将会迷失道路并极有可能会被野兽吞掉的荒无人迹的森林。我并不想开始讨论那个极令人沮丧的话题，即小说的未来，而且我相信你们也不想让我开始这种讨论，因而这儿我只暂停片刻，请你们注意就妇女而言物质状况在未来所一定会起到的重大作用。书必须多少与身体相适应，因而也就可以贸然地说，女人的书应该比男人的书短，也更为浓缩，并且其构造适合于女性，从而不需要长时间的不中断的持续工作就可完成，须知总是会有打扰的。还有，给思想提供滋养的神经似乎男女也不同，你若欲使神经工作得最为出色、最为努力，你就必须搞清楚怎样处理才适合于它们——例如，据说是数百年前由僧人所制定出的授课时间是否适合于它们；它们需要什么样的工作与休息的更替安排，如果不将休息阐释为无所事事，而是在做某事，某种不同的事；而那不同又应该是怎样的呢？这一切都应被讨论，被发现，这一切都是妇女与小说的问题的一个部分。然而，当我再次走近书架的时候，我又想到，我将从哪儿找到由妇女写出的对妇女的心理所做的那种翔实的研究呢？如果由于妇女没有能力踢足球，就也不被允许行医的话——

幸运的是，我的思绪现在又转向了另一个问题。

（王义国 译）

卡夫卡

弗朗兹·卡夫卡（1883—1947），奥地利作家。卡夫主要的文学成就就是小说。
有代表性的3部长篇小说《美国》《审判》《城堡》均未完成。
其短篇小说名篇有《乡村婚事》《判决》《变形记》《乡村医生》《中国长城的建筑》
《饥饿艺术家》《地洞》等。此外，《致父亲的信》也为人所称道。

※ 他（一个男人的素描）

　　他在任何情况下都没有充足的准备，但从来不因此而责备自己。因为，在这每时每刻都烦人地要求有准备的生活中，哪里又有时间准备呢？但即使有时间，在知道任务之前，又何从准备呢？换句话说，连是否能够完成一个自然的，而并非仅仅是人为完成的任务都没有人能保证。所以他早就被压在车轮底下了，对此他是最没有准备的了，这既令人惊讶，又令人欣慰。

他所干的一切，尽管在他眼里都特别新鲜，但与这不可思议的新鲜程度相应的是，这一切又特别浅薄，几乎没有一次是可以忍受的，无法拥有历史性，无法挣脱氏族的长链，首次把迄今至少感觉得到的世界之曲打断，打落到十八层地狱中去。有时他那高傲的心中对世界的担忧甚于对自己的担忧。

也许他会满足于一所监狱，作为一个囚徒终其一生，这满可以成为一个生活目标，但这却是个铁笼子。这世界的噪音大大咧咧地、专横粗暴地在铁栅间穿进穿出，就像在自己家中一样。其实这个囚徒是自由的，他可以参与一切，外面的任何事都躲不过他。他甚至可以离开这个笼子，栅栏的铁条互相间间隔足有一米来宽，他甚至并没有被囚禁。

他有这个感觉，他通过他的存在堵住了自己的道路。由这一阻碍他又得到了证明，他活着。

他自己的额骨挡住了他的道路，他在自己的额头上敲打，把额头打得鲜血直流。

他感觉自己在这地球上被囚禁了，周围是这样挤，囚徒的悲伤、虚弱、疾病、胡思乱想在他身上爆发了，没有任何安慰可以安慰他，因为那只不过是安慰，面对粗暴的被囚事实而发的温柔的、令人头痛的安慰。可是如果有谁问他，他想要的到底是什么，他可就答不上来了，因为他（这是他最强有力的证明之一）根本就没有自由的概念。

有些人通过指出太阳的存在来拒绝苦恼，而他则通过指出苦恼的存在来拒绝太阳。

所有生活的（无论是别人的还是自己的）自寻烦恼的、沉重的、往往长时间停滞不动的、究其根本永不停息的波浪运动使他痛苦万分，因为它总是夹带着没完没了的强迫去思想的压力。有时他觉得，这种痛苦发生在事件之前。当他听说他的朋友将要得到一个孩子时，他认识到，他作为早期的思想家已经为此受过折磨了。

他看到两点：第一是那平静的、不可能没有一定舒适感的观察、思索、研究、倾诉。那些事的数量和可能性是无穷无尽的，即使大墙嘎嘎响时也需要一条相当大的裂缝，以便于倒塌。那些工作根本不需要空间，哪怕在没有任何裂缝的地方，它们也会你拥我挤的，成千上万地生存着。这是第一点。第二却是被叫上来作出解释的瞬间，不发出一丁点儿声响，被抛回了别人的观察等等之中，但现在毫无指望，不能再唠唠叨叨，越来越不安，只需一个诅咒便能使他沉沦。

是这么回事儿：许多年以前，有一天我十分伤感地坐在劳伦茨山的山脊上，回顾着我在这一生中曾经有过的愿望。我发现其中最重要或者最有吸引力的愿望是获得一种人生观（还有，当然这是与此相关的，它能够通过书面表达使其他人信服），这种观念要能够做到——虽然人生仍保持其自然的大起大落，便能相当清晰地看出它是一种虚无，一场梦，一阵晃动。假如我真正对它有过愿望，那它也许是一个美好的愿望。就像这么一种愿望：以非常正规的手工技艺捶打一张桌子，而同时无所事事，但并不能把这说成是："锤打对于他来说是虚无；"而是："锤打对他来说是真正的锤打，但同时是一种虚无。"一经这样解释，这锤打就会进行得更勇猛、更坚决、更真实，假如你愿意，也可以说更疯狂。

但他根本不能作此愿望，因为他的愿望不是愿望，它只是一种防卫，一种将虚无市民化，一丝他想要赋予虚无的活跃气息，那时他才刚刚向虚无中有意识地迈出头几步，就已经感觉到那是他自身的组成部分了。当时那是一种告别，向青春的虚伪世界告别。应该说，它从未直接欺骗过他，而只是听任他通过周围所有权威的言论上当。这个"愿望"的必要性就是在这种情况下产生的。

他只证明他自己，他唯一的证明就是他自己，所有对手都能一下子就战胜他，但并不是通过对他的反驳（他是不可反驳的），而是通过证明他们自己。

人结合的基础是，一个人通过其强有力的存在似乎反驳了其他本身不可反驳的个体。这对于这些个体来说是甜蜜的和欣慰的，但是没有真实性，因而总是不能持久。

以前他是一个庞大的群体中的组成部分。在某个高出一截的中心点上以精心安排的顺序矗立着军界、艺术界、科学界和手工业行业的象征性形象。他是这许多形象中的一个。现在这个群体早就解散了，或者至少是他离开了它，去闯他自己的生活之路了。连过去的职业也已经失去，甚至忘了他那时扮演的是什么角色。看来正是这种忘怀导致了一定的伤感、不踏实感、不安感，一种给现在蒙上阴影的对过去时光的向往。然而这种向往却是生命力的一种重要元素，或者也许就是生命力本身。

他不是为他个人的生活而活着，他不是为他个人的思想而思索。他好像在一个家庭的强制性之下生活着，思索着，这家庭虽然充溢着生命力和思想力，但是根据某个他所不知道的法则，他的存在对于这个家庭具有一种死板的必要性。由于这个他所不知的家庭和那些他所不知的法则，是不能放他走的。

原罪，人所犯的那个古老的过失，存在于人所发出的并且不放弃的那个谴责中：他受到了过失的伤害，他遭到了原罪的祸害。

在卡西内利的橱窗前，有两个孩子在东游西逛，一个大约六岁的男孩，一个七岁的女孩，穿得很多，正在谈论着上帝和罪孽。我在他们身后站了下来。这姑娘，也许是天主教徒，认为只是欺骗上帝才是真正的罪孽；那男孩，也许是新教教徒，以天真的固执劲儿追问，那么欺骗人或者盗窃又是什么呢？"也是一种很大的罪孽，"女孩说，"但不是最大的，只有对上帝犯罪是最大的犯罪。对人犯罪我们可以忏悔，当我忏悔时，天使马上出现在我身后，因为当我犯罪时，魔鬼就来到了我的身后，只不过我们看不到他。"也许是严肃的谈话使她感到累了，为了制造一点轻松气氛，她转过头来，说道："你看，我后面没人。"男孩也转过头来，看见了我。"你看，"他根本不管我是否能听到，或者根本没有想到这一点，"我后面站着魔鬼。""我也看到了他，"姑娘说，"可我说的不是他。"

他不要安慰，但并不是因为他不想要（谁又不想要呢），而是因为寻找安慰意味着：为此献出他的一生，始终生活在他存在的边缘，几乎在这存在之外，几乎不再知道，他在为谁寻找安慰。因此他甚至不可能找到有效的安慰，这里说的是有效的，而不是真正的，真正的安慰是不存在的。

他抗拒同仁对他的定格。一个人即使是必不可少的，他在另一个人身上看到的也只能是他的视力和注视的方式所能及的那个部分。他也像所有的人那样，但却是强烈得过了分地拥有一种欲望：把自己限制成同仁看他的视力所及的那种样子。假如鲁滨逊，无论是出于自慰还是自卑还是畏惧还是无知还是渴望，从来不曾离开过岛上的最高点或不如说最易被人看见之点，那么他也许很快就完蛋了。由于他不去考虑那些来往船只及其蹩脚的望远镜，而是开始对他的岛屿作全面的探索，并开始喜欢它，他保住了他的生命，而且最终由于理智必然导致的逻辑性而被人找到了。

"你将你的困苦变成一种美德。"

"第一，每个人都这么干；第二，偏偏我不是这么干。我让我的困苦依然故我，我不去晾干沼泽，而是生活在它那蒸腾不息的雾气中。"

"你正是从这之中表现你的美德。"

"像每个人那样，我已经说过了。而且我仅仅是为了你才这么做的。为了使你始终对我好，我宁可让我的灵魂受到损害。"

对他来说一切都是许可的，只有忘记自我不行，这么一来，一切又都成了禁止的，只有在这一瞬间对全体来说是必要的一点属于例外。

意识的狭窄是一种社会要求。

所有美德都是个人的，所有恶癖都是社会的。被视为社会美德的，比如爱、无私、公正、牺牲精神，只不过是"令人惊讶地"弱化了的社会恶癖。

他对他的同时代人所说的"是"与"否"的区别，对于他本来的说话对象来说相当于死与生的区别，他自己也只是似懂非懂。

后世对个人的判断比同时代人正确的原因存在于死者身上。人们在死后，在孤单一人的时候才得以以自己的方式发挥自己。死亡对于个人来说相当于星期六傍晚对于烟囱清洁工的意义，他们清洗肉体上的油烟，然后便可看出，是同时代人更多地伤害了他还是他更多地伤害了同时代人，如果是后者，那么他就是一个伟人。

否定的力量，不断变化、更新、死去活来的人类斗志高潮的这一最为自然的表达，是我们始终拥有的，但否定的勇气我们却没有。而实际上，生活就是否定，也就是说，否定就是肯定。

他并不随着他思想的死去而死去。这种死亡只是内心世界里面的一个现象（内心世界依然存在，即使说它只有一个思想），一个无异于其他自然现象的一个自然现象，既不可喜，也不可悲。

他逆流而上游去，水流是如此湍急，以至精神不太集中地游着的他有时会对这荒凉的寂静（他就在这寂静之中击打着水）感到绝望，因为在失败的一个瞬间他就被推回得非常非常之遥远。

他感到口渴，这时只有一丛灌木把他和泉水隔开。他一分为二，第一个他纵览一切，看到他立于此地，而泉水就在一边；他一无所知，顶多隐隐约约地感觉到，第一个他看见了一切。由于他一无所知，他也就喝不着水。

他既不勇敢也不轻率，但也不胆小怕事。一种自由的生活不至于使他害怕。现在这样一种生活没有光临，但他并不为此担忧，他为自己根本就无所担忧。可是有一个他根本不知道是谁的某人仅仅对他，怀着很大的、无休止的担忧。这个人对他的担忧，尤其是这无休止的担忧，在宁静的时刻中有时使他感到难以忍受的头疼。

想要起来时，一种沉重感阻碍着他，这是一种安全感：感觉到一张床为他铺好了，而且只属于他；想要静卧时，一种不安阻碍着他，把他从床上赶起来，这是良心，是不停敲击着的心，是对死亡的恐惧，是反驳他的要求。这一切不让他休息，于是他又起来了。这种起来卧倒和一些于其间所作的偶然的、仓促的、古怪的观察构成了他的生活。

他有两个对手：第一个来自他的发源地，从后面推挤着他；第二个挡着道，不让他向前走。他同时与两者斗争着。其实第一个支持他与第二个的斗争，因为他要把他往前推；而第二个同样支持他与第一个的斗争，因为他把他向后推。但是只是理论上如此，因为并非只有两个对手，而且还有他自己，但又有谁知道他的意图呢？无论如何他有这么一个梦想：有朝一日，在一个无人看守的瞬间，比如一个空前黑暗的夜间，他得以一跃离开战线，由于他的斗争经验而被提拔为判决他那两个还在互相搏斗着的对手的法官。

※ 徒然的爱

我爱一个姑娘，她也爱我，可是我不得不离开她。

为什么？

我不知道。那样子，就仿佛她被一批手持武器的人团团围住了似的。他们向外举着长矛，不管我什么时候趋近过去，我都撞在长矛尖头上，受到伤害，不得不退回。我吃了许多苦头。

姑娘对此不负责任吗？

我以为不负责任，或者说得确切些，我不知道。上述的比喻并不完整，我也被手持武器的人包围着，他们向里举着长矛，就是说，长矛是对着我的。每逢我向姑娘挤过去，我总是先被包围着我的武士们的长矛缠住，这一关就通不过。也许我从来没有到过围住姑娘的武士们的跟前，万一我去过的话，我也是已被我的那些长矛手刺得鲜血淋淋，失去知觉了。

姑娘保持独身了吗？

不，另外一个男人已经挤到她身边，轻而易举，未受阻挠。我过度疲劳，筋疲力尽，那样漠不关心地在一旁看着，仿佛我就是空气似的，他们的脸就在这空气中互相贴住，初次接吻。

※ 我一直在追随着你

最最亲爱的：

门关闭着，一切都那么寂静，我又一次和你在一起了。现在"和你在一起"意味着多少事情？

我整整一天都无法入睡，当我在整个下午以及傍晚不停地来回踱步时，我感觉脑袋是那么的沉重，头脑不清。现在，当黑夜真正来临时，我又觉得非常兴奋，感到身体里有一种巨大的写作冲动，这种在写作中才表现出来的冲动，开始以最不合时宜的方式煽动起来。由它去吧，我要上床睡觉了。但是如果我能够用写作和睡觉来度过圣诞节，我最亲爱的，那就太美好了！

今天下午我一直在追随着你，当然，这是徒劳的。实际上，这也并不算是徒劳，因为我一直可以和雷德曼小姐尽可能地接近，毕竟她有很长时间和你离得很近，因为你们的关系亲密，还因为她碰巧是你的信件保管人，我当然非常羡慕她。为什么当我一直盯着她的嘴唇，看到她准备说出第一个词的时候，她却绝口不提关于你的事情呢？你们已经停止相互写信了吗？

但这又怎么可能！并且如果她不知道任何关于你的新消息，为什么她不说些关于你的旧事呢？

如果她不想谈论你，当她谈论过去的事情时，为什么她不像从前那样，至少提起你的名字呢？但是，没有，这一切她都没有做；相反，她让我一直闲荡着，谈论一些难以置信的、对我来说无关紧要的事情，比如布雷斯劳、咳嗽、音乐、丝巾、胸针、发型、意大利的假期、滑雪橇、用珠子装饰的包、式样呆板的衬衫、袖口的链环、维克托·雨果、法语、公共浴室、淋浴、烹饪、哈登的事情、经济形势、夜间旅行、皇家旅馆、帽子、布雷斯劳大学、亲戚们——简而言之，谈论了太阳底下的一切事情，不幸的是，唯一与你有一点点联系的话题也是由几个关于金字塔、阿司匹林这样的词组成的。

为什么我花这么长的时间谈论这样的话题，为什么我会喜欢让那两个词从我的口中说出来，这真是让人惊讶的事情。但是，真的，将这些作为今天下午唯一的结果，我并不满意，因为几个小时以来，我的头脑中满是想要听到"菲丽丝"这个词的念头。最后，我有意将我们的谈话引到关于柏林和布雷斯劳之间的铁路上来，同时，给了她一个险恶的表情——面无表情。

※ 致海德维希·魏勒

你，亲爱的，我感到疲劳，也许得了点病。

现在我开始工作了，并试图通过在办公室里给你写信，使这个办公室变得亲切一些。而围绕我的一切都臣服于你，桌子几乎是热恋地压向纸，笔卧在大拇指和食指间的凹处，像个甘愿效劳的孩子，而钟敲打着犹如一只小鸟。

然而我却相信，我是从一场战争中，或者不如说由于战争中一些难以想象的事件才给你写信，那些事件之间的组合太离奇而它们的速度快慢不一，极难捉摸。卷入了最烦人的工作，我这样承受着……晚上十一点。

现在漫长的一天过去了，它有这么一个开端和这么一个结束，尽管它于此是不相称的。但实际上，自人们打断了我以后，没有发生任何变化，尽管此刻在我的左边，在敞开着的窗外，星星闪烁，我仍可将那个句子读完。

……我承受着头疼，就这样从一个坚决的决定到另一个同样坚决的，然而截然相反的决定。而所有这些决定都富有生气，都会迸发出希望和一种令人满意的生活的火花。这种后果的迷乱比那些决定的迷乱还要厉害。我像枪弹似的从一个飞进另一个，集聚起来的激动，（它在我的斗争中分出士兵、观众、枪弹和将军）弄得我一个人浑身颤抖。

但你却要我根本别牵挂你，要我让感情作一番长途散步而变得疲乏与满足，而你自己却不断地自寻烦恼，为了冬天可能会冷的缘故，在夏天就给自己穿上裘皮大衣。

此外，我不进行社交活动，没有分心的事情；整晚整晚，我呆在小阳台上，俯瞰着河流，我连工人报纸也不看，我不是一个好人啊，几年前我写下过这么一首诗：

在黄昏的夕阳下

我们弯着背坐着

在绿荫覆盖的那些凳子上，

我们的胳膊下垂着，

我们的眼睛闪亮而悲伤。

衣着招摇的人们在徜徉，

闲步在石子路上摇摇晃晃，

头上顶着广阔的天空；

它从远处的山峦

向着更远的山峦扩展。

可见我甚至没有你所要求的对人的兴趣。

　　你该看见了，我是一个可笑的人；如果你有点喜欢我，那无非是怜悯，属于我的份下的是畏惧。信中的相会是多么无济于事，就像波涛拍岸，就像被大海隔开的两个人。笔从所有字母的斜坡上滑下来了，就这样结束了，天气很凉，我该钻进我那空被窝了。

你的弗兰茨

1907年8月29日，布拉格

纪伯伦

卡里·纪伯伦（1883—1931），黎巴嫩旅美派作家、诗人和画家。

1920年发起创建《笔会》，任会长，遂成为阿拉伯旅美派文学领袖。

作品有浓郁的浪漫主义和象征主义色彩，常融诗情与哲理于一体，寓意深刻、隽永，

别具一格。作品甚丰，有中篇小说《折断的翅膀》、散文诗集《泪与笑》《先知》等。

※ 爱与婚姻

（一）

预言者爱尔美差说：上帝的先知请给我们谈爱。

他举头望着民众，他们一时静默了。他用洪亮的声音说：

当爱向你们召唤的时候，跟随着他，

虽然他的路程艰险而陡峻。

当他的翅翼围卷你们的时候，屈服于他，

虽然那藏在羽翮中间的剑刃许会伤毁你们。

当他对你们说话的时候，信从他，

虽然他的声音也许会把你们的梦魂击碎，如同北风吹荒了林园。

爱虽给你加冠，他也要将你钉在十字架上。他虽栽培你，他也刈剪你。

他虽升到你的最高处，抚惜你在日中颤动的枝叶，

他也要降到你的根下，摇动你根底的一切关节，使之归土。

如同一捆稻粟，他把你束缚起来。

他舂打你使你赤裸。

他筛分你使你脱去皮壳。

他磨碾你直至洁白。

他揉搓你直至柔韧；

然后他送你到他的圣火上去，使你成为上帝圣筵上的圣饼。

这些都是爱要给你们做的事情，使你知道自己心中的秘密，在这知识中你便成了"生命"心中的一屑。

假如你在你的疑惧中，只寻求爱的和平与逸乐，

那不知掩盖你的裸露，躲过爱的筛打，而走入那没有季候的世界，在那里你将欢笑，却不是尽量的笑悦；你将哭泣，却没有流干了眼泪。

爱除自身外无施与，除自身外无接受。

爱不占有，也不被占有。

因为爱在爱中满足了。

当你爱的时候，你不要说，"上帝在我的心中"，却要说"我在上帝的心里"。

不要想你能引导爱的路程，因为若是她觉得你配，他就引导你。

爱没有别的愿望，只要成全自己。

但若是你爱，而且需求愿望，就让以下的做你的愿望罢：

溶化了你自己，像溪流般对清夜吟唱着歌曲。

要知道过度温存的痛苦。

让你对爱的了解毁伤了你自己；

而且甘愿地喜乐地流血。

清晨醒起，以喜乐的心来致谢这爱的又一日；

日中静息，默念爱的浓欢；

晚潮退时，感谢地回家；

然后在睡时祈祷，因为有被爱者在你的心中，有赞美之歌在你的唇上。

（二）

爱尔美差又说：夫子，婚姻怎样讲呢？

他回答说：

你们一块儿出世，也要永远合一。

在死的白翼隔绝你们的岁月的时候，你们也要合一。

噫，连在静默地忆想上帝之时，你们也要合一。

不过在你们合一之中，要有间隙。

让天风在你们中间舞荡。

彼此相爱，但不要做成爱的系链：

只让他在你们灵魂的沙岸中间，做一个流动的海。

彼此斟满了杯，却不要在同一杯中啜饮。

彼此递赠着面包，却不要在同一块上取食。

快乐地在一处舞唱，却仍让彼此静独，

连琴上那些弦子也是单独的，虽然他们在同一音调中颤动。

彼此赠献你们的心，却不要互相保留。

因为只有"生命"的手，才能把持你们的心。

要站在一处，却不要太密迩：

因为殿里的柱子，也是分立在两旁，

橡树和松柏，也不在彼此的荫中生长。

（冰心 译）

※ 论婚姻

米切尔又接着问?

他答道:

你们一起生,还将天长地久在一起。

当死神的白翼结束你们的岁月,你们将在一起。

是啊,即使在默念上帝时,你们也将在一起。

可是在你们的合一中,仍须留有空隙,

好让天堂的风儿,在你们之间飞舞。

彼此相爱,却不要让爱成了束缚:

不如让它成为涌动的大海,两岸乃是你们的灵魂。

互斟满杯,却不要同饮一杯。

相赠面包,却不要共食一个。

一起歌舞欢喜,却依然各自独立,

鲁特琴弦根根分开,却也颤发出一个乐曲。

相互交心,却不是让对方收藏。

因为唯有生命之手,方能收容你们的心。

站在一起,却不要过于靠近;

圣殿的大柱全都分开站立,

橡树和柏树,不在彼此的阴影中成长。

※ 在寺院门口

为了谈论爱情，我用圣火洁净了我的双唇。但当我开口讲话时，却发现我是个哑巴。

在我懂得爱情之前，我引吭高唱爱情的歌曲。但当我懂得爱情时，我口中的歌词却变成了微弱的喘息，我心中的曲调变得深沉。

人们啊！过去，你们曾经向我询问爱情的美妙与新奇。那时，我和你们讲起来津津有味，令你们兴奋，使你们心驰神往。而如今，爱情给我挂满了绶带，该轮到我向你们发问：什么是爱情所遵循的道路，什么是它的内涵和特点，你们中间谁能给我作出解答？我要向你们就我本身发出提问，我要向你们探询我的内心，你们谁能够向我的心表明我的心迹？谁能向我本人阐明我的自身？

否则，就请你们告诉我这火焰是什么？它在我胸中熊熊燃烧，它吞噬了我的活力，熔化了我的感情和情趣？

那只既柔嫩又粗野的无形的手是谁的呢？在我孤独寂寞之时，它攥住我的灵魂，将那快乐的苦涩与悲痛的甜美混合而成的美酒倾注在我的心里。

夜阑人静之时，无数只翅膀在我的床边拍打、呼扇，使我不能入睡，观察着我所不知道的事情，倾听着我未曾听到过的声音，凝视着我未曾看到过的事物，思考着我不明白的问题，感受着我不曾意识到的东西。我不时地长吁短叹，叹息之中蕴含着忧伤与痛苦，对我来说，这比爽朗的欢声笑语更加亲切，更加可爱。在这夜深人静的黑夜，我向一种无形的力量屈服投降了，它把我折磨得一次又一次地死去活来，直至黎明，晨光照亮了我卧室里的每个角落我才闭上眼睛，那醒时的幻影仍在我那疲倦的眼睑中间颤动着，我慢慢地进入了梦乡。梦幻蹒跚而至，爬上我的石头床。

我们所谓的爱情到底是什么呢？

请你们告诉我！躲在时代之后，隐蔽在客观事物的背后，待在人们的良心里的那无形的秘密是什么?

是一切结果的起因,又是一切起因所造成的结果的那种绝对观念又是什么?

那种觉醒是什么呢?它和生与死密切相关,而又从生和死中创造出比生更加奇特,比死更加深沉的梦。

请你们告诉我,人们啊!请告诉我,你们中间可有谁当爱情用它的手指触摸到他的灵魂时,他仍躺在生活的床榻上沉睡不醒?

你们中间可有这种人,当他心爱的姑娘向他发出召唤时,他舍不得丢下自己的父母,舍不得离开自己的故乡?你们中间可有这样的人,当他为了要去与他的心上人相会而不肯漂洋过海,不肯横穿浩瀚的沙漠,不肯翻山越岭,不肯跨越山涧与河谷?

一个青年,倘若他的恋人远在天涯海角,当他嗅到了她芳香的气息,感觉到她纤纤细手的温柔,耳边响起了她那甜润的音调时,他能否不心驰神往?

一个人如果知道,神能够听到他的祷告,并会给他以丰厚的回报,他怎能不在神灵面前甘愿把自己化作香烟,作为祭品奉献?

昨天,我站在寺院门前,向过往行人询问有关爱情的秘密和它的好处。

于是,有一位身材瘦弱、愁眉苦脸的中年人正从我面前经过,当我问他时,他唉声叹气地说道:"爱情的天性就是软弱,这是从人类始祖那里继承下来的。"

这时,又有一个腰圆臂壮的青年走来,笑吟吟地说道:"爱情是一种意志,它与我们共存,它把我们今天的和昨天的岁月同未来连接起来。"

随后,有一位妇女满脸愁云地哀叹道:"爱情是一种杀人的毒药,在火狱洞穴里翻滚的黑蛇吸食了它,黑蛇把它喷入空中,表面裹上一层甘露,撒向人间,于是干渴的灵魂如饥似渴地吸吮它,陶醉于一时,苏醒一年,然后便永远地死去。"

一个面若桃花的少女走来,满面春风地说道:"爱情是多福河水,黎明的新娘把它倾注在强健的灵魂里,使灵魂飘飘欲仙,高高升起,在黑夜的繁星面前凝聚,唱着赞歌沐浴在白昼的阳光里。"

一个身着黑色衣衫,髯髯长须的男人走过我的面前,蹙额皱眉,开口说道:

"爱情是盲目的蠢行，它随着青春的到来而开始，又随着青春的结束而告终。"

一个满面春风、潇洒英俊的青年兴高采烈地说："爱情是一门高深的学问，能使我们心明眼亮，神灵能看到的东西我们都能看见。"

随后，有一个盲人走了过来，他靠手杖探路，痛哭流涕地说："爱情就是一片浓重的雾霭，把心灵团团围住，遮住它的视线，使它看不到大自然中的如画美景。只能看到自己倾斜的影子在岩石间抖动，只能听到自己的呐喊在山谷间回荡。"

一位怀抱吉他的青年从我面前走过，边唱边说："爱情是神奇的光芒，它发自敏感的灵魂深处，照亮了它身边的一切，于是它看到世界就像行进在绿色草原上的一支浩浩荡荡的大军，生活犹如一场美梦，且无醒时。"

一个驼背老叟拖着沉重的双脚蹒跚而来，脚下好像拖着两个破布团一样，战战兢兢地说：

"爱情就像疲倦的身体躺在幽静的墓穴中得到了安息一样，就像惊恐的灵魂在永恒世界的深处享受到了安宁一样。"

一个五岁的孩童欢笑着经过我的面前，他说："爱情就是我的爸爸，爱情就是我的妈妈，只有我的爸爸和妈妈才懂得爱情。"

白昼已经过去。人们经过寺院门前，每个人都在议论爱情，实际上也是在给自己画像。他们自觉自愿地公开宣布了生活的秘密。

夜色降临，过往行人都已归去，一片寂静。我听见从寺院里传出的声音说道："生活本来就是由两半组成，一半是冰冰冷冷，一半是烈火熊熊。而爱情就是那熊熊燃烧着的那一半。"

随后，我进了寺院的门，跪拜祈祷，高声喊着："主啊，让我成为火焰的圣餐！神灵啊，让我变成圣火的美味！阿门！"

（李占经 译）

❋ 伴侣

第一眼

那是划分人生醉与醒的一瞬，是照亮心脏每个细胞的第一道光芒，是在心灵吉他的第一根弦上发出的第一声神奇的音符。那是短暂的一刻，在那一刻心灵重听往昔传闻，眼前重现夜晚的功绩；那一刻展示出人间的感情，泄露了来世的奥秘。那是阿史特鲁女神从上天抛下的一颗种子，眼睛把它种入心田，感情催它发芽，心灵使它结果。情人的第一眼仿佛飘摇在海面上的灵魂，天地由此诞生。生活伴侣的第一眼，好似上帝的话："如此这般……"

初吻

它是从上帝斟满的爱的酒杯中啜饮的第一口；它是令人半信半疑，怀疑时忧心忡忡，信任时欢欣鼓舞。它是精神生活诗篇的开端，理想人类故事的首章。它是连接奇特过去和璀璨未来的纽带，将感情的静谧同风暴结合在一起。它是四片嘴唇一起说出的言语，宣布心脏是宝座，爱情是女王，忠贞是王冠。它是温柔的抚摸，像和风吹拂玫瑰花蕊，带来甜蜜的呻吟和幸福的长叹；它是神奇的颤抖的开端，使情人脱离道学世界，进入启示和理想的世界。它把两种花合二为一，两种花香混合成为第三种……如果说第一眼酷似爱情女神撒向心田的种子，那么初吻就如同开放在生命之树上的第一根枝条上的初蕾。

婚配

就在这里，爱情着手把生活的散文编成诗篇，把生命的内容写成经文，昼夜吟诵。就在这里，思念去除了往昔经年不解之谜上的各种帷帘，用各种欢乐构成了一如灵魂拥抱主人的幸福。婚配是两种神性的联合，使第三种神性降生在地。婚配是两位强者以爱情联合，并肩战斗，以合力抵抗虚伪的世界。婚配是混合黄色的琼浆和红色的佳酿后产生的橘红色液体。婚配是两个灵魂的和谐一致，是两颗心灵的联合。婚配是一条金链上的一环，金链的开头是一瞥，末尾没有尽头。婚配是从贞洁的天空撒向神圣自然的甘露，使幸福田地中的力量迸发……如果说情人的第一眼像爱情撒向心田中的一粒种子，唇间的初吻如开放在生命之树上的第一朵鲜花，那么同她结婚就是那颗种子开出的第一朵鲜花结下的第一颗果实。

幸福之家

我的心感到厌倦，便同我告别，走向幸福之家。当它抵达灵魂崇敬的殿堂，茫然地站住。它没有见到想象中的东西：力量、金钱和权势，只见到美和爱这一对青年伙伴，以及同他俩做伴的女儿——智慧。

我的心对爱说：“爱呀！满足在哪里？我听说她同你们分享这里的宁静，是这样吗？”

她回答：“我们不需要满足，因此满足走了，隐没在野心勃勃的城市里。幸福并不追求满足，幸福是一种持续的渴求。满足是伴随着遗忘的一种安慰。永恒的心灵不会满足，因为它以完美为理想，而完美是无限的。”

我的心对美说：“美呀！请指教，给我展示女人的秘密，因为你对此最知晓。”

※ 爱情的生命

春季

亲爱的，让我们在荒野中行走。冰雪已然融化，生命由梦中醒来，荡漾在河谷山坡里。走吧，跟着我，一起去追寻春天在遥远的田园上留下的足迹。来吧，让我们攀登高山之巅，眺望周围平原上的绿波。

啊，冬之夜收敛起的衣服被春之晓舒展开。桃树、苹果树披上绿装，犹如“卡德尔之夜”的新娘；葡萄树苏醒了，枝藤缠结如情人相拥；溪水婆娑起舞，在岩石边哼着欢歌，向远方流去。大自然心中的百花吐蕊，如同大海里的朵朵浪花。

来吧，让我们畅饮水仙花酒杯中残存的雨的泪珠，让我们的心灵充满欢乐小鸟的歌声，呼吸春风的芳菲。

让我们靠着隐藏的紫罗兰坐下，在爱恋中拥吻。

夏季

让我们到田野里去，亲爱的！收获的季节到了。太阳对大自然友爱的光热，使庄稼成熟了。来吧，别让飞鸟和蚁群乘我们疲劳之机，抢在我们前面，把地里的粮食都搬光。来啊，让我们采摘大地的果实，如同心灵采摘爱情在我们心中播下的忠诚结出的幸福果；让我们用五谷装满库房，如同生活充实了我们感情的空间。

来吧，我的女伴！让我们以蓝天为被，以草地为铺，一束松软的干草作枕。从一天的劳累中恢复，倾听月光下谷地里小溪的低语。

秋季

我亲爱的，让我们去葡萄园！我们榨葡萄，把葡萄汁装进酒池，就像心灵聚敛了世代的智慧。我们收集干果，汲取花蜜，便可留芳人世……

让我们回住所去，树叶已经泛黄，被风刮得四处撒金，像是为凋谢的百花盖上尸衣——那些花送别夏天后死亡。来呀，鸟群向岸边飞去，带走了园林中的生气，为素馨花和野菊留下一片孤寂，它们将残留的泪水洒在地上。

让我们回去！小溪停止流淌，泉眼欢乐之泪已经枯竭，山丘蜕下了艳丽的服装。来吧，我亲爱的！大自然已睡眼蒙眬，以悲壮动人的一曲，告别清醒！

冬季

挨近我，我的生命之侣！挨近我，别让冰雪的寒气隔开我们俩。让我们并肩坐在火炉前！火是冬季美味的水果。跟我说说子孙后代的前途，我的双耳已经听腻了风的叹息和各种悲鸣。关紧门窗，天气发怒的景象让我悲哀，看到城市如失去儿子的母亲坐在冰天雪地之中，我的心要流血……我生命的伴侣，给灯添些油吧！灯快灭了，把它移到你面前，让我看看夜晚在你脸上留下的阴影……请拿酒来，让我们边饮边回忆时代的岁月。

挨近些！靠近我，我亲爱的。火灭了，灰烬几乎把它盖起来了……拥抱我吧，灯灭了，周围一片黑暗……陈年老酒使我们眼皮沉重……再用你惺忪的睡眼瞧瞧我……搂着我，趁睡魔尚未搂紧我……吻我，冰雪战胜了一切，惟有你的吻……啊，我亲爱的，安眠之海多么深沉！

啊，清晨多么遥远……就在这世界上！

※ 一个故事

在那条河的岸边，杨柳婆娑，绿荫遮地。一个农民的儿子坐在那里，凝视着平静而舒缓的流水。那里的一切都在谈论爱情，连树枝都相互缠绕，花儿婀娜多姿，鸟儿不停地啾啾，这个小伙子就在这里长大。这里整个大自然生机盎然。这个二十岁的青年，昨天在泉水边见到一位少女坐在一群姑娘中间，便爱上了她。后来，他知道她是埃米尔的公主后，便责备自己，埋怨自己不该有这种情感。但是责备和埋怨都不能使那颗心放弃爱情，排遣那片痴情。人受心灵与情感支配，犹如一根柔软的细枝，在南北风口中摇曳。

小伙子看到紫罗兰依偎在延命菊身旁，随后又听到夜莺与鹤鸟在谈心。于是他为自己的孤独和冷寂而哭泣。有好几个小时，爱情像幻影浮现在他眼前。他控制不住自己的感情，声泪俱下地说："这爱情在奚落我，把我当成笑柄，把我引进这种尴尬境地——希望被认为是缺陷，理想被当成是卑贱。我尊崇的爱情将我的心抬高到埃米尔的宫殿里，而我的地位却低微在农民的草屋中。这爱情把我带到一位仙女身边，许多男人围着她，她显得雍容高贵……爱情啊，我俯首帖耳，你要我做什么？我愿为你赴汤蹈火，被火舌烧灼。我睁开双眼，只见漆黑一片；我张口说话，说的都是丧气话。爱情啊，我被思念缠绕，精神感觉饥渴，除了情人的亲吻，思念不会撒手，精神不得温饱。爱情啊，你是强者，我是弱者，你为什么与我为敌？你公正，我清白，你为什么要欺负我？你是我唯一的靠山，为什么要摧残我？你使我存在，你为什么要抛弃我？假如我的血不按你的意志流，你宁可把它倒干！我的脚如果不在你的路上走，你可以让它瘫痪！你可以随心所欲地处置这躯体，不过，请让我的心灵在你的庇护下，享受到田园的欢欣和安逸……江河流向它的爱人——大海，百花对情人——光明笑脸相迎，云彩向着它的追求者——山谷降临。而我，具有江河不知、百花未闻和云彩不解的东西，你让我独自受苦，渴慕煎熬着我的心，同那意中人相距遥远。她不愿意我在她父王的军中当普通一兵，也不乐意我在她的宫中当一个仆役。

小伙子稍作停顿，似乎想从河水的淙淙声和树叶的沙沙声中学习说话。他说道："你，我不敢直呼芳名的人儿，我总见不到你，因华贵的帷幔和庄重的壁垒将我们隔开。啊，仙女，我只能企望在人人平等的永恒的天国与你相会。啊，你啊，人们对你俯首帖耳，宝剑听你指挥，金库和寺院为你敞开大门。你占有了一颗心，这颗心中只有神圣的爱，你奴役了一个灵魂，上帝为这个灵魂赐福；你使一个人神魂颠倒，那人昨天还在田野里自由自在，今天却变成了俘虏，戴上爱恋的镣铐。喂，美丽的姑娘，我见到了你，我才知道自己来到这个世界的原因。当我得知你的门第高贵，看到自己的卑贱，我才明白上帝的秘密凡人难知，上帝的途径可把一些灵魂带往不按人间法律审判爱情的地方。当我同你的眼睛对视时，我坚信人生是一座天堂，人心是它的大门。当我看到你尊我卑似巨人同虎狼搏斗时，便知道这大地不再是我的存身之处。当我看见你同女伴们坐在一起，犹如芳草丛中的一朵玫瑰，我就以为我理想的新娘就在眼前，变成了同我一样的人。当我得知你父亲的荣华富贵，认识到不等摘取玫瑰，刺就把手指扎出了血；尽管梦中聚起了那么多的美好，清醒会把它砸得粉碎……"

此时，他站起身，垂头丧气、心灰意冷地走向泉眼，伤心、绝望地哀叹道："快救救我，死神，这荆棘窒息百花的大地不适合生存。快让我摆脱这种日子：爱情被从宝座上废黜，由高贵取而代之。快让我摆脱吧，对情侣来说，永恒的世界比这个世界更合适。死神啊，我将在那里等候我的爱人，并同她结合。"

他走到泉边，此刻已是黄昏，太阳正从田野里收回它金色的饰带。他坐下，泪如泉涌，泪水洒落在公主曾踏过的土地上；他耷拉着头，竭力阻止心从胸膛里跳出来。

就在这一刻，柳树林里走出一位姑娘，百褶裙裾拖在草地上。她站到小伙子身边，将纤纤细手放在他的额头上。他迷迷茫茫地望了她一眼，像是被阳光刺醒了一样。他发现是公主站在自己面前，不由自主地扑通一声跪倒在地，仿佛摩西见到荆棘在眼前燃烧。小伙子觉得千言万语往上涌，两行热泪顺着脸颊往下流淌。

公主同他拥抱，亲吻他的双唇，还啜吸着他的热泪，用自己的双唇紧贴着他的眼睛。她的声音比芦笛还要轻柔，她说："亲爱的，我在梦中见到了你，在孤单和寂寞中我望着你的脸，你是我曾失散的心灵的伴侣，是我注定来到这个世界时，脱离了我美丽的自身的一半。亲爱的，我是偷跑到这里同你见面的。啊，你现在就在我的面前，不要焦虑不安！我把父亲的荣耀撇在了一边，我要跟着你，哪怕到天涯海角，与你同饮生活佳酿，共咽死亡的苦酒。起来吧，我的爱人，让我们去远离人们的遥远的荒野。"

这对爱人走进林间，隐没在夜幕之中。埃米尔的残暴吓不倒他们，黑夜的幽灵也不会使他们胆战心惊。

在这个王国的边陲，埃米尔的部下发现两具尸骸，其中一个脖颈上还戴着一条金项链。尸骸前的一块石头上刻着这样一些话："爱情把我们聚在一起，谁能将我们分离？死神带走了我们，谁将带我们复归？"

※ 致梅伊·齐雅黛

1921年3月21日晚，纽约

梅伊，我的朋友：

"多多地，温柔地；多多地，温柔地"，这是不久前展现给我的一个平凡的真理。于是，我灵魂中又打开了许多扇新的窗户和门扉。当我认识到这个真理，我发现自己面对着我从未在这个世界上梦想过的景象。

"多多地，温柔地；多多地，温柔地"，从这"多多"中，从这"温柔"

中，我学会了快乐地祈祷，平静地企盼，学会了不失自尊地顺从。我懂得了：一个孤独的人可以凭"多多"的光明照亮他孤独的世界，凭"温柔"的甜美驱散他工作的辛劳。

我还懂得：一个寂寞的生客可以做父亲、兄弟、伙伴和朋友，更可以成为过着快乐生活的孩童。"多多地，温柔地"，在这"多多"中，在这"温柔"中，自有广庇的羽翼和祝福的手掌。

今天我的身体好于一个月之前，但我还是个病人，这个羸弱之躯依然是没有秩序，没有节奏和韵律。你要我告诉你到底有什么不适，下面是医生诊断的主要内容：

过度劳累和缺乏营养造成神经衰弱，心脏功能失调，心律过快，脉搏每分钟115次，正常应为80次。

是的，梅伊，在过去两年里，我让身体超负荷地运转。只要天还亮着，我就不停地作画；夜间写作，一直写到凌晨；还要作讲演；还要和各种人打交道——这可是一桩阳光下最难的差事！我在餐桌旁坐下了，还要忙于和别人说话，等端上咖啡，我喝得很多，既当饮料也当食物。许多次在我过了半夜回到家后，我没有遵从上帝给我们人体立下的规律，而是用冷水浴和浓咖啡提神，把剩下的夜晚用在绘画或写作上，或者是用在十字架上。如果我也像家乡黎巴嫩北部的居民那样，那么疾病就不会这么快把我击倒。我的同胞们身材魁梧，强壮有力，而我却与他们相反；这些强健的人们体魄上的长处，我半点也没有继承下来。你瞧，我用这么多的篇幅谈起我的病，我真不该这样，但有什么办法呢？对你带着甜蜜的关怀，带着"希望与祝福"的问题，我只能一一作答。

那封在一排游艇对面美丽的花园里写下、用铅笔写在一张四边打好直线的本地信纸上的长信在哪儿呢？梅伊，给我的信在哪儿呢？你为什么没有寄来？我想得到它，我想完完整整地得到它。你可知道，在我读了那封信的片断后——那神圣的片断是新的一天的曙光——我是多么想得到它啊！你可知道，如果不是我害怕"疯癫"这个词，那我就会在昨晚给你发去电报，请求你把信送到邮局的！

梅伊，你看出来我良善吗？你是否需要良善呢？这是个甜蜜得足以伤人的问题，我怎么回答呢？我的朋友，如果在我身上有什么东西是你需要的，那它完完全全属于你。良善本身算不上美德，良善的反面是愚蒙——有了"多多地、温柔地"，还会有愚蒙的立足之地吗？如果良善在于对美的爱好、对崇高的敬畏、对遥远和未知事物的向往——如果良善指的是这一切，那我就是良善的人。否则，我就不知道我是什么、我是谁了。梅伊，我感到，高尚的女子是可以让男人的灵魂变得良善的，即使他是个愚蒙的人。

但愿我此刻身在埃及，但愿我身在我的祖国，在那些我心爱的人们身边。你知道吗，梅伊？我每天都幻想着：自己在一座东方城市郊外的一间屋子里，我对面坐着我的女友，朗诵着她最新尚未发表的文章。于是我们就这题目讨论良久，后来一致认为这是她迄今所写最好的作品。然后，我从床头抽出几页纸来，朗读了一篇昨夜写的东西。我的女友称赞了几句，却在私下说："他在这种状况下不该写作。文章的结构显得软弱混乱，他在完全康复前不该写什么动脑筋的作品。"

我的女友私下里这么说着，我也在暗地里听到了，我有点服气，可我马上大声说道："给我一点时间，给我一两个星期，我会给你朗诵一段美文，一段极美的文字。"

她又直率地回答："你应该停止写作、绘画和别的所有工作，停止一两年；否则，我是要生气的！"

我的女友在说"生气"的时候，用的是充满"绝对专制"的语气，然后又像天使一样笑了。她这么忽而气恼、忽而微笑，让我一下子惶惑起来，可我马上又为她的气恼和微笑而高兴，也为我的惶惑而高兴。

说到写作，你知道我是多么为你近几个月发表的文章和小说而高兴和自豪吗？我每读完一篇文字，都感到我的心智有所长进，有所延伸；每读完第二遍，又觉得作品的普遍含义转变成了某种属于个人的东西：我能从主题和形式里看出别人看不出的东西，我能从字里行间读出专门为我写的东西。梅伊，你是生命的一座宝藏，不，不只如此——你就是你！赞美上帝，因为你属于我是其中一员的那个民族，因为你生活在我也生活其中的这个时代。每当我幻想着你生活在上个世纪或下个世纪时，我就会举起手在空中挥动，就像要把一团烟雾从面前驱走一般！

再过两三个星期，我就要去野外，住在一间像梦幻一般坐落在大海和森林之间的小屋里。那森林是多么美丽，那里的飞鸟、鲜花和泉水是多么丰富啊！在前几年，我是一个人孤单单地漫步在森林里，到了黄昏我来到海边，忧郁地在岩石上坐下，或者投身到海波里，像那些要逃离尘世和其阴影的人们一样。但在这个夏天，当我在森林里漫步，当我在大海面前坐下，我的灵魂里有了一种让我忘却孤独的东西，我的心灵里有了一种让我不再忧郁的东西。

告诉我，梅伊，今年夏天你要做什么？你是去亚历山大的沙滩还是去黎巴嫩？你是一个人去我们的黎巴嫩吗？唉，天晓得我什么时候才能回黎巴嫩呢？唉，你能告诉我吗，我什么时候才能脱离这个国家，挣脱我的欲望套在我脖子上的这些金锁链？

梅伊，你还记得有一次你说过的事吗？你说：布宜诺斯艾利斯的一个记者给你寄去一封信，向你索要你的相片和文章。我对这个记者的要求和所有记者的要求都一直耿耿于怀，每想起来我都要伤心地感叹："我不是记者，我不是记者呀！所以我难以索要记者要的东西。如果我是一家杂志或报纸的编辑，我就可以自由地要她的相片了，用不着羞怯和惶恐，也不必用颤抖的言词编织一番引言了。"过去和现在，我都在心里这么感叹，那些把我的心当作自己故乡的人们，能听到这心声吗？

噢，已是午夜了，可到现在，我还是没有写出挂在我唇间的那个字眼呢，那个我时而低语、时而大声说出的字眼呢。我把这字眼交给心中的静夜，是静夜，保存着我们温婉地、热切地、虔诚地说出的一切；是静夜，梅伊，将我们的祷告带到我们希望的目的地，或将它高高地携到上帝的面前。我这就上床去，今夜我要好好地睡一觉，我要在梦中对你说出未写在这纸上的话。晚安，梅伊，上帝保佑你。

纪伯伦

劳伦斯

戴维·赫伯特·劳伦斯（1885—1930），英国诗人、小说家、散文家。
劳伦斯最负盛名的作品是长篇小说《儿子与情人》《虹》
《恋爱中的女人》《查太莱夫人的情人》《羽蛇》等。

※ 女丈夫与雌男儿

　　在我看来有两种女人，一种娴静，另一种无畏。男人们喜欢娴静的那一类，至少在小说中是这样的。这种女人总是回应：行，随你，好心的先生！娴静的姑娘，贤淑的伴侣，贤惠的母亲——现在仍然是男人们的理想。不少姑娘、媳妇和母亲是娴静淑女，有些是装的，可大多数则不是装的。我们并不希望车技娴熟的女孩是个娴静女人，我们希望她无所畏惧。议会里娴静如少女般的议员有什么好？只会说行，随你，好心的先生！当然，也有的男性议员属于那号人。娴静的女接线员，甚至娴静的速记员呢？娴静，是女性的外在标志，就像鬓发一样。不过娴静需与内在的无畏并行才好。一个女子要想在生活中闯荡，就得无所畏惧，如果她除此之外再具有俏丽娴静的外表，她就是个幸运的女子了。她可谓是一石两鸟。

这两种女性特质必带来两种自信。一种是男性的自信，一种是女性的自信。真正现代的女人应有一种男性的自信，从无疑虑和不安。这是现代类型的人。可旧式的娴静女人则像母鸡般自信，就是说对其自信一无所知。她默默地忙于咯咯下蛋，焦躁地、梦幻般地给小鸡喂食，那样子不乏自信，但绝非理智的自信。她的自信是一种身体状态，很宁静，但她极易受惊吓而失态。

观察鸡的这两种自信是很有趣的。公鸡自然有着雄性的自信。他打鸣儿，那是他相信天亮了。这时，母鸡才从翅膀里朝外窥视。他大步走到母鸡窝前，昂起头宣布："嘿，天亮了，我说亮就亮了。"他威武地走下阶梯，踏上大地，深知母鸡会小心翼翼地随他而行，因为她们为他的信心所吸引。果然，母鸡亦步亦趋地随他来了。于是他再次打鸣儿："咯咯，我们来了！"毫无疑问，母鸡全然承认了他。他大步走到屋前，屋里会有人出来撒玉米粒。那人不能不出来吗？公鸡有办法，他有雄性的自信。他在门道里大叫，人就得出来。母鸡们很明白，但马上会全神贯注去啄地上的玉米，而公鸡则跑来跑去照看着大家，自信自己该负点什么责任。

日子就这么过。公鸡发现点什么好东西就会高叫着招来母鸡，母鸡们晃晃悠悠地过来吞吃一光。可当母鸡们发现点美味佳肴时，她们会默默地吞吃，毫不犹豫。当然，她们会焦急地招呼那些小雏鸡的。事实上母鸡的这种自信，虽说不那么明确，但比公鸡的要来得肯定，只是方式不同罢了。她信步去下蛋，先是固执地保护着自己的窝儿，下了蛋以后又会神气活现地走出来，发出最为自信的声音，那是雌鸟的声音，宣布她下蛋了。不如母鸡自信的公鸡这时也会像母鸡一样叫起来。他是渴望像母鸡那样自信起来，因为此时母鸡比他自信多了。

无论如何，公鸡的自信是起主导作用的。当捕食雏鸡的鹰出现在天空时，公鸡会高叫着发出警告。随后母鸡在廊檐下跑动，公鸡会扑棱着翅膀警惕起来。母鸡吓得麻木了，她们说，我们不行了，像公鸡那么勇敢该多好！她们会麻木地缩成一团。然而这种麻木的样子却正是她们母鸡式的自信之所在。

公鸡咯咯叫，好像他们会下蛋。母鸡也会打鸣儿，她多少能显出一点公鸡式的自信。可是这样装出公鸡样的自信对她来说实在不容易。她尽可以像公鸡一样自信，可她很不安。母鸡般的自信虽让她打颤，可那自在啊。

在我看来，人也一样。只是今日，公鸡们才咯咯叫着假装下了蛋而母鸡们则打鸣儿假装叫天明。如果说今日的女人都像男人般刚强，男人则如女人般阴柔。男人懦弱、胆小、优柔寡断，像女人一样柔顺。他们想让人温和地与之说话，可女人却一步上前，冲他们发出喔喔的吼叫！

阳刚之气的女人之悲剧在于，她们过于阳刚自信了，胜过了公鸡自己。她们从未意识到，公鸡在清晨高声鸣叫以后，他会伸直耳朵谛听是否有别的公鸡敢于叫出声以示挑衅，对公鸡来说，晴空中总孕育着挑衅、危险和死亡，当然同样也孕育着机会。

可是，当母鸡高叫时，她并不谛听是否有挑衅和挑战。她的喔喔叫声是难以回应的。公鸡总是警觉地谛听回声，但母鸡知道她的叫声得不到回声，喔喔，听也罢不听也罢！

正是这种女人的坚定，太危险，太灾难性了。它真的是太出格了，与女人别的方面没什么联系。所以这样的女人才会上演悲剧，她们常会发现，她们生出的不是蛋，而是选票、空墨水瓶或别的什么毫无意义的东西，这些东西是孵不出鸡来的。

这就是现代女性的悲剧。她像男人一样坚强，把全部的激情、能量和多年的生命都用在某种努力或固执己见上，从来不倾听否定的声音，连想都不去想它。她像男人般自信，可她们毕竟是女人。她惧怕自己母鸡似的自我，就疯狂地投入选票、福利、体育或买卖中去，干得很漂亮，超过了男人。可这些压根儿与她无关。这不过是一种姿态，某一天里这种姿态会成为一种奇怪的束缚，一段痛楚，然后它会崩溃。崩溃之后，她会看到自己生出的蛋：选票，几里长的打字稿，多年的买卖实效，突然，这一切都会因为她是只母鸡而成为虚无。这一切会突然与她女人的自我无关，她会发现她失去了自我。那可爱的母鸡般的自信本是每个女性的幸福所在，她却不曾有过。她的生命是伴随着坚韧与刚强度过的，因此她全然失落了自己的存在，只剩下虚无！

（毕冰宾 译）

※ 爱情

爱是世上的幸福，但幸福并不是满足的全部内容。爱即聚合，但没有分离也就无所谓聚合。

快乐和赞美合成一体凝结在爱之中。然而，倘若没有先前的分体，就不会有后来的合体。而一旦被固定在某个完整的合体的圈子里，爱就不会有新的内容，就像潮汐，爱的运动就是这样完成的，在得到满足之后，退潮势必出现。

所以说，聚合依赖于分离，心的收缩取决于心的舒张，涨潮取决于退潮。世间没有什么普遍而不受破坏的爱，海水也不会同时在地球的每个角落高涨起来。爱一统天下的局面永远没有可能。

严格地说，爱是一种历程。有人曾经说过"在途中总比到达终点强"。这是无信仰的精髓。

它相信爱依照其本性是相对。这是相信爱是方式而不是结果，严格地说，是相信力，因为爱就是一种凝聚力。

我们怎样才能相信力呢？力同仪器、功能有关，它既没有起点，亦无终点。我们旅行的目的是为了到达终点，而不是为了旅行而旅行。至少，为旅行而旅行的运动是毫无益处的。我们的目的是为了到达终点。

爱就是一种旅行、一种运动、一种聚合的速度。爱是一种创造力，但一切力，无论是精神的还是物质的，都有正反两个方面。一切事物都会在万有引力的作用下朝地上坠落。但是，与万有引力的作用相反，地球不是把月亮抛出去，自古以来让它在天上而不让它靠近吗？

爱也是如此。爱，就是在创造的喜悦中加速万有引力的作用，使精神朝着精神，肉体朝着肉体互相吸引。但如果一切都被包罗在爱的界限内，爱就不复存在了。因此，对那些相爱的人来说，在途中便胜过到达终点了。因为一旦到了终点，人就可能超越爱，或者不如说，人就会把爱圈进新的超凡界限内。旅程的最大幸福莫过于到达终点。

爱的束缚！我们能构想出什么比爱的束缚更糟糕的东西呢？那无异于企图阻挡汹涌的大浪，拖住春天的脚步，使五月不能进入六月，使山楂树无法落叶结果。

我们一直认为，这种无限的爱，普遍而令人狂喜的爱是不朽的。然而，它除了是监狱和束缚之外还能是什么？世上除了亘亘流淌的时间以外还能有什么是永恒的？除了无止境地穿越太空以外又有什么是无限的？永恒、无限，这是我们对静止和终点的理解，可事实上，它们除了是不停的旅行以外，又能是什么？永恒是穿越时间的不停旅行，而无限则是穿越空间的不断旅行。仅此而已，不管我们怎样辩解。再来看看不朽。在我们的头脑中，它除了是同一类型想法的继续以外又能是什么？连续、永生、持久——除了旅行它们还能是别的什么吗？同样，灵魂升天，与上帝同在——除了是对无限的推测之外它又能是什么呢？无限又怎么可能是终点？

无限不是终点。如果我们寻找自己对所谓上帝、无限和不朽的确切理解，那就是指同一类事物沿着同一方向持续不断地运动。这就是无限，即持续不断地朝一个方向运动。我们所认识的爱的上帝，就是爱的力量的不断发展。无限不是终点。它如同无底洞一样是条死胡同。所谓爱的无限除了是死胡同或无底洞以外又能是什么呢？

爱是朝着目标而去的进程。因此，它是离对立目标越来越远的进程。爱朝着天堂进发。那它又是从哪儿出发的呢？地狱的方向，那里有什么？爱，说到底，是个正无限。那么，负无限又是什么呢？其实，正负无限是一回事，因为世界上只有一个无限。这样看来，要到达无限，朝天堂抑或是朝相反的方向进发又有什么区别呢！既然殊途同归，两个方向得到的都是无限，纯同质的无限，它既是虚无，亦是一切，那么，我们取得哪一种又有什么关系呢？

无限，爱的无限并不是目标，它只能是死胡同或无底洞。坠入无底洞便是进入了没完没了的旅行。而一条让人心悦的死胡同则可能是完美的天堂。可是，到达一个三面为壁、四平八稳的死胡同天堂，获得一种毫无缺憾的幸福，这并不能使我们感到满足。而坠入无底洞，进行永无休止的旅行也同样不合我们的心意。

爱不是目的，它只是旅程。同样，死亡也不是目的，它是摆脱现世进入原始混沌状态的旅程——而万物在原始混沌状态中又会得到再生。因此，死亡也只是个死胡同或熔炉而已。

目标是有的，但不是爱，亦不是死亡；既不是无限，也不是永恒，而是平静而欢娱的境界，极乐世界的另一个王国。我们就像一朵玫瑰——纯中央状态、纯坦荡均衡的奇迹。玫瑰在时间和空间的中点达到完美的平衡时，它便处在尽善尽美的境地，既不是稍纵即逝，也不是永占空间，而是在尽善尽美中得到解脱。这才是忏悔的内在含义。

我们是时间和空间的产物。但我们像玫瑰，我们臻于完善，到达了绝对的境地。我们是时间和空间的产物，因而可以即刻成为纯超度的产物，超脱于时间和空间之外，在绝对的领域中、在极乐世界的另一个王国里得到完善。

至于爱情，它是注定被包围、被超越的。爱总是被真诚的情侣们所包围和超越。我们则像玫瑰——完美地抵达目的地。

爱是多重的，不是单一的。有男女之间的爱，神圣的或世俗的；有基督徒的爱："你应该像爱自己一样爱你的邻居"，还有上帝的爱。但无论如何，爱总是一种聚合。

惟有在男女的结合中爱才保持了对偶性的含义。神圣的爱与世俗的爱互相对立，但终究都是爱的表现形式。男女之间的爱是世上最伟大、最完美的情感，因为它是双重的，包括互相对立的两个方面。男女之间的爱是最完美的生活脉搏，是心的收缩和舒张。

神圣的爱是无私的，追求的不是自己的利益。情人为自己的爱人献身，只求与她达成完美的统一。但男女之间的爱是完整的，它追求神圣和世俗的统一。世俗的爱寻求的是它自己。我在我的爱人身上寻求我自己，从她那儿争抢出一个我来。我们不是清澈的个体，而是复杂的混合物。我寄寓在我的爱人之中，她也寄寓在我的身上。这种状况是不应存在的，因为它只是混杂和迷惑。因此，我必须彻底地收拢自己，从我爱人身上解脱出来，她也应该完全地从我身上分离出去。我们的灵魂像是黄昏，既不明亮也不黯然。光线应该收敛回去，变成十足的闪光，而黑暗也应该自立门户。它们应该是互相对立的两个完整体，互不参涉，泾渭分明。

我们像一朵玫瑰。男女双方的激情既完全分离，又美妙地结合，一种新的形状、一种超然状态在纯洁统一的激情中，在寻求清晰与独立的纯洁激情中诞生了，两者合而为一，被投进玫瑰般的完美的天堂中。

因此，男女之间的爱，如果是完整的话，应该是双重的。这是融入纯洁感情交流的境界，又是纯粹性的摩擦，两种状况均存在。在感情的交流中，我被爱熔炼成一个完整的人，而在纯洁的、激烈的性摩擦中，我又被烧成原先的自我。我从融合的基质中被赶了出来，进入高度的分离状态，成为十足单独的自我，神圣而独特的自我，宝石从混杂的泥坯中被提炼出来时大概就是这样的。我爱的女人和我，我们就是这类混杂的泥坯。随后在热烈的性爱中，在具有破坏性的烈焰中，我被毁了，贬低为她那个自我。这是毁灭性的欲火，世俗意义上的爱。但惟有这火才能使我们得到净化，使我们从混杂的状况中分离出来，成为独特的、如宝石一般纯净的个体。

所以说，完整的男女之爱是双重的，既是一种融化的运动，把两者融合为一，又是一种强烈的、带着摩擦和性激情的分力运动，两者被烧毁，被烧得彻底分开，成为迥然不同的异体。

但不是所有男女之间的爱都是完整的。它可以是温柔的，慢慢地合二为一，如圣法兰西斯和圣克莱尔、圣玛丽和耶稣之间的爱。在这种情况下，可能没有分离，看不到统一，也不存在独特的异体。可见，这所谓神圣的爱其实只是半个爱，这种爱却知道什么是最圣洁的幸福。另一方面，爱又可能是一场性满足的美妙战斗，动人而可怕的男女抗争，就像特里斯坦和伊索德。这些超越骄傲的情人，打着最崇高的旗帜，是宝石一般的异体。他是十足的男性，像宝石一般脱颖而出，桀骜不羁；而她则是纯粹的女性，像一枝睡莲，亭亭玉立于其女性的妩媚和芬芳之中。这就是世俗的爱，它总是在欲火和分离的悲剧里结束。到那时，这两个如此出众的情人会被死神分隔开。但是，如果说世俗的爱总是以痛心疾首的悲剧而告终，那么神圣的爱则更是有过之而无不及。它总是以强烈的渴求和无可奈何的悲哀而告结束。圣法兰西斯最后死去，撇下圣克莱尔孑然一人，悲痛欲绝。

　　势必会合二为一，永远如此——感情交流而产生的甜蜜的爱和性满足后产生的自豪的爱总是融合在一起。那时，我们就像玫瑰，甚至超越了爱。爱被包围、被超越了。我们成了完全融合的一对，同时又像宝石一样是独立的个体。玫瑰包围并超越了我们。我们组成一朵玫瑰，而不是其他。

　　基督之爱，兄弟般的爱，它永远是神圣的。我像爱自己一样爱我的邻居。然后怎么样呢？我扩大了，超越了自我，汇入了整个人类。在完美的人类整体中，我也成了整体，成了一个小宇宙、大宇宙的一个缩影。这儿，我指的是人的完美性。人可以在爱中间获得完美，成为爱的产物。然后，人类便成为一个爱的整体。对那些像爱自己一样爱邻居的人来说，这无异于一个理想的未来。

　　可悲的是，无论我在多大程度上是个小宇宙、兄弟般爱的典范，却总有一种渴求，一种分离成宝石般独立自我的渴求，要从万物之中分离出来，像狮子一样骄傲，星星一般离群。这是我的一种需求。由于得不到满足，它就越发变得灼烈，以至成为支配一切的因素。

　　接下去，我就会憎恨现在的我，憎恨我所变成的这个小宇宙，这个人类社会的缩影。我越是坚持怀有兄弟般爱心的现有的我，就越憎恨自己。当然，我还会继续代表整个可爱的人类，直至追求独立的、未得到满足的激情驱使我采取行动。尔后，我将会像恨自己一样恨自己的邻居。再接下去，悲剧就会降临到我和我的邻居头上！神明要毁掉的人总是先让其发疯。我们就是这样失去理智的，即违背我们坚守的自我，被迫下意识地采取行动，而同时又保持这可憎的自我。我们变得迷迷茫茫，眼花缭乱。我们打着兄弟爱的旗号，匆匆地进行盲目的兄弟恨的举动。我们被自身的两重性，被两重性的分隔弄得失去理智。神想毁掉我们，就因为我们对它们太殷勤了。自由、平等、博爱，这便是兄弟般爱的终结。如果我不能从博爱和平等里解脱出来，自由又从何谈起？如果我将获得自由，就必须分离出来，真正做到独立和不平等。博爱和平等是专制中的专制。

　　这世上应该有兄弟般的爱，有人类的完整，但同时也应该有完全分离的个性，如狮子和雄鹰一般独立不羁的个体，应该是两者兼而有之。所谓满足就寄寓于这两重性之中。人必须与他人步调一致，创造性地、愉快地行动。——这是最大的幸福；但人也必须单独行动，不受他人的影响，单独地、自我负责地、骄傲地行动。这两种运动是对立的，却不是互相否定的。人皆有理解之心。只要我们理解了，就能在这两种运动中很好地得到平衡。我们既是单独的个体，又是与众协调的人类，两者兼有。这样的话，完美的玫瑰就会超越我们，这朵世上的玫瑰还从没开放过，一旦我们理解了双方，根据肉体和精神的需求自由自在、无忧无虑地从两个方向开始生活的历程，这玫瑰就必定会常开不败。

最后，还有上帝的爱。在这种爱里，我们同上帝结合在一起。但我们所知道的上帝要么是无限的爱，要么是无限的骄傲和权势，永远是非此即彼，不是基督就是耶和华，总是这一半排斥另一半。因此，上帝总是怀有嫉心。如果我们爱上这个上帝，就迟早会憎恨他，从而选择另一个上帝。这就是宗教经历的悲剧。但圣灵不同，他是不可知的，对我们来说是单一的、十全十美的。

有些东西是无法爱的，因为它超越了爱与憎。世上有未知的和启发一切创造的不可知的东西。这是我们无法爱的，我们只能把它视为我们的局限和自我认可的一个专用词。我们只能从未知，从内心产生的强烈欲望中去寻找它的答案——这种欲望的实现便是创造的实现。我们知道那朵玫瑰就要开放，我们自己则含苞待放。我们有责任在内心欲望的驱赶下，怀着信仰和自发的德性，怀着玫瑰必将盛开的信念，一步一步地走下去。

（姚暨荣 译）

※ 唇齿相依论男女

一

男人和女人相互需要。我们还是承认这一点为好。我们曾拼命否认这一点，对此讨厌、气恼，可归根结底还得认输，还得对此容忍才是。咱们这些个人主义者、利己主义者，无论什么时候，都十分信仰自由。我们都想成为绝对完美的自我。在这种情况下，如果说我们其实还需要另一个人，岂不是对自尊心的一个巨大打击？我们自由自在地在女人中进行挑选——同样女人也如此这般地挑选男人，这都不在话下。可是，一旦让我们承认：上帝，离了我那任性的女人我就没法儿活！——这对我们那孤傲的心是多么大的侮辱！

当我说"我女人"时，绝不意味着法语中与"情妇"的性关系。我指的是我同这女人自身的关系。一个活生生的男人如果不与某个特定的女人有一种关系他就很难快活地生活，除非他迫使另外一个男人扮演女人的角色。女人也是如此。世上的女人若同某个男人没有亲昵之情几乎难以快乐地生活，除非她迫使另一个女人扮演男人的角色。

就这样，三千年来，男男女女们一直在对抗这一事实。在佛教中尤其如此。如果一个男人的眼睛中有女人的影子，他就永远达不到那尽善尽美的涅槃境界。"我孤独而至！"这是达到涅槃境界的男人骄傲的声明。"我孤独而至！"灵魂得到拯救的基督教徒亦这样说。这是自高自大的个人主义宗教，由此产生了有害的现代利己主义。神圣无比的婚姻最终为死亡的判决而解散。在天上并没有给予和索取的婚姻。天堂上的人绝对个性化的，除却与上帝之间的关系，相互间不再有什么关系可言。在天上，没有婚姻，没有爱，没有友谊，没有父母、兄弟姐妹，更没有什么表亲了。只有"我"，绝对孤独，单单同上帝有关系。

我们说的天堂，其实是我们极想在人间获得的。天堂的环境正是我们眼下企盼的。

如果我对某男或某女说："你愿意摆脱一切人际关系吗——不要什么父母、兄弟姐妹、丈夫、情人、朋友和孩子？摆脱一切人际的纠缠，只剩下纯粹的你自己，单单与上苍发生联系。"答案是什么？请问，你将如何诚恳地回答我？

我期待着一个肯定的"愿意"。过去，有不少男人这样回答，而女人则回答"不"。可如今，我以为不少男人会犹豫再三，反之，几乎所有的女人都会毫不犹豫地回答："愿意。"

现代的男人，达到近乎涅槃的境界，没有任何人际关系了，他们甚至开始揣测：他们是什么物件，身在何方。请问，当你获得了自由，砍断一切纽带或"束缚"，变成了一个"纯粹的"个体时，你算个什么？你算个什么？

你可以想象你是个了不起的人，因为压根儿没几个人能达到这种近乎独立空蒙的境界而不落入死一般的利己主义和自鸣得意之中。真正的危险是，你形单影只，与一切活生生的人断绝关系。危险的是你孑然一身。无论是男是女，若只剩下其自然要素，那看看他们都还是些什么吧。极其渺小！把拿破仑单独困到一座孤岛上，且看他如何？全然是一个乖戾、傻气十足的小人。把玛丽·斯图亚特关入醍醐的石头城堡监狱中，她就变成了一个狡诈的小东西。当然，尽管拿破仑被关在与世隔绝的圣赫勒拿岛上，他也并未变得乖戾、傻气十足。可是苏格兰的玛丽女王独囚在福色棱格之类的地方后就变成一个狡诈的小人了。这种伟大的孤独隔绝把我们变得只剩下自身，这是世间最大的诡计。这就如同拔光孔雀的毛令其恢复"真鸟"的面目。当你拔光了孔雀全部的毛以后，你得到的是什么呢？绝不是孔雀，而不过是一具秃鸟的肉体罢了。

对于我们和我们的个人主义来说，情况亦然。若让我们只成为我们原本的样子，我们会是何种情形？拿破仑成了一个乖戾的小人，苏格兰的玛丽女王变得狡诈，圣·西蒙斯达立特住在高柱上变成了自高自大的神经病，而我们这些神气的人则成为自鸣得意的现代利己主义者，真是一文不值。如今的世上，尽是些个傻里傻气却又傲慢无礼的利己主义者，他们破除了一切美好的人际关系，依仗着自身的故步自封和虚张声势假充高高在上的姿态。可空虚早晚会露馅儿，这种空城计只能一时唱唱，偶然骗骗人罢了。

其实，如果你封闭孤立一个人，只剩下他纯粹和美好的个性，你并不能得到他，你得到的只是他的一星半点儿。把拿破仑孤困起来，他就一文不值了。把康德孤困起来，他那些伟大的思想就只能在他自己心中滴滴答答溜走——他如果不把他的思想写下来，这些思想就只能像一只无生命的表。甚至就是如来佛他自己，如果把他孤困在一个空寂的地方，令他盘腿坐在菩提树下，没有人见到他，也没人听他讲什么涅槃，我看他就不会津津乐道涅槃之说，他不过只是个怪物而已。一个绝对孤独的人，没有太大价值，他的灵魂甚至都不值得去拯救。"我呢，如果我升天，我会把所有的人都带上。"可如果压根儿就没有别人，你的表演就不过是一场惨剧。

　　所以我说，我们每一个人都需要自身与他人的联系。"没有我上帝就做不成事。"一位十八世纪的法兰西人说。他这话的意思是，如果世上没有人，那么，那个创造的人上帝就毫无意义了。这话真对。如果世上没有男人和女人，基督就没了其意义。同理，如果圣赫勒拿岛上的拿破仑与他的写队和民族没有关系，他就没了意义，法兰西民族也就失去了一大半意义了。一股巨大的力量从拿破仑身上流出，而又有一股相应的力量从法国人民那里流向拿破仑，他和他们的伟大就在于此，就在于这关系之中。只有当这种循环圈子完成以后，他才会闪光。如果只是半个圈，是不会闪光的。每一个光圈都是一个完整的圈子。每个生命亦然，如果它是生命的话。

　　是在与他人他物的关系中，我们才具有自己独特的个性的。让我们承认这一重要事实，吞下这颗刺人的果子吧。如果不是因与他人的关系，我们就只能是一些个体，是微不足道的。我们只有在与自然、他人和他物活生生的接触中才能行动，才能获得自身的存在。除去我们的人际关系和我们与活生生的地球和太阳的接触，我们就只能是一个个空气泡，我们的个性就毫无意义。一只孤岛上的孤云雀不会发出歌声，因此它毫无意义，它的个性也就如同草丛中的一只老鼠一样被埋没得无影无踪。可是有一只母雀与它同在，它就会发出高入云霄的歌，从而恢复自己真正的个性。

　　对于男人和女人皆如此。他们真正的个性和鲜明的生命存在于各自的关系中：在接触之中而不是脱离接触。这就是性。性就如同照耀着草地的阳光。就是这种活生生的接触——给予与获得，是男人和女人之间伟大而微妙的关系。通过性关系，我们才成为真正的个人；没有它，没有这真正的接触，我们就不成其为实实在在的人。

　　当然应该使这种接触保持活跃，而不是使之凝固。不能说与一个女人结了婚这接触就完结，这种做法太愚蠢，只能使人避免接触，扼杀接触。人们有许多扼杀真正接触的可能性的诡计：如把一个女人当成偶像崇拜（或相反，对她不屑一顾）；或让她成为一个"模范"家庭妇女、一个"模范"母亲或一个"模范"内助。这些做法只能使你远离她。一个女人绝不是这个"模范"那个"模范"，她甚至不是一个鲜明固定的个人。我们该摒弃这些一成不变的观念了。一个女人是空中一道振颤的波，它的振动不为人知也不为己知，寻找着另一道振波的回应。或者可以说她是一道不协调、刺耳而令人痛苦的振波，它一味振颤着，伤害着振幅之内的每一个人。男人也是这样。他生活，行动，有着自己的生命存在，他是一泓生命振颤的清泉，颤抖着向某个人奔流，这人能够接受他的流溢并报之以回流，于是有了一个完整的循环，从而就有了和平。否则他就会成为恼怒的源泉，不和谐，痛苦，会伤害他附近的任何一个人。

但是，只要我们是健康、自信的人，我们就会不懈地寻求与他人结成真正的人际关系。当然，这种关系一定要发生得自然而然才好。我们绝不可勉为其难地寻求一种人际关系，那样只能毁灭它。毁灭它倒是不难。从好的方面说，我们至多能有意识做的是注意促成它发生，不应强迫或横加干涉。

我们是照一种虚假的自我概念在做事。几个世纪以来，男人一直是征服者，是英雄，女人则只是他弓箭上的弦，只是他装备上的一部分。女人有自己独立的灵魂，于是有了对自由和独立的呼唤。如今，这种自由和独立都有些过火了，走向了虚无，走向死亡的感情和荒芜的幻想。

所谓征服者和英雄之人已经兴起此种花招来，但归根结底会证明这些人是愚蠢的。男人已不再是征服者，不再是英雄好汉。他也不是宇宙间敢于直面死亡的永恒世界中未知物的孤单超灵。这种把戏也不再让人信服了。当然今日还有不少伤感小伙子还坚持这么认为，尤其是在最近一次大战中大受其苦从而打扮成自私自利、忧愁感伤的小伙子们。

可这两种骗术都不灵了——无论是征服世界的英雄，还是打扮成孤魂面对永恒命运痛苦的忧伤英雄，全都没有用。第二种骗术在今日更年轻的人中似更时兴，但这种自怜自艾更危险。这是一种死亡的骗术，没有出路。

今天的男人们要做的，就是承认，这些一成不变的观念归根结底是无益的。作为一个固定的客体，甚至作为一个个人，无论男女都没多大的价值。所谓了不起的大写的"我"对人类来说不算什么，人类可以置之不理。无论男女，一旦一个人变成了了不起的大写的"我"，他就一钱不值了。男人和女人，各自都是一个流动的生命。没有了一方，我们都无法流淌，就如同没有岸的河不是河流一样。我生命之河的一条岸是女人，另一条岸是世界。没了这两条河岸，我的生命就会是一片沼泽，是我与女人及男人的关系使我自身成为一条生命之河。

这种关系甚至赋予我以灵魂。一个从未与别人结成生命关系的人是不会真正拥有灵魂的。我们无法以为康德有灵魂。所谓灵魂是指我与我所爱的、仇恨的或真正了解的人在生命的接触中自成一体并自我满足的一种东西。我自身具有通往我灵魂的线索。我必须获得我灵魂的完整性。我们今日失落的正是自身的完整感，有了完整感才会宁静。而今天我们还有我们的青年们所缺少的正是自我的完整感，他们深感自身支离破碎，因此他们无法获得自我的宁静。所谓宁静并非凝滞，而是像一条生命之河那样流淌。

我们不宁静，那是因为我们不完整的缘故。我们不完整，因为我们只了解生命关系的一星半点儿，其实我们或许会获得更多。我们生活在一个对剥离这种关系深信不疑的时代。人们要像剥葱头那样剥离生命关系，直至你变得纯而又纯或变成无比虚无空洞。大多数人的境况正是如此：意识到了自身彻底的空虚。他们太渴望成为"自己"，最后反倒变得空空荡荡或者说差不多空空荡荡。

"差不多空空荡荡绝非乐事。"可生活本应是快乐的，应该是顶快乐的事。"过得好"并不是为了"远离自我"。真正的乐事是成为自己。人类有两大关系，可能就是男人和女人及男人和男人的关系。眼下，这两种关系我们都弄得很乱，很让人失望。

当然，男女关系是实际人生的中心点，其次才是男人与男人的关系，再往后，才谈得上其他各种关系：如父母、姐妹、兄弟、朋友等。

前些日子有个年轻人嘲弄我说："恐怕我无法相信性可以使英国复活。"我说："我相信，你无法有这等信念。"他其实是教训我，表示他对性这样的脏东西和女人这样的寻常玩意儿不屑一顾。他这人没什么生命力，是个空虚而又自私的年轻人。他只顾自己，就像个木乃伊一样萎缩成小小的自我，作茧自缚。

那么归根结底什么是性呢？它只是男女关系的象征吗？其实男女关系像所有的生命关系一样意义很广泛。它存在于两种生命之间截然不同甚至是相反的生命流动中。贞洁，亦如肉欲一样，是这种生命流程的一部分。除此之外，还有我们无法得知的无止境的微妙交流。我敢说，任何一对体面结了婚的人，他们之间的关系每隔几年就会大有改观，可一般来说他们对此毫无意识。每次变化都带来痛苦，尽管它也带来乐趣。漫长的婚姻生活就是不断变化的漫长过程，在这当中，男人和女人共同建立起他们完整的灵魂和自我。这就如同河水不断流动，流过一个个新的国家，这些都是未知数。

可我们却让有限的观念给凝固住了，变得很愚蠢。有个爷们说："我再也不爱我老婆了，再也不想与她同床共枕。"我倒要问问他为何总想到与她同床共枕？他可知道，当他不想与她同房时是否还有别的微妙的生命交流在他俩之间进行，他可以使他们变得完整。还有她，她本可以不抱怨，不说一切都结束了，她非要跟他离婚，再投奔另一个男人不可——她为什么不能三思去倾听自己灵魂中新的旋律并从她男人身上发现新的东西？每发生一次变化，就会有一新的生命应运而生；我们随着年龄的增长而更新我们的生命，从而获得一种真正的宁静。那么，为什么我们非要每个人都像一张菜谱那样一成不变？

我们真该多一点理智。可我们却让几个固定的观念给僵化了，如性、金钱或某个人"应该"是什么样子等，从而我们失落了整体的生命。性这东西是变化的，一会儿生机勃勃，一会儿恼怒，一会儿又随风飘去，飘去。可普通人却经受不了这些变化。他们要的是粗暴的性欲，他们总要这样，一旦不这样，那就算了！全结束。离婚！离婚！

有人说我想让人类回到野蛮状态中去，这话真让我讨厌至极。好像在男女这事儿上，现代的城市人与最粗野的猴子有什么两样似的。我看到的是我们这些自诩文明的男女在感情上和肉体上相互摧残，我所做的就是请他们三思。

在我看来，性意味着男女关系的全部。其实这种关系比我们所理解的要深刻得多。我们懂的不外乎这么几类毛皮——情妇、老婆、母亲和情人。在我们眼里女人就像一种偶像或一个提线木偶，总是扮演个什么角色：情人、情妇、妻子或母亲。我们真该破除这种一成不变的观念，从而认识到真正女人之难以捕捉的特质：女人是一条流淌着的生命之河，每一条河都按着自己的方向流着；男女之间的关系就是两条河并行，时有交汇，随后又会分流，自行其道。这种关系是一生的变化和一生的旅程，这就是性。在某些时候，性欲全然离去，但两性关系仍旧向前发展，这就是活生生性的流动，是男女间的关系，它持续终生。性欲只是这种关系的一种表现，却是生动的、极生动的表现。

二

绝大多数革命都是爆炸，而绝大多数爆炸所炸毁的东西都超过了原计划的规模。法国大革命后的历史证明，十八世纪九十年代，法国人并不真想把君主政体和贵族体制彻底炸毁。可他们却这样做了，再怎样努力也不能将其真正重新拼接起来。俄国人也是如此；他们只想在墙上炸出一条通道来，结果却把整座房屋都炸毁了。

所有为自由而进行的斗争，一旦成功，就会走得太远，继而成为一种暴政。比如妇女自由运动。或许现代最了不起的革命就数妇女解放运动了。或许两千多年来最了不起的斗争就是妇女争取独立或自由的斗争。这斗争很艰苦，但我觉得它胜利了。它甚至过头了，变成了女人的暴政——家庭里的女人和世界上的女性思想和理想的暴政。不管你怎么说，这世界是让今日女性的情绪所动摇着。今日男人在生产上和家务事上取得了胜利，而不是像以前那样打仗、冒险、炫耀。现在这种胜利其实是女人的胜利，男人遵从女人的需要，听女人的指挥。

可他们内心又如何呢？毫无疑问，他们内心有斗争。女人不斗争就得不到自由，她仍然在斗争，斗得很苦，有时即便在没必要斗时她们也要斗。男人算完了，在女性精神动摇当代人类时，很难指出哪个男人是不屈从女性精神的。当然，一切并不平和，总有斗争和冲突。

女人作为一个群体，是在争自己的政治权力。可具体到个人，个别的女人是在与个别的男人作斗争——与父亲、兄弟，特别是与丈夫斗。在过去的年代里，除了某些阶段的反抗外，女人总是在扮演服从男人的角色。或许，男性和女性天生就需要这种服从关系。不过，这种服从一定得是出自无意识的本能，是发自本能的、无意识的服从。不知何时，女人对男人所抱的这种盲目信心似乎削弱了，随后就崩溃了。这种情形总出现在一个伟大阶段的末尾和另一个伟大阶段伊始之时。似乎它总是以男人对女人的无限崇拜和对女王的美誉为开端，似乎总是先带来短暂崇拜的迷惑，继之而来的是长久的痛苦。男人为崇尚女人而屈膝，崇拜一过去，斗争重又开始。

这并不见得是一种性斗争。两性并不是天生敌对的。敌对状况只出现在某些时候：当男性失去了无意识中对自身的信任，而女性则先是无意识地而后又有意识地失去对男人的信任。这不是生理意义上两性的斗争，绝不是。性本来是最能使两性融合的。只是当男人天性的生命自信心崩溃时，性才会成为一大攻击的武器和分裂物。

男人一旦失去了自信，女人就会开始与他斗争。克莉奥帕特拉与安东尼之间真的斗起来——安东尼其实是为这才自杀的。当然，他先是对自己失去了信心，用爱来支撑自己，这本身就是虚弱与失败的征兆。女人与自己的男人斗来斗去，表面上她是在为自由而斗，其实不然。自由是男人的座右铭，对女人来说却无甚大意义。她与男人斗，要摆脱他，是因为这男人已经不真正自信了。可她斗争来斗争去，仍无法从斗争中摆脱出来。今天的女人确实比有史以来的女人少太多的自由——我指的是女性意义上的自由。这就是说她缺少安宁——缺少那种温柔可爱的女性之娴静，缺少那种幸福好花一样可爱的反应，缺少那种难以言表的纯属无意识的生命快乐——自打男女相悦以来，女人越来越缺少这些女性生命的真谛。今日的女性，总是那么精神紧张，时刻警觉着，拭目以待，不是为了爱，而是为了斗争。从她的衣着发型到僵硬的举止，一眼就会发觉她像个斗士，而绝不会像别的。这不是她的错，这是她命中注定的形象。只有当男人失去了自信、连自己的生命都不敢相信时，女人才变成这副样子。

几个世纪以来，男人和女人之间结成了千丝万缕的联系。在互不信赖的年代，这些联系让人觉得成了束缚，必须予以松解才行。这是在撕碎同情心，割裂无意识中的同情关系。这是男人和女人之间在无意识的柔情和力量的交流中发生的一种巨大摩擦。男人和女人并不是两个互不相干、各自完整的实体。尽管人们反对这种说法，可事实就是如此。男人和女人甚至也不是两个分离的人或两种分离的意识和思想。男人永远与女人分不开，他们之间的联系或明或暗，是一种复杂的生命流，这生命流是永远也分析不清的东西。不仅仅在夫妻之间如此，在其他男女之间亦如此，如：在火车上与我们相对而坐的女人或卖给我香烟的女子，她们都向我淌出一条女性的生命之流，喷发出女性生命的浪花与气息，它们都渗入我的血与灵之中，这才造就了我。随后我也把男性生命的溪流送还给女人，安抚她们，满足她们，把她们造就成女人。男女间这种普遍的生命交流并没有中止过，经常发生在公共生活的接触中，倒是在私生活中越来越少了。可见我们都倾向于公共生活，在公共场合中，男女仍旧颇为亲善。

可在私生活中，斗争仍在继续进行着。这斗争在我们的曾祖母那里就开始了；到了祖母那一辈斗争变得激烈了；而到了我们母亲那一辈，这斗争成了生活中的主要内容。女人与男人斗是为了让男人变得好，也是为了让孩子们生活得更好。我们现在知道这种道德理由不过是一种借口罢了。我们现在明白了，我们的父辈让我们的母亲们斗败了，这并不是因为我们的母亲真知道什么是"好"，而是因为我们的父亲们失去了本能中对生命之流和生命实体的控制。只是因为这后一种原因，女人们才不惜任何代价与他们盲目地斗，这是命中注定的事。我们从小就目睹了这样的斗争，我们相信这种道德上的理由。可我们长大成人了，成了男人，就轮到我们挨斗了。现在我们才知道压根儿就没有什么理由，无论是道德的还是不道德的，都没有。这种斗争只是一种感觉。而我们的母亲们，尽管她们自称信"善"，可她们却对那种千篇一律的善厌恶透了，至死都不信。

不，这斗争仅仅是为了斗争而已。这斗争是无情的。女人与男人斗并不是要得到他的爱，尽管她会千遍万遍地说是为了爱。她与男人斗，是因为她本能地知道，男人是爱不起来的，他已经不再自信，不再相信自己的生命之流，因为他不会爱了，不会。他愈是反抗，愈是断言，愈是向女人下脆、崇拜女人，他就爱得愈少。被崇拜的甚至被捧上天的女人，她内心深处本能地懂得，她并未被人爱着，她其实是在受骗。可她却鼓励这种骗局，因为这极能满足她的虚荣心，可最终她会成为复仇女神来报复她不幸的伴侣。男女间的爱既不是崇拜也不是敬佩，而是某种更深刻的东西，毫不炫目，也不是徒有其表。我们甚至说它就像呼吸一样普普通通而又必不可少，说真的，男女间的爱就是一种呼吸。

没有哪个女人是靠奋斗获得爱情的，至少不是靠与男人斗来得到爱。如果一个女人不放弃她与男人的斗争，就没有哪个男人会爱她。可是女人什么时候才会放弃这种斗争呢？而男人又何曾明明白白地屈服于她呢（即便是屈服，也是半真半假）？没有，绝没有。一旦男人真屈服于女人了，她会跟他斗得更起劲，更无情起来。她为什么不放过他？即使放过一个，她又会抓住另一个男人，就是为了再斗。她就需要不屈不挠地跟男人斗。她为什么不能孤独地活着？她不能。有时她会与别的女人合起来，几个人合伙进行斗争。有时她不得不孤独地活上一阵子，因为不会有哪个男人找上门来跟她斗。可她早晚要与男人接触，这是不以她的意志为转移的。如果她是阔妇人，她会雇个男妓或舞男，让他受尽屈辱，可斗争并没完。了不起的大英雄赫克托尔死了，可死了不能算完，他的尸首非得被拖来拖去，拖得肮脏不堪。

这斗争何时会了？何时？现代生活似乎对此不予回答。或许要等到男人再次发现自己的力量和自信心的时候；或许要等到男人先死一次，然后在痛苦中再生，生出别样的气息、别样的勇气和别样的爱心或不爱之心。可是大多数男人是不会也不敢让那旧的、恐惧的自我死去的。他们只会绝望地依傍女人，像遭虐待的孩子一样冷酷无情地仇视女人。一旦这恨也死了，男人就到了自我主义的最后一步，再也没什么真正的感情，让他痛苦他都痛苦不起来了。

如今的年轻人正是这样。斗争已经多多少少偃旗息鼓了，因为男女双方都耗尽了力气，个个变得玩世不恭。年轻男子们知道他们可敬的母亲给予的"仁慈"和"母爱"其实又是一种利己主义，是她们自我的伸延，这爱其实是凌驾于另一动物之上的绝对权威。天啊，她们竟暗自渴求凌驾于自己子女之上的绝对权力。——为了她们自己！她们难道不知道孩子们是被欺骗了吗？从来没有这么想过！这一点你尽可以从小孩子的眼中看出来："我妈妈的每一口气都是为欺压我呼出来的。别看我才六岁，我真敢反抗她。"这就是斗争，斗争。这斗争已堕落为仅仅是把一个意志强加给另一个动物的斗争——现在更多地表现为母亲强加给儿女。她失败了，败得很惨，可她还不肯罢休。

这种斗争几乎结束了。为什么？是因为男人获得了新的力量，旧的肉体死了并再生出新的力量和信心？不，绝不是的。男人躲到一边去了。他受尽了折磨，玩世不恭，什么都不相信，让自己的感情流出自身，只剩下一个男人的躯壳，变得可爱可人，成了最好的现代男人。这是因为，只要不伤害他的安全，就不会有什么能真的打动他。他只是感到不安全时才害怕。所以他要有个女人，让女人处在他与危险的感觉和要求之间。

可他什么也感觉不到。这是一种巨大的虚幻解放，这种虚幻的理想境界让人无法理解。它的确是一种理想境界，可它虚无空洞。女人无法实现这种理想境界，她发疯、发狂了。你可以要到一个又一个女人，她们拼命冲撞着那些达到了虚伪的平静、力量与权利境界的利己主义男人，撞得粉身碎骨。这号利己主义者身上全无自然冲动，不会像人一样去受苦了。他的全部生命都成了废品，只剩下了自我意志和一种暗藏的统治野心，要么统治世界，要么统治别人。看看那些想统治别人的男男女女们，你就知道利己主义者是如何作为的了。不过那些现代利己主义者摆出的架势是十足的媚相、仁爱相和谦卑相，哼，谦卑得无以复加了。

当一个男人变成了这样一个成功的利己主义者时——今日世界上已经有不少男人"成功"了，这是些个无比可爱并"有艺术气质"的人——他们的女人可真要发疯了。可她无法从他那儿得到回应。斗争不得不戛然中断。她把自己抛向一个男人，可那个男人并不存在，那儿只有他的一个玻璃像，感觉全无。她真要气得发疯了。不少三十来岁的女人之所以行为乖戾，这就是解释吧——在斗争中她们突然失去了对方的反响，于是她们像濒临深渊一样疯了。她们非疯不可。

随后，她们要么粉身碎骨，要么突然变成那种典型的老娘们，几乎是一夜之间就变，一夜之间。一切都结束了，斗争完结了。男人从此靠边站了，变得无足轻重了。当然，仇恨也减少了，变得更微妙了。于是，我们的女性在二十几岁就变聪明了。她不再跟男人斗了，她让他我行我素，自己则有自己的主意。也许，她可以养一个孩子来施展她的权威，但她总是得不到自己孩子的心。她可孤独了。如果说男人没什么真的感觉了，那女人也变得感觉全无。不管她是否感知自己的丈夫，除非她发神经，她才会称他是光明的天使，长翅膀的信使，最可爱的人儿或最漂亮的宝贝儿。她像洒科隆香水一样把这些个美称一股脑儿赠给他。而他则视其为理所当然，还会提议再开下一个玩笑。他们的生活就是这样"欢乐的循环"，直到他们的神经全崩溃为止。一切都是假的：假的肤色，假的珠宝，假的高贵气，假的美貌，假的亲昵，假的激情，假的文化，连对布莱克、《圣路易桥》、毕加索或最新的电影明星的爱也是假的。还有假的悲伤和欢乐，假的痛苦呻吟，假的狂喜，这背后是残酷的现实：我们靠金钱活着，只靠金钱，这让我们的精神彻底崩溃。

这些当然是现代年轻人的极端例子。他们已经超越了悲剧或严峻这些过时的东西。他们不知道自己的位置，对此他们也不在乎。但是，他们的确处在男女斗争的结束点上。

这种斗争看来没什么价值，可我们仍旧把他们看成是斗士。或许这斗争有其好的一面。

这些年轻人什么都经历过了，变得比五世纪的罗马人还空虚、幻灭。现在，他们满怀恐惧和哀伤，开始寻求另一种信任感了。他们开始意识到，如果他们不小心，他们就会失去生活。这样精明的年轻人，他们是那样一天三变，竟会失去生活！用伦敦土话说，就是"误了这趟车"！他们在茫然中让大好的时光流逝了！这些年轻人才刚刚不安地意识到，他们忙来忙去过的那种"生活"或许压根儿不是生活，他们失去了真东西。

那么什么才是真东西？这才是关键。世上有千万种活法，怎样活都是生活。可是，生活的真谛是什么？什么东西能让你觉得生活没毛病、让生活变得真正美好？

这是个大问题，答案则古已有之。但是，每一代人都应该拿出自己独特的答案来。对我来说，能让生活美好的东西是这样一种感觉，那就是，即使我身患绝症，我还是活生生的，我的灵魂活着，仍然同宇宙间生动的生命息息相关。我的生命是从宇宙深处、从群星之间、从巨大的"世界"中获得力量的。我的力量就是从这巨大的世界中来，我的信心亦然。你尽可以称之为"上帝"，不过这样说是对上帝这个词的大不恭。可以这样说，的确有一种永恒的生命之火永久地环绕着宇宙，只要我们能触到它，我们即可更新自己的生命。

只要男人失去与这永恒的生命之火的联系，不再燃烧了，变成纯粹的个人，男人和女人之间的斗争才开始。这是无法避免的，它像夜幕要降临，天要下雨一样。一个女人，她越是因循守旧、处处规规矩矩，她就越是害人。一旦她感到失去了控制和支柱，她的感情就变得有害，这是不以她的意志为转移的。

看来，男人要做的唯一一件事就是转过头来，回归生命，回归那在宇宙间隐秘流动着的生命。这绝不是道德或犯罪、善与恶的问题。这是一个更新与被更新、活力与耗灭的问题。今日的男人被耗尽了生命，生命变腐朽了。怎样才能更新、再生、焕发新的生命？这是一个男人和女人都必须自省的问题。

回答这个问题将很不容易。什么这腺那腺，什么分泌，什么生食，什么启示录或布道也不解决问题。这不是个认识的问题，而是个行动的问题；这是怎样触到宇宙之生命中心的问题。我们该怎样触到它呢？

（毕冰宾 译）

齐亚黛

梅·齐亚黛（1886—1941），黎巴嫩女作家，
也是本世纪初阿拉伯男女平权主义的代表人物。
主要作品有：法语诗集《梦之花》，散文集《姑娘的良机》，政论集《平等》，
演讲集《生活之林》，长篇小说《回归的浪潮》等。她与黎巴嫩旅美诗人纪伯伦的神交，
为后世留下了风格独特的爱情书信，结集为《蓝色的火把》。

※ 女人与文明

先生们，女士们：

我们正值春季，生命在宇宙间的各个角落有力地勃动。四月是美的使者，光明的先知，送走了玫瑰王国三月最后的气息，留下它的美丽和光明。因此，我无须寻找谈话的主题。逝去的季节预示出一个绝好的题目：花儿。那奇异的生物，敏感的心灵，只从中感受到它是一种说不出的秘密。花儿用色彩装点庄园牧场，

又用它的芳香掩盖其秘密，如同夜用黑暗的衣袍遮住了了悟事物的目光。白天绽开的花朵和叶片似胜利的旗帜招展，入夜花叶便收拢起来，夜的潮气使其委顿。所以，我欲用另一种花儿来替代它，一种色彩更艳丽、形状更完美、更发人遐思、开启恻隐之心的花儿——那花儿中包容了最伟大的善和无法接近又弃之不忍的、沁人心脾的秘密；那花儿历经世代沧桑，忍受着自由的干渴和感情的煎熬，枝条挺立不弯曲；那火焰般的花儿心怀未来的希望，一个细胞一个细胞地传播着伟大生活的火种。

你们都认识那花儿，她就是女人！

先生们，女士们：文明已在世界普及，在三大洲连续闪烁出它的光辉。被先人称之为地上乐园的东方燃起了文明的星星之火。文明如太阳般在我们的国家升腾。在亚洲、非洲迈出最早的光荣的文明步伐之后，文明传向了欧洲，照亮了黑暗愚昧的大地。欧洲人高举起这神奇的火种说：照亮世界吧！世界便一片光明。耀眼的科学之光淹没了我们，它令我们记起其对古老世界有诸多益处。于是，我们走向海外，走向那个在前进道路上没有绊脚石、没有因旧习俗的捆绑而使生活成为重负的新世界。

在那个新生的世界里，一位思想家说：哥伦布发现了新大陆，路德又试图摧毁旧世界。

是的，文明已普及世界。然而，我们的状况又如何呢？这里出现过人类科学、艺术、生活方式的奇迹，不过现在困苦依旧。我们周围仍然处处有战争、疾病、杀戮，有心灵的闭塞和道德的衰退。古今传统的恶习难改，文明还没尽到责任，只改变了世界的皮毛或多那么一点点。

先生们，女士们：你们知道缺陷的缘由，了解过去历史中文明的弱点。造成这些缺陷和弱点的原因是人类另一半人的衰退，即女人的愚昧。

黑格尔说：男人不是全部的人，女人也不是全部的人，男人和女人才构成人，人就是男人女人。一个性别缺了另一个性别只能是一半，形不成一个完整的事物，只有将两者加在一起才行。一个人有了健全的头脑和健康的心脏才算是健康的。造福女人，男人才有幸福可言。

女士们：假若你们询问女人的历史，岁月之声便会道出令人心碎的事实。女人是什么？野蛮把她变成家畜，愚昧令她成为男人可以随意役使的私有物，想扔就扔，想杀就杀。尔后她便是一个可怜的奴隶，卑贱的女俘。随着时间的推移，她由一个未成年的孩子成长为一个主人闲暇时的玩物，一个身着绸衣，佩带珠宝，浓妆艳抹的花瓶。我们当中有谁知道在这盛装之下，包裹着的是一颗流血的未经包扎的心？

女人的历史是漫长痛苦的牺牲史。最为人惊异不解的是她从来就没有一位朋友和帮手。人们普遍地瞧不起她，蔑视她。这并不完全是因为人的愚昧，铁石心肠，也是因为理解尚未沟通。男人没有越出他们的圈子。我觉得这件事很奇怪，甚至挺严重，男人是谁？是我们视为时代精神和世界思想的领袖。

拉丁语的诗人们提到女人只描绘出她美丽迷人的身体，在他们的诗篇中感受不到身体表象之内心灵的痕迹。大家一致称女人为漂亮的魔鬼或高级娱乐的源泉！埃斯库罗斯、欧里庇得斯等希腊诗人干脆用"世界的灾难"称之。希腊大哲学家柏拉图，他被认为是整个民族的思想家，有着远大的理想和崇高的原则，其政治改革和文学改革都出于造福世界的目的。就是这位理性的柏拉图也根本没想到要改善女人的状况，没有研究女人的道德，发现其智力和潜力的程度。我能说什么呢？很遗憾，这位柏拉图也是女人所生。他曾公开地蔑视其母亲，扬言：在这个世界上，雄性的懦弱是因为孕育于动物或女人体内的灵魂于出生时便已萎缩造成的。然而，柏拉图有所不知，有一个女人学习了亚历山大学派的新柏拉图主义之后，不顾青春韶华美丽多姿，也要做一名时代的佼佼者，她就是著名的数学家莎尤努斯。4世纪初，她在光天化日之下被杀害于亚历山大的街市上。她是科学的殉难者，新柏拉图主义的忠实信徒。

先生们，女士们：第一位同情女人、对她说怜悯宽恕话的是耶稣·纳苏利。他是第一位将女人与男人一视同仁的人，他让男女走上一条正确的道路，否则，他们将遭受同等的惩罚。可是，基督徒却不准女人担任神职，有些神职人员竟把女人视为罪恶的渊薮。

此后，伊斯兰的先知在阿拉伯国家提高了妇女的地位，禁止了活埋女婴的习俗，赋予女人与男人同等的权利和义务，只在遗产继承上稍有不同，女人只能继承男人的一半份额。在民事权利上，女人与男人享有相同的权利。也有人说，女人享有了政治权利。女穆斯林可以是教法学家。第一位女教法学家就是伊斯兰法制定者的妻子阿漪莎。穆罕默德曾对民众说："从这位侯梅拉依人那儿得到另一半宗教吧！"

这里，我要提到两个人的名字：彼特拉克和但丁。他们两人首先感受到了一些诗人思想家笔下女人的心思。在他们的诗篇中将女人描绘为新娘，从中展示出文艺美学的知识。他们首次讴歌女人高尚的情操，机敏聪颖，匡正了男子汉的错误。

我们中谁不知道劳拉和贝雅特利希。这两个名字与彼特拉克和但丁的名字不可分离。她们是女人渴望的楷模，经过但丁的想象和生花妙笔，她们似闪电般划破了中世纪的黑暗。

接下来是莎士比亚。他让漂亮的女人成为大部分剧作的主人公。这些女人心胸开阔，温柔得像空中波动的光辉。莎士比亚最脍炙人口的美丽情诗表达出最高尚最痛苦的牺牲奉献的情感。同样，在科奈勒的小说里女人也是如此。毫无疑问，你们还记得柏林、卡布尔、希曼吧！

在那个年代里，并不是所有的思想家都同意莎士比亚和科奈勒的意见。其实，大部分人瞧不起女人，嘲笑她，也许嘲讽得并不厉害。布斯维的《艾斯戈夭·穆》总结了同时代人的思想，以极大的魄力概括为一句话："女人是用男人多余肋骨造出来的，所以，她不聪明，没头脑"。安拉怜悯你，布斯维！你不是预言家！我对女人是用男人的肋骨造出来的事说不好；但是，我更倾向于女人是用男人的心和感情造出来的，以代替那捕风捉影的肋骨。至于肋骨是否有多余的，这个问题已有定论，无需解剖学或非解剖学的论证。

女士们：让我们忘记这些古老的说法吧，看看眼前的情况。女性的崛起已日益在大地上扩展开来，这是一次伟大的崛起，带来了巨大的好处，预示着过去只靠一个性别构建的畸形文明并非是实现理想的未来文明的模式。未来的文明不是男人们单一的文明，而是整个人类的文明，因为女人已提升到与男人同等的、她应有的地位之上。光明的潮汐是与日俱增的女性提升的潮汐。在法国、英国、美国、德国、意大利，妇女以英雄般的勇气奋力提高自己并提高人类的质量。在挪威、芬兰、新西兰和英国的一些州，妇女已取得全部权利。男女在文学、文化、政治上完全平等。

在这些地方，女性崛起的影响是积极的有效的。女人从事公共事业，犯罪和酗酒现象减少，民族的道德水平出现了明显的好转，趋向于健康发展。

这就是寄托未来希望的新女性。

有人说女人只适合家庭劳作和打扮自己；瞧，现在她已成为新的改革者和思想家。有人说她是美丽的动物，温柔的魔鬼；瞧，现在她已是开明的君王，试图说服男人明白，生活中还有另一种高贵的因素，缺它不成其为整个生活。有人说她是个狡猾的骗子，诚实、忠贞离她远如天壤；瞧，现在她正进行自我教育，消除在奴隶时代被扭曲的畸形。有人说她下贱无主见没思想；瞧，现在她正气宇轩昂，执著于独立，满腔热忱去探索生活的深刻意义。福楼拜说，女人的想法稍纵即逝，一遇到科学问题她就被击垮。真奇怪，福楼拜怎么会说出这种话。正是福楼拜，他靠了女朋友德·莎特林夫人才了解了牛顿的地球引力说。你们还记得拉毕拉斯小姐、玛丽·科瓦利斯基、居里夫人等几十位从事自然科学和基础科学研究的妇女，以及成百个从事艺术事业和其他技艺的女性么？在法国，有五百万心地善良纯正的女性承受着家庭的重负，竭力避免使生活陷于令人心碎的困境。在英国、美国也有四万多的知识妇女。据统计，埃及也有近一百万妇女从事社会劳动。

有人说，知识不是为女人创造的。知识会磨去女人的美貌、谦逊和温存，让她自高自大，没有情趣，怨恨家庭，小瞧男人。现在，我们发现她一旦受教育会变得更有风度，更温柔体贴，更尊重家庭和男人。现在她已了悟生活的意义，一心一意努力提升自我，增长学识，培养个性，运用她的才智造福他人。只有高层次的女人知道她的自豪主要源于母亲这一词的内涵与外延。过去她只是肌体意义上的母亲，现在她想做精神的母亲、情感的母亲、思想的母亲、意志的母亲，做最崇高的教养者和最伟大的朋友。

有人说，她没有头脑，她的生活充满了各式各样的爱欲，孩子般的反复无常。现在，我见她目光远大，步伐坚定，将个人利益融于公共的利益之中。瞧瞧俄国，那儿的女人体味了比男人更为深重的痛苦，俄国的思想革命必然孕育出政治风暴。有多少优秀的姑娘为了祖国的利益牺牲了她的未婚夫、舒适的生活和前程，她们参加了有益于祖国的各种组织。

在这个无序的时代，挖苦女人的居多，支持女人的也不少。他们是那些心胸宽广有头脑的人，是我们时代最高尚的男人。他们尊重女人的努力，承认她的权利，肯定她的引人注目的改变，钦佩她的勇气和坚定，从她的奋起看到了减轻灾难有益于人类的新的有效力量。难道维克多·雨果没有说过，解放妇女能解决社会和文明的大部分问题。如此，消灭世界战争就有指望。

有人说，20世纪是女人的世纪，这话说对了。在世界每个地方，哪怕是远东的中国、日本、土耳其，女人都睁开了眼睛，面对生活的光明。

我见到生活的星星之火已在埃及燃起，男人用他们的笔、口、行动支持妇女，期待妇女问题能得到男人广泛的关心和支持。

是的，在埃及，折磨女人的世代枷锁已经打碎。今天，我们正处于光明未来的起点，生活的星星之火已经燃起。否则，我站在你们中间又为了什么？你们又为什么鼓励我，倾听我的讲话，并做认真的思索？我大声地疾呼，是因为妇女已沉默了太多的世代。你们仁慈地倾听我谈话，像是宇宙之初分散无助的男人极力去倾听，倾听那习惯于唯唯诺诺，无力反抗的柔弱声音。现在，这声音从远处，从黑暗世道的最深处提高了音量！从奇妙的造物初始的遥远的年代，从坟墓，从海洋，从一切生活的角落中发出呐喊：男人，你曾因征服了我而失去尊严！解放我吧，以使你得到自由！解放我吧，以使人类彻底解放！！

1914年6月讲于开罗东方俱乐部

（李琛 译）

圣琼·佩斯

圣琼·佩斯（1887—1975），法国著名散文作家。他的作品往往触及到人的灵魂，即使写风景，也借景抒情。代表作有《这样的理想和盼望》。1960年获诺贝尔文学奖。

※ 爱情的故事

在一间孤零零的茅舍里面，坐着一位青春年少的小伙子。他透过窗户一会儿向缀满群星的夜空张望，一会儿又低头凝视着手中一位姑娘的画像。那画像的每根线条、每种色彩，都在青年的脸上反映出来，因此，这世界上的秘密和永恒世界的天机都在这脸上暴露无遗。

那姑娘的画像在与青年喁喁私语，情意绵绵，使他的两眼变得好像耳朵一般，能听懂那屋子空间中遨游的灵魂的语言；那画像又仿佛把青年的一切化为一颗心。爱情使它像火一样炽烈，相思又使它如海一样深沉。就这样过了一个时辰，那时候好似美梦中一分钟那样短暂，又仿佛是在永恒的人生中度过了一年。然后，青年把画像在画前放好，提笔在一张纸上写道：

"我心爱的人！

"伟大的超然物外的真情实感，无法通过人类相通的语言在人与人之间相传，而只能靠心心相印，默无一言。今夜万籁俱寂，我觉得正是这静谧在你我两颗心之间把情书递传。这书信是如此轻柔，胜似微风把深情写在水上头；这静谧又仿佛拿着我们两颗心中的情书，对我们两颗心轻轻地诵读。但是，正如上帝的旨意把心灵囚禁在躯体内部，爱情的旨意竟让我也变成了话语的俘虏……亲爱的！人们说，爱情会把人变得好似熊熊烈火在燃烧，能把一切都吞噬掉。我发现，离别的时间不能将你我的精神世界隔断。还有，第一次相见，我就知道我的心灵早已认识你不知多少年了。看到你的第一眼，实际上并非第一眼……我亲爱的！使我们这两颗被苍天贬谪下凡的心重新相聚在一起的时分，使我不禁再次相信，心灵的确不会泯灭，它将永世长存。只在这样的时刻里，造化才算揭去了自己的假面具，露出了它那有限的常令人怀疑的正义……

"亲爱的！你是否还记得那座花园——我们曾站在那里相互注视着情人的脸？你是否知道，当时你的眼神告诉我，你对我的爱并非出自对我的怜悯？那眼神告诉我，并教我对自己，也对世人说：出自公正的馈赠远胜过悲天悯人的施舍，而虚假的爱情则像沼泽中的水一样污浊。

"亲爱的！我想让自己度过伟大、壮丽的一生，能让后世人长记心中，引起他们的爱戴，博得他们的尊敬。我遇见你时，这一生已经开始，而我深信它会永垂青史。因为我认为你是那样不凡，一定能将上帝寄存我身上的神力通过伟大的言行得以体现，就好似太阳催开百花，使它们争奇斗妍，馨香满园。似这样，我的爱将永世存在，为我自己，也为后代。我爱人们，这爱是纯洁的，毫无私心；我更爱你，这爱是高尚的，脱俗超凡。"

青年站起身，在屋子里踱来踱去。然后他向窗外望去，只见月色溶溶，月色迷离。他坐下来，又接着写下去：

"原谅我吧，亲爱的！因为我刚才竟用了第二人称与你交谈，而实际上，你是我们同时出自上帝手中时我失落的美丽自身的另一半。原谅我吧，亲爱的！"

凯瑟琳·曼斯菲尔德（1888—1923），英国女短篇小说家。
她的主要作品有《幸福》《园会》和《幼稚》。

※ 我永远是你的

富汉姆，拉德克利夫路47号

1917年5月18日，星期六晚

我亲爱的：

不要因为你在自己的书中发现了这封信就认为我伤害了你。你知道我没有——我还能在什么别的地方留下情书呢？因为我今晚渴望给你写一封情书。你就在我的周围——我似乎能呼吸到你——听得到你——感觉到你在我身体的内外——我在这儿做什么？你离开了——我看见你在火车上，在车站上车，坐在灯光下，聊天，向人们致意——洗手——而我在这儿——在你的帐篷里——坐在你的桌旁——桌上有一些墙花的花瓣和一根熄灭的火柴，一枝蓝色的铅笔和一本书。我对它们是如此的熟悉。

当薄暮来临——充满了整个寂静的花园——围住那关闭的窗户——我最初和最后的惊骇都产生于此——我正在厨房煮咖啡。这种感情是如此强烈，如此可怕，以致我放下咖啡壶——直接逃离了，逃，逃出工作室来到街上，一只胳膊下夹着我的包，另一支夹着一叠纸和一枝笔。我觉得如果我能跑到这儿并找某某夫人，我就安全了。我找到了她，点起你的煤气灯，给表上好发条——拉上帘子——坐下之前将你的黑外套紧紧抱在怀里——不再害怕了。不要生我的气，亲爱的。

当你今天下午来喝咖啡的时候，你手里拿着一个填满奶油的蛋卷，把它掰成两半用手指夹着，轻轻地咬着。你总是那么做——或是拿着果子面包，或是拿着小卷饼或是一小片面包——那就是你的方式——把头歪在一边——当你打开你的皮箱时，我看见你那顶旧毡帽，一本法文书和一把梳子在里面，这一切都是乱七八糟，"蒂格，我只有三条手帕了。"这一切回忆对我来说都是如此甜蜜。

昨天晚上，在你临睡前的一会儿，你赤裸着站在那里，身体稍稍前倾，说着话。那只是一瞬间。我看见了你——我是如此的爱你——爱你可爱而柔软的身体——啊，我亲爱的——我现在想起的并不是激情。不是这样，而是其他让我感觉到你的全部的东西，这对我来说是那么珍贵。你光滑的肩膀——你奶油般润滑的肌肤，你的耳朵，冷冷的像贝壳——你修长的双腿和你的双脚让我如此喜欢，以至于我用自己的双脚紧紧地缠绕着它们。——你平滑的腹部——和你瘦瘦的背——你脖子后面有一颗小小的痣（也吸引了我）。可能是我们都年轻的缘故，我可以感觉到这种柔软。——我爱你的年轻——如果我是上帝，我也不能忍受只通过冷风和你接触。

你知道，我们俩拥有我们面前的一切，而且我们将做一些很伟大的事情——我绝对忠诚。

于我们（的爱情）。——而且我对你的爱情是如此强烈，以至于我的灵魂也已经完全静止沉默。我不要任何人，只要你做我的情人和我的知己，而且我也只对你表示我（对爱）的忠诚。

永远属于你的

蒂格

卡斯特拉尔

卡夫列拉·米斯特拉尔（1889—1957），智利女作家、诗人，
拉丁美洲第一位诺贝尔文学奖获得者。
有诗集《绝望》《柔情》《塔拉》《葡萄压榨机》《智利的诗》和散文集《向智利诉说》。

※ 致墨西哥妇女

墨西哥妇女：哺育你的孩子吧，我们的民族就体现在孩子的身躯和精神里。

你的鲜血呈现出太阳的殷红，是那么丰沛；你线条精致的身躯蕴藏着力量，表面上却显得柔弱。你天生是为了养育最勇敢的胜利者、组织者、工人和农民，人民在危急时刻需要他们。

你端庄地坐在家中的走廊上，这般宁静，这般安详，有如倦怠；可实际上你那宁静的膝头比一支军队还有力量，因为你摇晃着的也许是你们民族的英雄。

墨西哥母亲，当有人对你说，有些女人挣脱了做母亲的负担时，你的眼睛喷出怒火吧，因为你由于做母亲而深感骄傲。

有人告诉你，要你像某些母亲那样，别再守候在摇篮边熬夜，别再熬干自己的鲜血去给孩子哺乳，你轻蔑地听着这种劝诫。你从不拒绝在发烧的孩子身边度过千百个揪心的夜晚，你也不容许孩子的嘴去吮吸雇来的乳房。你给孩子哺乳，

摇他入眠。为了寻求高尚的榜样，你从不去看那些本世纪的疯狂女人，她们在广场和沙龙跳舞胡闹，简直不认识自己孕育的孩子。你把目光转向古老而永恒的榜样——希伯来和罗马的母亲。

让你的孩子快乐吧，因为快乐会使血变得殷红，使肌肉变得温馨。和孩子一起歌唱吧，唱你故土上最甜美的歌。在孩子身边游戏吧，玩花园里的沙土，在澡盆的温水里嬉戏；带他到你那阳光明媚的高原的田野去吧。

有人说，你的纯洁具有宗教的美德，那也是一种世俗的美德，你的腹内养育了一个民族：众多的公民悄悄地从你的怀中降生，就像是你的祖国的清泉，源源不断。英雄有如鲜红的果实，你就像支撑着果实的绿枝。

墨西哥母亲，你生长在美丽而坚实的国土上：这里结出世上最美好的果实，长出的棉花柔软而令人喜爱。可你是大地的同盟者，生育出儿女用勤劳的臂膀收获果实、采撷棉花。你与大地合作，因此，每天早上大地用晨光为你增辉。

墨西哥母亲，请为你的儿子大声疾呼，为那些不受欢迎的降生者索取他们的生存权利吧！为了他，你有权提出许多要求。为了他，去要求阳光充沛、窗明几净的学校；为了他，去要求快乐的公园；去要求令人愉快的画报，有教育意义的书本和电影；去要求在法律方面得到合作。可是，如果有什么事情玷污了你，贬低了你的生命，你可以诉诸法律，为你那卑贱地降生、屈辱地生活的非婚生子洗雪耻辱，使他能和别的孩子一样；让法律保障你的工作，也保障你在工厂里被繁重的活计累得筋疲力尽的孩子们的工作。

为此，你们可以变得情绪激昂，尽管你们仍然严肃。你们的话语不会粗俗，甚至可以说是圣洁的。

墨西哥母亲，人们迟早会听见你的声音。正义的人们——他们为数众多——会转过脸来望着你，因为你的尊严高过其他许多尊严。当惠特曼看到你走过时，便在诗中这样唱道："我对您说，没有谁比人的母亲更伟大！"

墨西哥母亲，我母亲的姐妹，我热爱你。你绣出精美的花朵，织出蜜色的草席，为葫芦涂上鲜红的颜色。你有如《圣经》上的妇女，身着蓝色裙衫，穿过田间，为浇灌玉米地的儿子或丈夫送饭。

我们的民族将在你的儿子身上受到考验；我们将靠他们得救，或由于他们而丧生。上帝为他们安排的命运如此艰难，北方的波涛拍打着他们的脸膛。因此，当你的儿子搏击或歌唱时，南方的兄弟便将面向北方，既充满希望，又惶惶不安。

墨西哥妇女：你膝头上摇晃的是整个民族，此时此刻，你的使命最为伟大，最为崇高。

（段若川 译）

※ 墨西哥印第安妇女的身姿

墨西哥印第安妇女婀娜多姿。她们大多长得秀美，但并不是我们看惯的那种美丽。她们的肌肤并不是螺钿般的粉红色，而是黑黝黝的，有如被太阳晒得焦黄的麦穗。眼睛闪着热烈而温和的光，面颊轮廓俊秀，额头就像女人应有的额头那样不高也不低，嘴唇恰到好处地不厚也不薄。说话声调柔和，带着一股苦涩的韵味，好像喉咙深处总含着一大滴泪水。印第安妇女很少肥胖的，她们身段苗条而灵巧，头上顶着或腋下挟着水罐，或者像背着水罐似的背着孩子。她们与丈夫一样，身上有山冈上的巨人柱所具有的那种纯洁。

披巾使她们的线条显得朴素，有如《圣经》上的人物一样。披巾是狭长的，虽有许多大褶子，也没有使她们的身材显得臃肿，有如一股宁静的水流从脊背和膝头流淌下去，尽头的流苏也像一股水花，美丽极了。为了显示它的美丽之处，流苏留得很长，而且编织得十分精致。

披巾几乎总是蓝色的，上面点缀着白色花纹，就像我见过的最美的彩蛋那样，但有时却是色彩鲜艳的细条花纹。

披巾将她们裹得紧紧的，就像芭蕉宽宽的新叶在展开之前紧紧裹着粗粗的树干一样。有时披巾从头部披下来。那不是有很多角的俏丽的披巾，在女人的金发上扎出一只黑蝴蝶；那也不是热带地区那种像大花毯似的绣花披巾。那披巾只是简朴地披在她们头上。

印第安妇女用披巾将孩子松松地绑上；舒舒服服地把他背在背上。她们仍是没有摆脱孩子的旧式妇女，用披巾裹着孩子，就像原先将胎儿裹在腹内一样，这腹部就是用鲜血织成的又薄又结实的布。她带着孩子来到星期天的集市。她叫卖时，孩子就在那里玩水果和闪闪发亮的廉价商品。她把孩子背在身上，和他一起度过漫长的一天又一天——她甘愿永远背着这幸福的重担。她还未曾学会贪图自在……

裙子一般是深色的。仅在某些地方，在炎热地区，裙子才像彩绘葫芦那样有绚丽的色彩。为了便于走路，当她提起裙子时，裙子张开来，有如令人目眩的扇子……

妇女的身姿好比花朵的两种式样：宽形的，由大褶的裙子和绣着凸花的上衣组成，有如盛开的玫瑰；另一种由筒裙和简洁的上衣构成，那是茉莉花的形状，以直长的筒形为主。印第安妇女的身姿差不多总是这样完美。

她走啊走啊，从普韦布拉的山区和乌鲁瓦潘的田园来到都市；她赤脚走许多路，那小巧的脚也不会变形（阿斯特卡人认为，大脚是蛮族的标志）。

她走着，下雨时蒙着头，而在晴天的阳光下，那黑黑的粗辫子系在头顶。有时用彩色毛线编成夺目的鹦鹉式羽冠。

她站立在田间，我注视着她。她具有的不是古罗马两耳细颈瓶那样的身姿，她的臀部纤巧有如一只酒杯，一只瓜达拉哈拉的金色酒杯，她的面颊好像被炽烈的炉火舐过，那烈焰就是墨西哥的太阳。

经常走在她身旁的是她的印第安男人；宽宽的草帽的影子投在她肩上，她的衣衫雪白，有如田野上空的闪电。他们默默地走着，在那充满凝思的景色中前进；他们偶尔交谈几句，我虽然听不懂是什么意思，却听得出话语是那么甜蜜。

他们原先大概是个快乐的种族：像安排人间第一对男女那样，上帝把他们安顿在一座花园里。但是，四百年的奴役生活，连他们的太阳的光辉和水果的颜色都暗淡了；他们道路上的黏土，原本柔软得像掉落的瓜瓢，现在也变得坚硬了……

诗人们没有讴歌过这些具有亚洲人特点的印第安妇女，她们像路得那样善于劳作，由于常在庄稼堆上午睡，面庞黝黑……

（段若川　译）

侯赛因

塔哈·侯赛因（1889—1973），埃及作家、文学批评家、学者、思想家，
被誉为"阿拉伯文学之柱"。幼年为庸医所误，双目失明。
有《塔哈·侯赛因全集》18卷，其中自传体小说《日子》（3卷）最负盛名。

※ 我的异国情缘

那是在1915年5月12日的蒙彼利埃城，时间是晚上6点到7点之间，正是一场大风停息，另一场大风即将刮起的相对平静时刻。在法国南部的一些城市，当春天将尽夏天的征候开始出现时，这种大风就会刮起来。傍晚时分，浓云密布，接着就是电闪雷鸣，顷刻下起瓢泼大雨。

不久云散雨停，空气清新，万籁俱寂，人们议论着这场狂风暴雨，准备着迎

接另一场暴雨狂风。

就在这个时候，在两场暴风雨之间，我的房门敲响了。我一直在等待这敲门声，惟恐这暴风雨会破坏我的期待。门开了，一位姑娘在她母亲的陪伴下走了进来。她害羞地打了招呼，我也不好意思地问好。接着我们开始进入我们事先已商定好的话题。

我们这次谈话并不长，也不东拉西扯，漫无边际，然而过于拘谨。我是这位姑娘见到过的第一个外国人，而她是我访问的第一个姑娘，对我们来说这场谈话很难变得顺畅自由，更不用说变换主题了。不过，无论如何这是一次有下文的谈话。我们读着真主想让我们读的文学、哲学和历史，我们心里充满欢欣和希望。如果我对读者说，在这晚睡了一个好觉，既平静又快乐，那我是说谎；如果我对读者说，我把这一天当成了我每一年都庆祝的节日，不管处于什么境地，也不管遇到什么困难，我都将如此，那我是说出了心里话。我们的约会整整两个月中一直不断，都是在每天晚上。我们阅读17世纪法国文学，我们常常交谈。我不知道这两件事中哪一件我更喜欢，在我心中占有更重要的位置：是阅读，还是谈话。

这两个月刚刚过完，这位姑娘和我之间就产生了一种纯粹精神上的友谊。这一友情的支柱是对我们能够一起阅读的热爱，是对她为我讲解并指出其精美之处的文学的热爱。

夏天把她带到法国人避暑的高山和海滨，留下我在这个城市里，和另外一位姑娘一起读法国文学。但是我听到的不是这位姑娘阅读的声音，而是我女友的声音。我和女友之间还有书信往来，不曾中断。我常常记下我在阅读时遇到的问题以便向她请教，只有得到她的回答我才高兴。

尔后，真主想让我带着失望返回埃及而让她去了巴黎。不过我们之间还有来往以书信联系着。我在开罗陌生地——确切地说在我的家人和开罗的朋友们中间度过了三个月时光。我的忧愁和失望在这段时间我写的文章和作品中显出了影响。

不久，我又获得了返回法国的机会。这次我把蒙彼利埃换成了巴黎，因为索朋大学在巴黎，也因为苏珊在巴黎。

只有真主知道我抵达那不勒斯城时心里有多高兴。我在那儿收到她两封信。我的旅伴艾哈迈德·戴福博士一遍、两遍、三遍地为我读着这两封信，直到他读烦了，不愿把他预计在那不勒斯逗留的时间全花在给我读信上。他把信塞回到我手里，强迫我出去逛街。

我终于来到了巴黎，见到了我的女友。真主可鉴，在这次相聚之后，我们再没有分开过，除非是在不情愿的情况下。于是我们早上也会面，晚上也聚首。我们在她母亲和姐姐的陪伴下共同度过夜晚的一些时光，因为我把住处选在了他们家。我们经常去上课，只有上课时间才能把我们分开。从1916年到1917年末，这两年中我们在课间见过多少次啊！那时我的女友是我的老师，在她的帮助下我尽可能学习法语，精通了法语文学，学习了拉丁语，得以完成该科的学士考试，和她一起学习了希腊语，使我们能一起读柏拉图的某些遗产。但是1916年的几个月，并不是在我和我的女朋友之间，而是在学生和老师之间，朋友和朋友之间度过的。

没有多久，爱情就循着它的路径来到我的心间。我不认为你想让我为你描绘在我心中激起这爱的那种感情，描写那让我减少了睡眠，失去了安宁，丢弃了课业的种种因由，是吧。

我常常听到她的声音，那是她在为我读或跟我读。我迷恋着这声音，因为它给我带来了情调，也因为这情调所表达的意义。如果此时此刻有人问我听到了什么或感悟到了什么，那我只能说，我听到了最甜美的音乐。如果有人问我从这甜美的音乐悟到了什么，那我只能这样回答：我爱这音乐的本源。然而没有一个人问我，我也就无须回答了。我只是问自己，自问自答。我为我找到幸福而欢欣鼓舞，我不在乎丢掉了时间和功课。接下来这爱情无论如何要宣布它自己。但它遇到的回音仅仅是体谅和同情。爱情是不会厌倦的，它不懂得降温，也不怕失败，而是更强烈更执著了，以致坚持于这爱情的人不获胜利就会垮掉。我的爱情坚持不懈、愈演愈烈，我的女友被迫让我们分开，她去南方消夏，把我丢在巴黎。

啊，我在巴黎度过的那几个星期，不知道什么叫快乐，什么叫安逸！也不懂什么是安全，什么是平静！虽然如此，我们还是有书信来往，最后我收到她的一封信，叫我去她住的那个地方找她。这就是同意，这就是胜利啊！这是生活的一章的结束，另一章的开始。法国南方勃朗斯山坡上的这个乡村对我来说实在太可爱了！在那里，一天晚上，宣布了我们订婚的消息，而第二天早上，我们就开始一起学习伊本·赫尔东的《历史绪论》，一起准备为博士考试将提交的论文了。

我俩作为已经订婚的一对友人，度过了整整一年。我们学习文学、哲学、历史和拉丁文。我们还不能考虑结婚，因为还没征得大学的同意。当时无法向大学提出那样的要求。不提出要求，就是向大学表明，我肯定不会在玩乐嬉戏中虚掷在巴黎的时光。真主可证，我没有玩乐嬉戏，没有虚度日月！真主可证，我不知道在自己的全部人生岁月中，有哪一段时光能像我在巴黎和在法国南部的这两年这样充实，充满勤奋，充满纯洁。

什么样的刻苦努力能比得上这样的刻苦努力啊！——它让一对未婚夫妇早上一起来就赶紧会合，去读康德的哲学，或沉溺于古希腊、罗马的历史中，抑或沉潜于塔西佗、泰特利福和希罗多德的遗产中。尽管如此，我就是这样和我的女友度过了两年光阴。我们曾到巴黎郊外野游，曾在一些森林间漫步，当来到一处空地时，我们就挑选一个最美的适于一对爱人甜言蜜语的地方，坐下来谈论我们的理想和希望。尔后我们又打开书，——那些书离爱情和那意境实在太远了——又幸福地沉湎其中。1917年，我们获得了学士学位，——我也得以向大学提出结婚申请。大学批准了，因为我已经是留学生中第一位获得文学学士的人。1917年8月9日，将近中午时分，真主完成了对我的恩赐，让我从苏珊那里就像在我的有些书的显要处所说的——得到了"光明——在黑暗之后；温情——在孤独之后；幸福——在苦难之后……"

（伊宏 译）

米莱

埃德娜·圣范桑·米莱（1892—1950），美国女诗人。
大学毕业前夕出版了第一部诗集《复活》，受到广泛注意。
1923年由于诗集《弹竖琴的织工》获普利策诗歌奖。

大师谈爱情

103

※ 我，生为女人并苦恼忧烦

我，生为女人并为我这类人

所有的需要和想法所苦恼忧烦，

却受你的近似性驱使，发现

你人材俊美，感到一种要把你

身体的重量负荷在我胸上的渴求：

生命的烟雾设计得是妙不可言，

为了使脉搏清晰，使头脑昏暗，

而使得我再一次被解开，被占有。

然而，别因此认为，我强健的

血气可怜地背叛了我蹒跚的大脑，

我将借爱情记住你，或以怜悯

缓和我的轻蔑，——我直说了吧：

我觉得这种狂乱不足以成为

我们再会时对话交谈的理由。

（傅浩 译）

布莱希特

贝托尔特·布莱希特（1898—1956），德国戏剧家，诗人。

曾因反对德国政府发动的战争而遭到迫害，流亡国外达15年之久。

作品有剧本《夜半鼓声》《母亲》及大量的诗歌、小说。本书所选为散文诗。

大师谈爱情

105

※ 颂爱人

一

我知道，爱人：空虚的生活已弄得我头发脱落，我不得不在墓石上静卧。你们见我在喝最贱的烧酒，而我无非在风中行走。

二

曾经有过这样的日子，爱人，当时我纯洁无疵。

三

我曾经有过贤妻，她强于我犹如今天青草强于公牛：青草再度获生机。

四

当时她见我就生气，但爱我仍坚定不移。

五

她未问自己的路走向何方，也许会走下坡。当她对我以身相许，曾说：这就是一切，而这一切成了我的身躯。

六

今天，再也找不到她的影踪，她就像浮云飘然消逝。每逢下雨以后，我只能听凭那浮云自由往下而行，——因为这是它的路程。

七

每当我夜间饮酒，我常常瞧见她在风中苍白的面容；强风朝我吹来，我向风深深地鞠了一躬。

川端康成

川端康成（1899—1972），日本小说家。

川端康成的作品多为中短篇小说，代表作有《伊豆的舞女》

《母亲的初恋》《千只鹤》《山之音》《睡美人》《雪国》《古都》等。

1968年获诺贝尔文学奖。

※ 年轻的女子

　　年轻女子带来的小说中，自传性的作品居多。一般说来，妇女都是先以描写自己作为其文学生活的起点。我读了这些作品，第一印象是，要真正述说自我，就是说要很好地了解自我，彻底地辨别自我，这是多么困难的事啊。

　　我把作为作者的她，同作品人物的她相对照，毕竟无法相信是同一个人物。原来这女子是这样考虑自己的吗？这是意外的印象，我为之所动。人虽不可貌相，可她也过分扭曲地来看待自己了。在明显的情况下，纵令她的小说把自己写成一个乐观开朗的人，而我得到的印象却是：她很悲惨。例如她像个胆小的天使，却在小说里把自己描绘成大胆的妖魔，把自己平凡的嘴唇描绘成充满魅力的柔唇。如果说从女人的虚荣心出发，把在文学作品中的自我打扮一番那还算好，可是在许多情况下，她似乎确信她自己是具备情人所说的一切。换句话说，在看待自我的时候，她们就不带自己的目光。

当然，对于自古以来的大诗人来说，恋爱就是一种情人眼里出西施的错觉。诗人们极其不值得一提的情人们都已经从这块土地上消失，只留下美好的作品，对于他们和我们的所有读者来说，这是无上的荣幸。让读者看到文学作品的模特儿，读者不感到幻灭是罕见的。依作者的看法，把实有的情人艺术化了的作品，无非就是梦想家的热情的错觉造成的悲剧。但是，优秀的艺术家，同我所认识的爱好文学的少女，是存在根本的不同的。他们用自己的眼光来看待少女，而少女却用他人的眼光来看待她们自己。

常言道，丑妇和处女只了解一半人生。相反要说美女和主妇也只了解一半人生，这倒也是事实吧。一般来说，男性文学家即使没有经历过人世间的辛酸，光凭在书斋里的辛勤笔耕，随着年龄的增长也能逐步了解自己。女性文学家则没有经历过人世间的辛酸，就不能了解自己。能够在作品里把自己的心绪表现出来的女性文学家，大体仅限于那些有好几个情人的女子。也就是说，得用几个情人的眼光来观察自己之后才行，不然，女子光凭自己的眼光似乎是不可能看清自己的。

今天，文学爱好者大半是年轻的女性，她们爱好轻浮的文学，在文学前进的道路上筑起了巨大的屏障，也许这是无可奈何的事。

※ 金丝雀

夫人，我不得不背约再给您写最后一封信。

我不能把您去年送我的金丝雀养下去了。金丝雀一直是我妻子照料的，我只管闲看，看时便想到夫人——

夫人说过的吧：我有妻子，您有丈夫，我们还是分手吧；除非，您没有丈夫……这金丝雀作我的念物送给您，常看它吧。这金丝雀是夫妻呢，可是，却是哪个鸟贩子任意捉了一雌一雄关进一只笼中的啊！雀儿原非情愿。反正，借这对鸟怀念我吧。把活物作纪念品赠送，也许可笑，可是我们的相思也是活的；金丝雀总会死吧，我们之间的相思，也让它在不得不死去的时候死去吧。

这对金丝雀要死了。喂养人已经死去，我这么个懒散的穷画家养不了这么娇弱的小鸟，摊开说吧，照料小鸟的妻死了。就是说，妻既死金丝雀也得死。——试想吧夫人，使我思念夫人的不是我的妻吗？

我想过是否将金丝雀放生。可是妻死后这对小鸟骤然萎蔫了，而且天空对它们又是未知世界，在这座城市或附近的树林，都没有可以和这对夫妻结伴飞翔的鸟类。如果两只鸟各飞东西，也只有各自死去。夫人说过，它们原是哪个鸟贩子任意捉来一雌一雄关进同一笼中的。

此外，我也不愿卖给鸟贩子，因为是夫人的赠物。又不想奉还原主，因为妻子曾喂养它。再说，说不定夫人已忘了这对小鸟，徒添困扰。

重申一遍。因为有妻的存在，夫人的念物金丝雀才活到今天。因此，夫人，我想让这对金丝雀为妻殉死。这不单纯是纪念。我为什么和夫人这样的人产生了恋情呢，不是因为有妻的存在吗？妻使我完全忘却了生活的苦涩，不让我看见生活的那另一半。否则，我在夫人这样的女性面前，一定会侧过脸，或是低头而过吧。

夫人，可以让这对金丝雀死去埋进妻的坟墓吗？

伏契克

尤利乌斯·伏契克（1903—1943），捷克斯洛伐克民族英雄、杰出的共产主义战士，著名作家和评论家。他在法西斯监狱里写下的《绞刑架下的报告》广为流传，鼓舞了千千万万的革命者。1950年，世界和平理事会追授他"特别荣誉和平奖"。

※ 致古丝妲

一

我亲爱的！

要想再有那么一天，我俩手挽着手、像小孩子似的，到那和风吹拂、阳光普照的临河斜坡上去散步，这几乎是奢望了。要想再有那么一天，我能生活在恬静舒适之中，在图书、朋友的环绕中，写下我和你谈论过的一切，写下25年来在我心中积累成长起来的一切，这几乎是奢望了。当把我的书籍毁掉的时候，也就是已夺去了我生命的一部分。但是，我绝不投降，绝不让步，也绝不甘心让我生命的另一部分不留丝毫痕迹地完全葬送在267号牢房里。所以，我在这从死神那里窃取来的时间里，写着这些捷克文学札记。永远不要忘记，要把这些札记转给你的那个使我能够没有全部死去的人。我从他手里拿到的铅笔和纸，使我感到激动不安，就像初恋似的，使感觉多于思想，幻想多于寻词构句。没有材料，不引经据典，要写是不容易的。所以，我清清楚楚、简直是可触可摸地想象到的东西，其中有一些，也许在我的读者看来是模糊不清的，是不现实的。所以我写这些札记首先是给你来读。我亲爱的，给我做这个助手和第一个读者，因为你最了解我心里的一切，你会和拉达与我那个白发苍苍的出版家一起，作必要的补充。我的心和头都是满满的，但是我身边却没有任何书籍，写关于文学方面的东西，而手头却连一本哪怕只能瞟一眼的书都没有，是很困难的。

我的命运一般地讲是独特的。你知道，我是多么想成为小鸟或灌木，浮云或流浪人，成为像我这样喜欢广阔的空间、太阳、风的一切一切。然而多少年来，我都仿佛是棵树根似的，过着地下的生活。一棵生长在黑暗与腐朽之中的笨拙枯黄的树根，但正是这些树根在支持着地面上的生命之树。无论怎样大的暴风雨都不会吹倒这棵根深蒂固的树。树根以此感到骄傲，我也以此感到骄傲。我并不后悔，我丝毫也不悔恨。我做了一切我能做的，并且我是甘心乐意地做了。但是光明——光明是我所喜爱的，我是多么希望往上长，多么希望像有用的果实似的开花，成熟。嗯，有什么法子呢！

我们这些树根支撑并且支撑住了的树上，就要出现新的枝芽，就要结出新的果实——社会主义一代的工人、作家、文学批评家和历史学家，纵令迟一些，但他们却会很好地宣扬那些我已不能宣扬的一切。那时，或许我的果实也要汲汁成熟起来，虽然已永不会再有白雪飘落到我的山头。

1943年3月28日 于267号牢房

二

我亲爱的古丝姐!

我得到了许可,来给你写几行字,于是我便急忙握笔疾书。

柳巴写信告诉我,说你已换了住处,你知道吗?我亲爱的,我们彼此相距并不远,要是早晨你从台瑞辛出发往北走,我从包镇出发往南走,那么到傍晚时分我们就会面了。我们彼此会向着对方奔去,不是吗?总之,我们是在和我家的过去有着关系的地区旅行:你在台瑞辛,那是我叔叔曾经获得很大名声的地方,我就要被押解到柏林,那是他逝世的地方。但是我却并不认为一切姓伏契克的都应当死在柏林。

大概,柳巴已写信告诉了我生活的情形,告诉了你我单独住在一间牢房里,在制纽扣。在这间牢房里的墙角,挨近地板,住着一只小蜘蛛,在我窗外住着一对知更鸟。离得很近,十分近,所以,我就听得见鸟声吱吱啾啾。现在这两只鸟已孵出了小鸟,是多么关怀它们啊!于是我就想起了,你曾经将我唧唧喳喳的鸟语翻译成人语。我亲爱的,我现在和你谈话一谈就是几个钟头,我等着,渴望着能和你面谈而不是笔谈的那个时刻。

那时我们彼此将有多少话互相倾诉啊!我亲爱的,娇小年轻的,你可要坚强有力,顽强不屈啊!热烈地拥抱你和亲吻你。再见!

你的尤拉

1943年8月8日于包镇

聂鲁达

巴勃罗·聂鲁达（1904—1973），智利著名诗人，诺贝尔文学奖获得者。

有诗歌《节日颂》《黄昏》《二十首情诗和一支绝望的歌》《漫歌》等。

※ 夜晚的洗衣妇

也许，此时此刻，我正在实现古往今来所有诗人的梦想。诗人们曾经梦想有朝一日能够会晤相聚、日久天长，能够看到比男子更为众多的妇女并同她们讲话致意。

这件事，希腊、意大利、德国、挪威、波斯、西班牙以及法国的诗人们都曾经尝试过；但是，生活却赋予我，一个来自世界最偏僻角落的微不足道的诗人一个机会，使我得以在仅仅一天、甚至仅仅在一个小时的时间里会见为数众多的妇女，她们远远超过所有那些诗人梦想会见的妇女的总数。

伙计们，你们尽管嫉妒我去吧！

再说，我所会见的又是智利的妇女，是我的聪明伶俐、温文尔雅、吃苦耐劳、勇敢坚强和美丽端庄的同胞姐妹。承蒙她们前来听取我的诗句和发言，本人不胜荣幸。我认为，这对于我，虽是天赐良机，然而也并非不相配。

我接受把我称之为我国的先知这一荣誉，尽管我这一辈子仅仅想当一名我们国家和我国人民的诗人。

然而，我要坦率地说，我并不具备创造这一奇迹的能力；只有历史、时代的嬗变以及人类永不止息的进展才能创造奇迹。要是在过去，一个诗人想要和智利的妇女进行这种会晤是绝不可能的。这是时代的一种标志。

远古以来，妇女一直在倾听男子的逸事逸闻。无论武士、官吏、起义者，还是伟大的或者拙劣的艺术家、征服者或者被征服者、英雄或者罪犯的逸事逸闻，她们一概洗耳恭听。即便教士的祷词也是为某一位妇女升入天国而寻找的一种方式。音乐家、雕塑家、画家以及作家，为塑造我们爱恋的情侣，描绘了她那无与伦比的美丽容貌、崇高的母性、爱情、痛苦和英雄气概；然而，纵使有过数百年的赞美，妇女仍然处于黑暗的时代，仍然遭受粗暴的社会的盘剥、折磨和遗弃，以至于竟然到了非开会讨论妇女究竟有否生命灵性不可的地步。

实际的情况是，妇女的生命之光早就普照天下了。

这真是一个充斥鲜血和暴力的悲惨时代，是一个在神殿里香烟缭绕、而在斯杀中人类有如恶鬼格斗的悲惨时代。整个中世纪，尽是征服、侵占和纵火焚烧。骑士传奇文学把妇女描绘成金光四射的神话人物，描绘成不可触摸的星星，只有游侠骑士用宝剑和诗篇才能把她们征服；而妇女在一开始又必定是不可企及的，必定是远离现实和真实的。

这种与时代不合拍的状况延续了几个世纪，而仅仅在妇女参与了男子的斗争并以她们的献身精神、勇敢和伟大的气魄获得了与男子同样高的地位或者超越了男子之后，这种状况才得到了改变。

历史证明，无论是对于男子还是对于妇女，黑人还是白人，宗教徒还是非教徒，斗争都具有同样的含义。这是一场为了改变人类命运、使全体被剥削者都能享有同样的正义的世界性斗争，因此，也是一场妇女应该参加的世界性斗争。

母亲为其子女的前途迈出了第一步。最初，母亲和光明总是一个整体。子女的生命，人类的生命仅仅是这种光明的延续。

我不仅有过生母，而且还有过继母。我在别的场合曾经讲过多次，我的生母是怎样在生下我不久就离开人世的。她是在帕拉尔因肺病逝世的。她生前当过教员。我父亲是个铁路工人，他后来续弦了。所以，我既有生母又有继母。

然而，我们生活的这个世界并不仅仅需要具有献身精神和默默作出牺牲的妇女，也不仅仅需要长久埋在我衰老的心头的、此刻我立即要向大会介绍的那种妇女。

值得注意的是，这是一位女性，是一位没有名姓、除了少数几个人之外别无他人知道的女性。虽然不知道她姓甚名谁，但是可以称之为"母亲"。她在默默地过着日子，所以，又可以称之为"妻子"；以后，还可称之为"祖母"。除了少数几个曾经有幸认识她并得到过她爱情的人之外，她不为人所知，不为人所爱；而她给予人的幸运也鲜为人知，给予别人的爱情往往得不到良好的报答。对于忘恩负义，妇女们真是太了解了，有如海员了解海洋、农民了解大地一样。但是，正像海洋和土地一样，忘恩负义也总不会有什么好结果：在一切都可以预测的情况下，也会发生意外的打击，也会发生暴风雨或者地震。

几年前，还是在我和玛蒂尔德住在圣地亚哥的时候，我们常常坐着俯瞰首都的夜景。从高处一直往下瞧。可以看到，在我们家的楼房下面，临近有一条街；而在那儿，总会看到两支蜡烛和一个用木盆洗衣服的妇女，仿佛在举行什么宗教仪式似的。每到晚上九点钟，那位妇女便准时用木盆搓洗衣服，直至深夜。我们从来没有看清过她的脸庞，我们所见到的，只是她在夜晚，在那夜幕沉沉、微弱而颤抖的两片烛光中间曲背弯腰的身影。如果我是一个主张唯美主义和为艺术而艺术的古代诗人，那么我就要赞美那位礼仪备至的洗衣妇了，因为她仿佛是一位女教士，虔诚地在她的神龛前用泡沫、棉布和纱巾进行祈祷。

然而，我是当代的诗人。我在这位洗衣妇身上看到的并不是什么宗教仪式，而是一个痛苦的现实，是我们地广人稀的美洲千百万妇女的生活。那两支蜡烛，无论严冬还是盛夏，总是在这个时候照耀着瓜尔多尔、玻利维亚或者委内瑞拉母亲们的艰巨任务。从奥里诺科河到巴塔哥尼亚，从大自然赐予我们的蔚为壮观的火山墨西哥高原那巨大而多刺的仙人掌，那位洗衣妇，那位在夜晚孩子们安睡的时候洗衣服的妇女，我认为，就是我们美洲人民的无名英雄。我从来没有看清过她的脸庞，也许，她根本不知道我会在家里在黑暗中注视着她。我为她写了这么一首诗：歌唱一位夜晚的洗衣妇。

（林一安 译）

西蒙娜·德·波伏瓦（1908—1986），法国现代小说家、女权主义的理论家和实践者，主要作品有《人都是要死的》《一代风流》《第二性——女人》及《波伏瓦回忆录》。她被法国前总统密特朗誉为"法国和全世界最杰出的女作家"。

※ 《第二性——女人》的引言和结论

引言

在写这本关于女性的书时，我踌躇了很久。书的题目就使人感到刺耳，尤其是对妇女们，况且这也不是什么新的东西了。关于女权主义的争论已经花费了不少笔墨，现在已接近于收场的地步，我们就不再谈它了。然而人们却还在絮絮不休，最近一个世纪以来一部部卷帙浩繁的拙劣之作似乎并没有说明多少问题。

此外，究竟存在不存在问题呢？究竟存在的是什么问题呢？究竟有没有所谓的女人？永恒女性的理论的确还有不少信徒。他们嘀嘀咕咕地说："即使在俄国，她们也还是女人。"但另一些消息灵通的人——有时也可能是同一些人则叹息说：如今的女人完了，她们被毁掉了。

"我们就再也闹不清是否还有女人，是否会永远有，应不应当希望有，她们当前在世界上占有什么样的地位，将来又应当得到什么地位。哪里还有女人？"最近一家不定期杂志问道。

但首先应当弄明白：女人究竟是什么？

"女人就是子宫"，有人说。然而在提到有些妇女时，行家们断言："这种人不是女人"，尽管她们和别的女人一样也有子宫。所有人都一致承认人类中存在雌性，她们古往今来始终组成人类的将近一半。然而有人对我们说"女性特征正在陷入危机"；人们劝告我们："好好做个女人，始终做个女人，努力成为女人。"因此并不一定所有雌性都是女人；必须得具有这种神秘而又遭受威胁的实在时才算得上是女性。

女性特征是由卵巢分泌的吗？还是凝固在柏拉图式的天空深处呢？是不是一阵裙裾的窸窣声就足以使它坠入红尘呢？尽管一些妇女虔诚地想成为女性特征的化身，人们却从来没能提供一个女性特征的典范。他们仿佛从独具慧眼的人那里借来词语以对她心悦诚服地做朦胧而闪烁其词的描绘。

在圣·托马斯的时代，它仿佛是具有确定本质的东西，就像罂粟具有安眠功能一样。但概念论早已失去了自己的地盘：生物学与社会科学不再相信存在着决定某种既定性格的一成不变的实质，诸如决定女人、犹太人和黑人性格的实质，而认为性格是对某种处境的反应。如果说今天不再存在抽象的女性特征的话，那是因为从来就没有。

这是否意味着"女人"这个词没有任何内容呢？这正是启蒙哲学、唯理论和唯名论的信徒们所竭力要证明的：女人只是人们随便用"女人"这个词来指代的人类的一部分；尤其美国妇女往往认为女人已经不复存在了，假如某个落后者还认为自己是个女人的话，她的朋友们会劝她去做精神分析，以便摆脱这个念头。多罗瑟·帕克在谈到《现代女性，堕落的一性》这本引起愤怒的书时说："我不能赞同那种把女人仅当作女人看待的书……我的观点是无论男人还是女人，都应当被当成一个人。"但唯名论是一种并不高明的学说，反女权主义者轻而易举地指出女人并不是男人。当然女人和男人一样都是人，但这样的论断是很抽象的，事实是第一个具体的人总有自己特殊的处境，否认永恒女性、黑人精神、犹太性格的概念，并不能否认今天世界上还有犹太人、黑人和女人。这种否定对当事人来说并不意味着解放，只是虚伪的回避。很明显没有任何女人会真心认为她能超越自己的性别。

一位有名的女作家几年来一直拒绝让自己的照片与一系列女作家的照片在一起出现，她希望置身于男人之列。但为了得到这个殊荣，她动用了丈夫的影响。那些宣称自己是男人的女人也同样要求得到男性的殷勤和关注。我还记得一个年轻的女托派在一次吵吵嚷嚷的会议上讲话时，挥舞着拳头准备给人一拳，尽管她明显地羸弱。她不承认自己女性的弱点。然而这正是出于对某个战友的爱，她希望自己能比得上他。美国妇女惯有的挑战态度表明她们正是被自己的女性心理所困扰。的确，只要睁眼看看就可以观察到人类是分为两种类型的，其服装、面孔、身体、笑容、步态、兴趣、职业都明显不同。也许这些差异都是表面的，也许它们都注定要消失，但可以肯定的是它们目前还毋庸置疑地存在着。

如果说雌性功能不足以为女性下定义，而且我们又拒绝用"永恒女性"的说法来解释女性，但我们又承认地球上有女人，哪怕是暂时的，那么我们就不得不问：女人是什么？

提出这个问题本身就是意味深长的，它启发我立刻想到了第一个回答。一个男人绝不会想到写一本书论述男性在人类中所占有的特殊地位（例如"金塞关系"只是确定了美国男人之性特征，这完全是另一码事）。假如我想为自己下定义我必须首先说明：我是一个女人；这条真理是其他所有论断产生的基础。一个男人绝不会把自己当作属于某个性别的个体。他是个男人，这是不用说的。

在市政府的档案和身份表的栏目上写着：男性，女性，仿佛很对称，这只不过是形式而已。两性关系并不是正负电、南北极的关系：男人同时代表阳性和中性，以至于在法语中男人同时又泛指人类，"男性"的特殊含义被"人"的一般含义所吸收了。女人则表现为阴性和否定，以至于所有的规定对她来说都是单方面的限制。有时在讨论抽象问题时一些男人对我说："您这么认为是因为您是个女人"；这使我非常恼火。但我知道唯一的自卫办法是回答："我之所以这么认为是因为这是真的，"以消除自己的主观性。绝不可能回答："您的意见相反，因为您是个男人"；因为显而易见男人是代表普遍性的。

男人理所当然是男人，而作为女人则是理亏的。事实上，就像古人认为有一条绝对垂线，并根据它来为斜线定义一样，也有一个绝对的人类典型，即男性。女人有卵巢，有子宫，这些特殊性决定了她的主观性，干脆说她是用乳腺来思维的。男人却堂而皇之地忘记了自己的身体中也包含性激素、睾丸。他把自己的身体当作与世界的、直接的、自然的关系，相信自己能客观地把握世界，却认为女人的身体因为具有那些特殊的附加物而格外累赘，是一个障碍和陷阱。

"女人之所以为女人是因为她缺少某些资质。"亚里士多德说，"我们应当认为女人的性格就是在忍受一种天生的缺陷。"圣·托马斯接着宣布女人是"有缺陷的男人"，一种"偶然"的生命。这正是创世纪故事所象征的，用博歇的话来说，夏娃是从亚当"多余的肋骨"中抽出来的。人类是雄性的，男人并不是从女人本身、而是从同她的关系上来确定女人的。她并没有被当作一个独立的存在。

"女人，是相对的生物……"米什莱说。因此邦达先生在《乌丽叶关系》中断言："男人的身体本身就有意义，与女人的身体无关，而后者离开了男人就毫无意义。男人独立于女人而认识自身，女人思考问题却不能撇开男人。"除了男人赋予她的定义外，她一无所有。因此人们叫她"性动物"，因为她对于男人来说本质上只是一个带有性别的存在：对于他来说，她是个性动物，因此她毫无疑问就是性动物。她的性质和特点都是根据男人来决定的，而后者却并不根据她来决定。她是相对于本质的非本质。他是主体、绝对，她是别人。（这种观点最鲜明地表现在莱维纳斯《时间与别人》这篇论文中。他这样写道："有没有这样一种情况，相异性包含在一个具有本质的、肯定的存在之中？什么样的相异性并不纯粹而简单地归结为同一属性的两种类型的对立？我认为绝对的对立，其对立性不受它与对方关系的制约，可能绝对成为别人的对立，就是女性。性别并不是随便哪个特定的差别……两性差别同样不是一种矛盾……同样也不是两个互补的术语的二元性，因为两个互补的术语暗示着一个先存性……相异性体现在女性身上。这是一个同样等级的术语，但具有与意识相反的含义。"我猜想莱维纳斯不会忘记女人本身也有意识。但令人吃惊的是他毫不犹豫地采纳了男人的角度而不指出主体与客体的相互关系。当他写到女人是神秘的时，意即她对于男人来说是神秘的。因此这段试图客观的描述成了男性特权的宣言。）

别人这个范畴和意识本身一样古老。在最原始的社会中，在最古老的神话中，我们总是可以找到同类与别人的二元性。这种划分最初是与性别无关的，它不取决于任何经验范围的内容。从格拉莱关于中国思想的著作和杜梅耶尔关于印度与罗马的著作中可以得出这个结论。在瓦留纳——米特拉、马拉诺斯——宙斯、太阳——月亮、白天——黑夜的二元关系中，并没有包含任何女性因素。同样在善与恶、吉日与凶日、右与左、上帝与魔王路济弗尔的对立中也没有涉及到女性。

相异性是人类思想的一个基本范畴。任何集体在把自身视作"一"的同时，必然会立刻在自己对面树立起另一个对立面。只要三个乘客偶然坐在同一车室里，所有别的乘客就都成了隐约可憎的"别人"；对于村民来说，所有不属于他的村子的人都是可疑的"别人"，对于一个地区的当地人来说，外来的居民都似乎是"外人"；犹太人对于排犹者，黑人对于美洲种族主义者，土著居民对于殖民者，无产阶级对于有产者都是"别人"。在深入研究了原始社会的不同特征后，莱维·施特劳斯总结道："从自然状态到文明状态的转化表现在人能够用对立系统的形式思考生物关系：二元关系、相替关系、对立关系、对称关系，不管这些关系是以明确形式还是模糊形式表现出来的，关键在于解释社会现实中根本的或一时性的数据，而不在于解释这些现象。如果认为人类是独一无二地建立在互助与友谊基础上的"共同体"，这些现象就很难理解。相反，按照黑格尔的学说问题就很清楚了，我们会发现意识本身就包含对所有别的意识的根本憎恨；主体只能在对立中存在：他宣称自己为本质则把别人视作非本质和客体。

然而别的意识也相应地有着同样的企图与之对立；某地的本地人在旅行中气

愤地发现邻近地区的当地人也同样把他视作外人；在各个村落、氏族、民族、阶级之间，有战争，交换礼物的宗教节目、集市、条约，这些斗争消除了"别人"这个观念绝对意义而显示其相对性，无论如何，个人和团体不得不承认他们之间关系的相互性。而两性之间为什么没有建立这种相互性，其中一方将自己视作唯一的本质，而全然否定自己与对方关系的相对性，视之为绝对的相异性？为什么妇女不反对男性的绝对权威呢？任何主体都不会一下子自发地成为非本质；并不是别人把自己确定为别人并把对方确定为主体：它是被自视为主体的一方置于别人的地位上了。但要使别人不试图成为主体，必须使他接受作为外人的视点。女人的这种顺从态度从何而来？

世界上还存在各种别的不平等，在一段或长或短的时间里，一种人成功地绝对统治了另一种人。通常是数量悬殊促成了这种特权：多数人把自己的法则强加给少数人甚至迫害他们。但女人不同于美洲黑人和犹太人，她们并不是少数，地球上的女人数量与男人一样多。经常也有这样的情况，两个相对的集团一开始是各自独立的：他们或是从前互不知晓或者都承认对方的自主权；某个历史事件使弱小的一方臣服于强大的一方：犹太人散居各国、奴隶制引入美洲、殖民军的征服都是历史的产物。在这些情况下，被压迫者有一个往昔：他们有共同的过去、共同的传统，有时还有共同的宗教和文化。在这个意义上倍倍尔把妇女与无产阶级相比的论点可能更站得住脚：和妇女一样，无产阶级在人数上也不是少数，他们也从来没有构成过一个单独的集团。

然而尽管没有一个历史事件，却有一个历史的发展进程可以解释他们作为一个阶级的存在，可以解释为什么这些个人被划分到了这个阶级。无产阶级并不是从来就有，女人却从来就有，生理结构决定了她们是女人，上溯历史，她们一直是属于男人的。她们的附属地位并不是一个事件或过程的结果，不是在某个时刻到来的。她们的相异性仿佛是绝对的，部分原因就在于这并不是由历史的偶然性带来的。在某一段时间里产生的局面可能会在另一段时间得到改变，比如海地的黑人就很好地证明了这一点。相反，一种自然状态则似乎很难改变。实际上，自然并不比历史现实更永恒。

如果说女人显得像是永远回不到本质的非本质，那是因为她们自己没有试图恢复自己的本质。无产阶级自称"我们"，黑人也同样，他们在把自己置于主体位置的同时，使资产阶级和白人成了"别人"。女人——除了在某些仅仅是抽象示威的会议外——从来不自称"我们"；男人称她们为"女人"，她们也就用这个字眼来指代自己，但她们从来没有真正地把自己当作主体。

无产阶级在俄国、黑人在海地进行了革命，印度支那人在印度支那战斗。妇女的行动向来只是象征性的骚动。她们只赢得了男人们愿意施予的东西。她们什么也没有获取，只是被动地接受。因为她们没有具体的办法使自己聚集成一个统一体与男性相对。她们没有自己的过去、历史和宗教，也没有无产阶级那种在劳动和利益上的共同一致。她们甚至也没有美洲黑人、聚居区的犹太人、圣·德尼与雷诺工厂的工人那种空间上杂居相处的机会，不可能形成一个共同体。她们分散生活在男人中间，居住、劳动、经济利益和社会地位使她们分别与某些男人——父亲或丈夫——联系在一起，这种联系比她们和别的女人的联系紧密得多。

资产阶级妇女与资产阶级休戚相关，而不是和无产阶级妇女；作为白人妇女她们与白人站在一起，而不是和黑人妇女。无产阶级可以提出消灭统治阶级，一个狂热的犹太人、黑人可能幻想独揽原子弹的秘密，创造一个纯粹犹太人或黑人的人类。女人做梦也不会想到要灭绝男性。联系她和她的压迫者之间的纽带是无可比拟的。

两性划分实际上是一种生物现象，而不是人类历史上的暂时情况。他们的对立早在原始的共同体中就形成了，她未能消除这种对立。配偶关系是一个基本的统一体，双方紧密联系在一起，绝不可能根据性别来进行任何社会划分。这正是女人的根本特点：她是存在于一个整体中的别人，在这个整体中双方互相依存，缺一不可。

有人可能想象这样的相互关系有利于她的解放。当赫拉克利斯在奥法拉脚下纺羊毛时，他是完全受自己的情欲驱使的。为什么奥法拉没能长久控制他呢？为了报复伊阿宋，美狄亚杀死了她的孩子。这个野蛮的传说表明妇女可以从她与孩子的关系中获得可怕的影响。阿里斯托芬曾经在《吕西斯特刺忒》中以喜剧手法设想了一个妇女会议，她们试图为了社会的利益共同利用男人们对她们的需要。

但这只是喜剧而已。传说萨宾女人用顽固的不育来对抗她们的罗马劫掠者，并说男人既然用皮带抽打她们，理所应当遭到她们的抵抗。

生物需求——性欲和延续后代的欲望——尽管使男人在一定程度上依赖女性，却不能使妇女获得社会解放。主人和奴隶在经济上也互相需要，这种需要却不能解放奴隶。这是因为在主人和奴隶的关系中，主人从来不表现他对奴隶的需要；他掌握着满足这种需要的权力，并且能美化这种需要；相反奴隶却处于依赖的地位，希望或恐惧使他从内心深处更感到对主人的需要。即使双方同样需要对方，这种需要也总是有利于压迫者而不利于被压迫者。正因为如此，工人阶级的解放才如此缓慢。而女人即使不说是男人的奴隶，也一向是他的臣仆。两性从来也没有平等地共享世界。

时至今日，尽管女性的处境正在改善，她仍然受到严重的限制。几乎在所有国家里她的法律地位都与男人不同，他的地位通常比她优越得多。即使法律抽象地承认了她的权力，长期的习惯也使这些权力不能具体地体现在社会习俗中。在经济上男人和女人处于不同的等级，在其他所有方面也如此，男人有更优越的地位、更高的工资，比他们的初出茅庐的竞争者具有更多的成功机会；他们在工业、政治等方面占据更多的位置，并且是他们占据着最重要的职位。除了具体的权力外，他们还具有一种神秘的威望，整个儿童教育都还维持着这种传统。现在掩盖了过去，而过去的全部历史都是男人们写出来的。

当妇女们开始参与世界事物时，这个世界还是属于男人的世界：他们对此毫不怀疑，她们也不能不信，拒绝成为别人，拒绝与男人协调一致，对她来说就意味着放弃与特权等级结盟可能带来的一切好处。男人将像封建君主一样在物质上保护忠君的女人，他将负责为她找出生存的理由，她因此不但能回避经济上的冒险，还能免除精神上的担忧，不至于因自由而最终陷入孤立无援的境地。

事实上，每个人身上除了具有要成为主体的伦理要求外，还有逃避自由、成为自在之物的企图。这是一条有害的道路，因为它是被动的、异化的、堕落的。他因此成了非自我的意志的牺牲品，失去了自己的超越性和价值。但走这条路也很省心：他于是免去了真正承担自己命运会带来的焦虑和压力。把女人当作别人的男人便可以在她那里找到很深的默契。因此，女人不要求成为主体，因为她没有现实的办法，因为她感到单方面依附于男人的必要性，还因为她常常对自己作为别人的角色心满意足。

但这里立刻又产生了另一个问题：所有这一切是如何开始的？我们知道性别的二元性和所有的二元性一样都意味着冲突。我们知道假如两者之一能得以占据优势，那么这种优势就必然是绝对的。因此问题就在于为什么起初是男人赢了，似乎女人也有可能取得胜利，或者这种斗争始终得不到解决。何以这个世界竟会一直属于男人，而仅仅在今天事情才开始改变呢？这种变化是好事吗？它最终能不能导致男人和女人平等地拥有世界？

这些问题并不新鲜，也有相当多的答案了。但只需要指出女人是别人这个事实，就足以否定男人们对这些答案的一切辩解。这些辩解再明显不过地是为他们自己的利益服务的。"男人们写的关于女人的一切东西都值得怀疑，因为他们既是法官又是肇事者"，17世纪一个默默无闻的女权主义者布兰·德·拉巴尔说。男人无论何时何地都表现出因为感到自己是万物之王而扬扬得意。犹太人在早祷时说："感谢上帝我们的天主众神之王没有把我造成女人。"而他们的妻子则顺从地低语："感谢天主按照他的意志创造了我。"在柏拉图感谢天神给予的恩惠中第一条是他们把他造成了一个自由人而不是奴隶，第二条是男人而不是女人。

但是男人还必须把这种特权建立在绝对和永恒的基础上，他们才会感到得到了充分的享受。利用他们至高无上的地位，他们想制定一套法律。"那些制定和编纂法律的男人们自然优待了男性，而法学家又把这些法令变成了准则"，布兰·德·拉巴尔还说。立法者、神甫、哲学家、作家、学者都热衷于证明女人的从属地位是上天的意志，并有利于人世。男人们制造的宗教反映了这种统治意识：从夏娃、潘朵拉的故事中，他们获得了武器，他们还利用哲学、神学为自己服务，从上文引用过的亚里士多德、圣·托马斯的话中我们可以看到这一点。从古代起，讽刺诗人和醒世作家对女性弱点就津津乐道。

整个法国文学中都能看出这种对女性的强烈指责：蒙泰朗以稍微衰减的兴致继续了让·德兰的传统。对女性的憎恨有时候貌似有理，经常却是毫无根据的。实际上这种憎恨掩盖着男性自我辩护的愿望，只不过有时候做得高明一些，有时则很拙劣。蒙田说："控诉某一性比谅解某一性要容易得多。"

在一定的情况下，这种手法是昭然若揭的，比如正当家族的衰落使妇女威胁到男性继承者的利益时，罗马法为了限制妇女权力便指责她是"愚蠢而脆弱的女性"。16世纪正当女性独身者被认为有能力管理自己的财产时，他们借助于圣·奥古斯丁的权威，宣称"女人是既软弱又多变的动物"。蒙田非常理解强加给妇女的命运是多么专断，多么不公正："妇女完全有理由拒绝世界上通行的准则，因为这些准则是男人们单独制定的，并没有得到她们的同意。因此在她们和我们之间自然存在着隔膜与鸿沟。"但他还不可能成为妇女的保卫者。只有到了18世纪一些具有深刻民主思想的男人才开始客观地考虑问题。比如狄德罗就强调指出女人和男人一样都是人，稍后一些斯图亚特·密尔也热烈地为妇女辩护，但这些公正的哲学家只是极少数的例外。

19世纪的女权主义争端又重新变成了带偏见的争吵。工业革命的后果之一，是妇女进入了产业劳动。这时女权主义要求超出了理论领域，具备了经济基础，她们的对手因此变得更加咄咄逼人；尽管地产已被部分地废除，资产阶级仍然抱住老朽的伦理观，把家庭的连带关系视为私有财产的保证。当妇女解放真正成为一个威胁时，资产阶级要求妇女驻守家庭的呼声就越加强烈。在工人阶级内部，男人们也试图阻止妇女解放，他们把妇女当作可怕的竞争者，尤其因为她们已习惯于拿低工资的工作。

为了证明女性的低下，反女权主义者不但像不久以前那样运用了宗教、哲学、神学，还运用了科学、生物学、实验心理学等。充其量他们同意给予另一性以"有区别的平等"，这个受到欢迎的口号是意味深长的。这正是黑人专用法中关于美洲黑人的条文，然而这个所谓平等的区分只是有助于引入最极端的种族歧视。这绝不是偶然的巧合：无论是涉及种族、集团、阶级，还是被置于低下地位的女性，狡辩的方式都如出一辙。"永恒女性"与"黑人精神"、"犹太性格"是同一回事，但犹太问题从整体上看与妇女问题与黑人问题很不相同：对于排犹主义者来说，犹太人与其说是低下，不如说是不共戴天的敌人，恨不得能把他们斩尽杀绝，而妇女与黑人的处境倒是极其相似的。他们今天都从同样的家长专制中解放了出来，而他们的前主人希望把他们限制在"他们自己的位置上"，即在主人为他们选定的位置上。更为相似的是，主子满口称赞"善良的黑人"的品行，也就是那些浑浑噩噩、简单幼稚、笑容可掬的顺从的黑人，他们对"真正的女人"，也就是那些浅薄、幼稚、听天由命、屈从于男人的女人也同样赞不绝口。

在这两种情况下，他们都从由自己造成的现状中寻找论据，我们知道萧伯纳有这么句俏皮话："美洲白人大都把黑人发配去擦皮鞋；然后他便由此得出结论说黑人只会擦皮鞋。"我们在所有类似的境况中都能发现这种循环论证。当某个人、某个集体被置于低下的地位时。他的确是低下的。但应当弄清的正是这个是的含义。有人出于恶意认为它具有实体性的含义，而实际上是黑格尔学说中发展的含义。"是"就是变成，即变成了它现在所表现的样子。的确，今天的妇女从整体上看是低于男人的，这是因为她们的处境为她们提供的可能性更小。问题在于弄清这种情况是否应该继续下去。

许多男人希望如此。并非所有人都已经想通了。保守的资产阶级继续把妇女解放视作对自己的道德观和利益的威胁。一些男人还惧怕女性的竞争。在《拉丁周刊》上曾有一位男大学生声称："每个在医生或律师行业中就职的女性都盗走了我们一个职位。"而他对自己在这个世界上的权力倒是毫不怀疑。这个问题并不仅仅与经济利益有关。压迫给予压迫者的好处之一就是他们之中最微不足道的人也颇感优越：美国南部一个"可怜的白人"也可以聊以自慰，因为他不是一个"肮脏的黑人"；有钱的白人成功地利用了这种骄傲。同样男人中最平庸者在女性面前也自以为是半神。对蒙泰朗先生来说，和女人（并且是特意挑选的女人）相比比他在男人中间完成男人的职责时更容易使自己感到是一位英雄，尽管许多女人都比他更成功地履行了这个职责。同样克洛德·莫里亚克先生——人人都十分钦佩他强烈的独创性——1948年9月在《费加罗文学杂志》上竟能够这样谈到女人："我们用无动于衷的礼貌口气（原文如此！）听着……她们中间最有才华的人说话，心里明白她的头脑只不过反映了从我们那里得来的思想，尽管明显程度不同。"显然，他的对话者不可能反映了从莫里亚克先生本人那里得来的思想，因为谁也不知道他有什么思想；反映了男人的思想，这倒很可能，因为男人中间也不止一个人把并不是由自己发明的思想据为己有。请问克洛德·莫里亚克先生是否宁愿与自己谈话，也不愿意与一个很好地反映了笛卡尔、马克思、纪德思想的人谈话？值得注意的是，用模棱两可的"我们"，他把自己与圣·保罗、黑格尔、列宁、尼采相提并论，并且狐假虎威地用轻蔑的态度看待那些竟敢与他平等交谈的女人。说真的，我知道有不止一个女人不屑于用"无动于衷的礼貌口气"对待莫里亚克先生。

我强调比例是因为它表现了男性可爱的天真。男人们还有许多更聪明的办法来利用女人的相异性。对于所有苦于自卑情绪的人，有一种特效的涂擦剂：一个男人越是担心自己没有男性气概，他对女人就越是傲慢、好斗、轻蔑。那些对自己的同性没有恐惧心理的男人更容易承认女人是自己的同类；即使对这些男人来说，由于许多原因，女性的神话，或者说别人的神话，还是非常珍贵的；（米歇尔·卡卢日在《南方杂志》292期上有关这个问题的文章是意味深长的。他愤怒地写道："有人竟认为女性没有任何神秘性，而只是一群具有娱乐功能和使用功能的厨娘、主妇、妓女和女才子！"这就是说在他看来女人并没有独立的存在；他仅仅考虑她在男性世界中的功能。她的归宿是在男人那里；因此人们便认为她的诗意的"功能"比其他一切都更重要。问题恰恰在于要弄清为什么要根据男人来认识她。）实在不能责备他们舍不得放弃从这个神话中得到的快乐：他们知道放弃自己所梦想的女性模式后会失去什么，却不知道未来的女性会给他们带来什么。要放弃作为唯一和绝对主体的特权，是需要极大的牺牲精神的。

此外大多数男人并不明确表现这种意图。他们并不把女人确认为低下的人，他们的思想中今天已经渗透了民主理想，自然承认人人平等。在家庭中，女人在孩子、年轻丈夫面前好像具有成年男子一样的社会尊严。然后他还感到所爱的女人对他的欲望和爱情有拒绝权和独立性。作为丈夫，他尊敬家庭中的贤妻良母；在夫妇生活的具体经验中，她在他面前表现出是自由的人。他于是确信两性之间不再存在社会等级的差异，尽管男女有别，但大体上还是平等的。由于他也看到了女人的某些低能——其中最重要的是工作上无能，他便把这算作是天生的。当他对女人采取合作和友善的态度时，他宣称抽象平等的原则。至于他眼见的具体的不平等，他却并不提起。但一旦与她发生冲突，情况就完全变了：他强调具体的不平等，并以此为借口否认抽象的平等。（比如男人宣称他的妻子并不因为没有职业就低人一等，家庭的担子也是高贵的等。但一当开始争执，他便喊到：

"你要是没有我就没法活下去。")

　　许多男人就是这样似乎真心诚意地断言女人已经是与男人平等的，她们没什么可要求的了。但同时，这些话的真正含义是：女人永远也不可能与男人平等，她们的要求是白费力气。社会对女性的歧视在旁观者看来是无足轻重的。男人们很难估量它对女性在道德和智力方面的影响，这种影响如此之深，仿佛在原始的自然中就已经产生了。即使最同情女人的男人也认识不到女性的现实处境。男人们自己也估量不到自己有多么大的特权，因此我们毫无理由相信他们为维护这种特权所作的辩解。我们不会被对女人的大量和猛烈的指责所吓倒，不会被授予"真正女性"的赞扬所迷惑，也不会被"真正女性"的命运在男人身上激起的热情所感染，因为男人是无论如何也不肯分担这种命运的。

　　然而我们对于女权主义者的论据也不能不持怀疑态度：论战的需要常常使她们的论据失去了价值。"妇女问题"的讨论之所以收效甚微，是因为男性的傲慢态度把它变成了一场"争吵"；当人们争吵时，就不再讲理了。他们不知疲倦地想要证明的就是究竟女人比男人优越，还是低下，或是与男人平等。有人说，女人在亚当之后才被造出来，她显然是次要的生命；另一些人说，正相反，亚当只不过是毛坯，当上帝创造出夏娃时他才得以创造了完美的人类；她的大脑比男人小，但相对于她的身体却更大；基督也做了男人，这大概是出于谦虚。每个论据都立刻招致了相反的论据，而常常两者都走入了谬误。如果我们想弄清事情的真相，就必须另辟蹊径。应当摈弃优越、低下、平等这些无助于讨论问题的含混不清的概念，从头开始。

　　但应当怎样提出问题？首先是应当由谁来提出问题？男人既是法官又是肇事者：女人也同样。上哪里去找一位天使？而实际上天使最没有发言权，因为他根本不了解情况。至于两性人，他们是很特别的：不能说他们同时是男人和女人，应当是他们既不是男人也不是女人。我认为为了说明妇女的处境，还是某一些女人的位置更有利。如果因为欧庇梅尼德爱说谎就认为克里特人都爱说谎，那纯属诡辩。并非某种神秘的本质把善意或恶意强加给男人和女人，而是不同的处境造成他们对真理的渴望程度不同。当今许多妇女有幸得到了所有的人权，可以大胆地认为自己的立场是公正的：我们甚至感到有必要不偏不倚地看问题。我们不再像我们的长辈那样是战士，总的说来我们已经赢得了胜利。在关于妇女问题的最近几场争论中，联合国不停地强烈呼吁实现两性平等。我们中的许多人从未感觉到作为女子对她们是一种限制或障碍。许多问题在我们看来比有关我们特殊境遇的问题更具有实质性。这种超脱态度使我们有理由相信自己的态度具有客观性。然而我们比男人更深刻地了解女性世界，因为那里有我们的根。我们本能地理解对一个人来说做一个女性意味着什么；我们更希望知道这一点。我刚才说还有更为实质性的问题，但这并不妨碍我们看到这个问题的重要性：作为女人这个事实在哪些方面影响了我们的生活？我们得到了哪些机会，又被剥夺了哪些机会？什么样的命运在等待着我们更年轻的姐妹们？应当给她们指出什么样的方向？很明显今天的整个女性文学更多的是努力澄清事实，而不是进行请愿。以一个混乱的论战时代为出发点，这本书在著述如林的其他作品中权为一家之言。

但无疑解决人类任何问题都不可能不带成见：提出问题的方式本身、采取的角度，都隐含着不同的利益等级；一切身份都掩盖着相应的道德准则；没有不具备伦理背景的所谓客观的描写。与其试图掩盖暗含的原则，不如首先把它们摆出来；这样就不至于每页都得去解释自己使用的词汇究竟是什么意思：优越、低下、最好、最坏、进步、倒退等。如果我们读一读致力于妇女问题的一些著作，就会发现最经常采用的角度是公众利益和普遍利益的角度；而实际上每个人都把这理解成自己所希望维持或建立的社会的利益。我们认为唯一的公众利益，就是保证公民私人利益的公众利益。我们是从给予每个个人的具体的机会的角度来衡量制度的。但我们也并不把私人利益的观点混同于幸福的观念：这是人们经常遇到的另一个视点。穆斯林后宫的妇女不如一个女选民幸福吗？家庭妇女就不如一个女工幸福吗？幸福这个词的含义我们知道的太多，而它所代表的真正价值我们却知道得太少。谁也不可能衡量别人的幸福，而要把自己想强加给别人的处境称之为幸福倒是容易得多。对那些被置于停滞状态的人，也可以借口幸福是停滞不动的而宣称他们是幸福的。因此幸福这个概念是我们所不加采用的。我们采用的观点，是存在主义的伦理观点。一切主体都通过各种设想而表现为一种超越；他只能通过永不停息的超越奔向别的自由才能实现自己的自由；唯有向无限广大的未来扩展自己，才能成为他存在的依据。每当超越重新沦为内在时，存在就堕落为故我，自由便降级为虚假。这种堕落，假如是主体所同意的，那就是伦理错误；假如是被强加的，它便表现为一种剥夺和压迫。在这两种情况下它都是绝对的罪恶。所以关心要证明自己存在的人都无不感到存在就是超越自我的无限需要。然而，妇女处境的奇怪特征，是她尽管和所有人一样，是一个独立的自由，她却发现自己处在一个被男人置于别人地位的世界。人们企图把她变成物并要她沦为内在，因为她的超越性要永远地被另一个本质的和统治的意识所超越。妇女的悲剧，表现为：她作为主体始终怀着把自己当作本质的基本要求而她的处境却偏要把她变为非本质这二者之间的冲突。在妇女的处境中怎样才能成为一个人？在她面前有哪些路敞开着？哪些路最终是走不通的？怎样在从属的处境中重新得到独立？哪些环境限制着妇女的自由而她能够突破这些环境吗？这些就是我们想要澄清的根本问题。这就是说我们关心个人的机会，但我们不用"幸福"这个措辞而用"自由"这个措辞来描述这些机会。

很明显如果我们假定有生理的、心理的或是经济的命运重压着妇女，这个问题就不会有任何意义。因此我们一开始就讨论生物学、心理学和历史唯物主义关于妇女的观点。然后我们试图确切地阐述"女性实在"是怎样形成的，女人为什么被当作了别人，从男性的角度看这带来了什么后果。然后我们从妇女的角度描述男人们给她安排的世界；我们就会懂得当她试图逃出迄今为止强加给她的范围，并企图参与人类共同体时，她将遇到哪些困难。

结论

"不，女人不是我们的弟兄；由于她的懒散和堕落，我们把她当作旁人、陌生人，其唯一的武器就是自己的性别，这不仅带来了永不停息的战争，而且这并不是光明正大的武器——无论可爱或可恨，都不可能是坦诚的伴侣，她用小团体精神鬼鬼祟祟地活动——像奴才一样永远多疑。"

许多男人还会赞同于勒·拉佛格这一席话；他们认为在两性之间还将永远存在"隔阂和鸿沟"，永远不可能建立坦率友好的关系。事实是今天男人和女人都对对方不满。问题是要知道究竟是原始的厄运注定他们要互相诽谤还是说使他们对立的冲突仅仅表现在人类历史的一个过渡时期。

我们已经知道虽然有那些传说，却没有任何生理因素决定男性和女性将永远互相仇视。即使是有名的螳螂也仅仅因为饥饿和种族的利益才吞食她的配偶。动物从高级到低级的所有个体都必须服从于种族利益。而人类是不同于物种的历史变化；他的特征表现在他对待自然现象的方式上。实际上，即使怀着世界上最大的恶意，也不可能在男性和女性之间找到纯粹生理范畴的竞争。于是有人想把这种憎恨建立在生物学与心理学的中间地带，即精神分析学的基础上。他们说，女人羡慕男人的阴茎，幻想阉割他。但对阴茎的幼稚的向往在成年妇女的生活中不会有重要影响，除非她把自己的女性特征视作残缺。正因为男性器官象征着男性的一切特权，她才会希望将它据为己有。人们往往认为她的阉割梦想有着象征意义：她希望剥夺男性的超越性。而我们已经看到，她的愿望要复杂得多：她自相矛盾地希望自己具有这种超越性，这意味着她既尊敬它又否认它，她既希望奔向它又希望抓住它。这就是说悲剧并不发生在性的范围。再说我们从不把性欲看作决定命运、可以独立解释人类行为的东西，而把它当作一种社会境遇的表现。两性斗争并没有直接包含在男人和女人的生理结构中。实际上，当人们一提到两性斗争，便会以为是这两种含混不清的本质——永恒女性与永恒男性之间在理念的永恒天空中所进行的战争。他们没有注意到这场巨大的战斗在地球上具有两种完全不同的形式，分别发生在两个不同的历史时期里。

被禁锢于内在中的女人拼命想将男人也扣留在这座监狱里；这样，这座监狱就与世界融为一体，而自己也不再因为被关在其中而痛苦。母亲、妻子与情妇都不过是这座监狱的女看守。男人们的法典世界，宣布女性是低下的，因此她只有推翻男性的优越性才能消除这种低下。她竭力摧残、统治男人，与他作对，否认他的真理与价值。然而这一切只不过是自卫而已。并没有一个永恒的本质或罪恶的选择注定她要沦为内在和低下，这一切都是别人强加于她的。一切压迫都会引起战争状态，这种情况也不会例外。被当作非本质的生命必须会试图获得自己的主权。

今天，战斗以另一种方式在进行着。女人不再想把男人关进黑牢，她试图自己逃出去。她不再希望把男人拉进内在的领域，而是希望自己能出现在超越的光明中。于是男人的态度挑起了新的冲突：男人很不情愿地"回绝"了女人。他想做最高的主体、绝对的主宰、本质的存在。他拒绝把他的伴侣当作平等的人，而她则用好战的态度对待他的不信任。这就不再是各自关闭在自己圈子中的个人之间的战争，而是一个要求平等的集团在进行进攻，但被特权集团打败了。他们是互相冲突的两种超越，他们互不承认，每个自由都想统治对方。

两种不同的态度不但表现在精神方面，而且同样表现在性的方面；"女性十足"的女人把自己变成一个被动的猎物，试图把男人也置于肉欲的被动状态；她努力成为温顺的玩物，以便把男人拉入陷阱，用自己在他身上激起的欲望来捆住他；相反，"行为放任"的女人希望积极主动地生活，把握自己的命运，拒绝男人试图强加给她的被动性。艾丽丝和她的同类们否认男性活动的价值；她们把肉体置于精神之上，偶然置于自由之上，把自己的雕虫小技置于勇敢创造之上。但"现代"女性承认男性价值，她以能同男人一样思考、行动、工作和创造为荣；她不想贬低男人，她要证明自己比起他们毫不逊色。

当这种要求体现在具体情况下时，是完全合情合理的；应当指责的是男人那种傲慢无礼的态度。但说句公道话，妇女们也往往把事情搞乱了。玛贝尔·多吉声称自己用女性魅力控制住了劳伦斯，以便以后在精神上统治他；许多女人为了用自己的成功来证明自己比得上男人，竭力在性方面得到男性的支撑。她同时下两个——赌注，既要求古老的照顾又要求新的尊重，既利用自己昔日的魔力又指望着新兴的权力。因此恼羞成怒的男性便对她严加防范。而他自己也是具有二重性的。他一方面要求女人光明正大地玩牌，另一方面，出于怀疑和憎恨，他又拒绝给她必不可少的王牌。实际上，他们之间的斗争不可能具有明朗的面目，因为女人本身就是看不透的。她在男人面前并没有成为一个主体，而是一种奇特的具有主观性的客体。她既是自身又是别人，正是这种矛盾性导致了一些令人困惑的后果。当她同时把自己的软弱和力量作为武器时，并不是因为精于算计：她本能地在别人强加于她的道路，即被动的道路上寻找得救的办法，同时又积极地要求自己的主权；无疑这种方式并不是"光明正大"的，但却是由社会强加给妇女的暧昧地位所决定的。然而，当男人把女人当作自由来对待时，他气愤地看到她仍然是一个陷阱；当他把她当作猎物来娇宠时，他又被她独立的企图激怒了。无论他怎么做，他都会感到受了欺骗，而她则感到受了伤害。

只要男人和女人互相不把对方视作同类，也就是说只要所谓女性特征这个概念延续下去，这种争吵就不会停止。究竟哪一方更热衷于保持它呢？那些挣脱了女性特征束缚的女人却还想保持它所带来的特权；而男人却要求她承认女性特征的限制。"指控某一性比谅解另一性更容易。"蒙田说。指责和称赞都无济于事。实际上，这个恶性循环之所以如此难于打破，是因为双方都同时既是对方又是自己的受害者。在两个纯粹自由的对手发生冲突时，很容易达成协议：因为战争的结果是两败俱伤。但两性斗争的复杂性来源于每一阵线都是其敌人的同谋。女人梦想着解脱，男人梦想着奴役。回避事实是没有用的：双方都由于贪图便利而招致烦恼，却因此而怨恨对方。男人和女人所憎恨的对方身上的东西，正是他自身的恶意和懒惰的失败。

我们已经知道为什么男人一开始就奴役女人；女性地位低下是人类发展的一个必要阶段；但它本来也可能导致两性的合作。压迫状态的产生是由于存在物都有自我逃避并在别人身上实现自己的倾向，为此才去压迫别人，今天，每个男人身上都还有这种倾向，而绝大多数男人也屈从于它。丈夫在妻子身上、情人在情妇那里寻找自我，树立自己石雕般的形象；他在她身上寻求自己的男子气概、绝对权力、神通广大的神话。"我丈夫从来不去电影院"，一位妇女说。男性缺少主见的特点表现得再明显不过。但他自己也是自己创造的形象的奴隶：他得花多少精力去构筑这个形象，还得时时小心不要暴露自己！因为这个形象无论如何还有赖于女人心血来潮的自由才能成立，他得不住地哄着她；男人总是费尽心机要显得像个男子汉，与众不同、高人一等。他装腔作势，好让别人也进入角色。他咄咄逼人、焦虑不安。他憎恨女人因为他害怕她们，他害怕她们是因为他害怕自己所虚构的那个人物。他浪费了多少时间和精力来处理、美化和转移自己的各种情结，来谈论女人，诱惑女人，吓唬女人！解放了女人也就解放了他。但他怀疑的正是这一点。他仍然热衷于制造骗局来束缚女人。

多少男人清楚地知道，她受了蒙骗。"做女人是多么不幸！然而做女人的不幸还在于她根本不懂得这是一种不幸"，基尔凯郭尔说"酒中有真理"，他还说："殷勤和奉承从本质上说是用来对待女性的，而她则毫不犹豫地接受了，这表现了自然对最弱者和受歧视的生命的关切，对这种人来说幻想的价值胜于真正的补偿。但这个幻想对她恰恰是致命的……在想象中摆脱了苦难，被想象所蒙骗，这难道不是一种更深的嘲讽吗？

女人还并不是Verwahrlos（被弃者），但从另一个意义上说则是，因为她永远不能摆脱自然为了安慰她而给她的幻想。很久以来人们就竭力遮掩这种不幸。比如，取消了对监护人的权力，那也是为了她本身的利益。禁止她工作，把她捆在家里，是保护她战胜自己的劣根性，是为了保证她的幸福。我们看到人们用了多少诗意的面纱去掩盖她所担负的单调的责任：家务、生育；人们用"女性特征"这个骗人的珍宝作礼物换取了她的自由。当巴尔扎克建议男人把女人当作奴隶同时又让她相信自己是皇后时，他把男人的伎俩描写得入木三分。许多男人还不这么无耻，他们竭力让自己也相信她是受优待的。美国有些社会学家至今还一本正经地讲授"底层社会的特权"。在法国也有人宣称——尽管不那么科学——工人是很幸运的，因为他们用不着被迫"代表"国家，更有甚者，流浪者有权衣衫褴褛，有权睡在人行道上，这是波蒙伯爵和旺岱的可怜的先生们享受不到的乐趣。就像无忧无虑的长虱子的人在轻快地搔虱挠痒，就像欢乐的黑人在棍棒打击下欢笑，就像苏萨的阿拉伯带着微笑埋葬他们死去的孩子，女人也享有这个无可比拟的特权：听天由命，没有劳累，没有负担，没有忧虑，她显然得到了"最优厚的一份"。令人迷惑的人，出于执迷不悟地反常心理——无疑与原罪有关——在各个世纪各个国家那些拥有最好的那份的人总是向他们的恩人大声呼叫：这太过分了！我宁愿要你那份！但大方的资本家、慷慨的殖民者、高傲的男子汉执意拒绝：留着最好的那份吧；留着它！

事实是男人在他们的伴侣身上得到了通常压迫者在被压迫者那里得不到的默契。他们便借此宣称她愿意接受他们强加给她们的命运。真实的情况是，女性所受的全部教育都有利于堵塞她反叛和冒险的道路。整个社会——包括她可敬的父母——都对她撒谎，赞扬忠诚的爱情和自我牺牲的崇高价值，却向她隐瞒无论是情人、丈夫还是孩子都承受不了这种沉重的负担。她愉快地接受了这些谎言，因为人们诱惑她走上了一条不必费心、听天由命的道路。这正是人们对她犯下的最大的罪行；从童年起以至一生当中，人们都娇惯她、宠爱她，把无所作为当作她的使命，诱使她把自由看作是焦虑；如果人们诱使小孩变得懒惰，成天哄他而不给他学习的机会，也不向他指出学习的用处，等他长大成人后人们就没有权力说是他自己选择了无能和无知：人们正是这样教育女性的，从不告诉她自己承担命运的必要性。她心甘情愿地指望着别人的保护、爱情、帮助和指挥；希望毫不费力地实现一生。她不应当屈从于诱惑，但男人是无权抱怨这点的，因为是他们自己诱惑了她。当双方产生冲突时，每方都认为对方应当对这种状况负责。她抱怨是他把自己造成了这样：谁也没教过我说理，没教过我自己谋生……他抱怨她自作自受：你什么也不懂、什么也不会……男女双方都以为攻击对方就能为自己开脱，但一方的错误并不能为另一方辩护。

由于这种局面是由一方造成另一方接受的，所以男女双方都不愿意承担其全部的后果，这正是男人和女人之间无数冲突的来源。"有区别的平等"这个含糊的概念，一方用它来掩盖自己的专制，另一方用来掩饰自己的无能。这个概念在实际生活中解绝不了任何问题：在他们的争吵中，女人倚仗人们向她保证的抽象平等，男人则倚仗他所看到的具体的不平等。由此产生了在所有的结合中结终存在的关于给予和索取的争端。她抱怨说自己把一切都给了他，而他则抗议说她向他索取了一切。

女人应当懂得交换——这是政治经济学的基本观点——是根据商品在买方、而不是卖方眼中具有的价值来决定的，人们欺骗了她，让她相信自己具有无限的价值，实际上她对于男人来说只不过是消遣、娱乐、伴侣，非本质的利益；而他则是她生存的意义和理由。因此他们之间的交换就不是在两个同样质量的物品之间进行的，这种不平等尤其表现在他们一起度过的时间——表面上是同样的时间——对于双方并不具备同样的价值；当情人与他的情妇度过一个晚上时，他也可以用这段时间去进行有利于前程的工作，去交朋结友，或者去消遣玩乐；对于一个正常纳入社会的男人来说，时间是一笔积极的财富：金钱、名誉和欢乐。相反，对于一个无所事事、感到厌倦的女人来说，只是她力图摆脱的负担；当她好容易消磨了几个小时，她便得到了利润：男人在她身边就是她得到的纯利。

在大多数情况下，男人们在与女人的关系中最感兴趣的，是他在性方面得到的好处：能和情妇一起度过足以延续性行为的时间他就会满足了。但除了例外情况——她所希望的是"推销"所有这些她不知道用来干什么的时候——就像必须要人家"拿走"他的萝卜才肯卖出土豆的商人，她非要情人附带她"拿去"几个小时进行交谈和外出，她才肯给出自己的身体。如果全部份额的代价在男人看来还不太大，平衡就建立起来了：这显然取决于他欲望的强烈程度和在他眼中自己牺牲的工作的重要性；但如果女人要求——或者说献出——太多的时间，她就变得很讨厌了，就像溢出河床的河水，男人便宁可什么都不要，也不肯接受多余的东西。她于是降低要求，但经常这种平衡是以双方的紧张为代价建立起来的：她认为男人太便宜就"得到"了她；而他却想自己付出得太多了。

当然，这么表述有那么点幽默；然而——除了在男人具有充满妒忌、排他性的激性、希望完全占有女人时——在温情、欲望甚至爱情中，都有这种冲突存在，男人总是有"别的事情"来安排自己的时间，而女人则只想着怎样消磨时间；他并不把她向他献出的时间当作赠品，而当作负担。一般说来，他同意承受这个负担，因为他很清楚自己是属于受惠者一方的，他感到"过意不去"；如果他还算心地善良的话，他便试图用慷慨来补偿地位的不平等；然而，他往往因为自己的仁慈而自我欣赏，一有冲突便认为女人忘恩负义，并且气愤地想：我对她太好了。正当她以为自己的赠品无比珍贵时，她感到自己处在乞求者的地位了。她于是觉得受了侮辱。正是因为这个原因女人常常表现得十分残酷；她"问心无愧"，因为她在吃亏者一方；她认为自己对特权阶层用不着任何分寸，她一心只想着自卫。

假如她有机会向没能满足她的情人表示仇恨，她那里收回一切。受到伤害的男人于是明白了他时时看不起的关系所带来的全部代价：他得随时准备许诺一切，哪怕在兑现时又感到吃了亏。他指责她要挟他，她则抱怨他吝啬；双方都觉得受了伤害，这里指责或辩解都无济于事：在不公正的环境中是不可能创造出公正的。一个殖民官员绝不可能善待土著人，将军也无法善待士兵；唯一的办法是既不做殖民者也不做长官；但男人不可能不做男人。于是他无可奈何地成了罪人，并且为这个并不是他自己所犯的过错所压迫；她也不由自主地成了受害者和悍妇；有时候他反抗起来，变得残酷无情，但他又因此感到自己与不公正同流合污了，真的做了错事；有时候他任凭他那个甘当牺牲品的人的近乎残忍地摧残和贪得无厌地吞噬，但又觉得上了当；他常常停留在一种既有点委屈就又有点局促的半推半就的状态。

一个正直的男人对女人的处境会比女人自己更痛心：从这个意义上说最好还是处在失败者的地位上。但假如她也是善良的，那她同样不会满意自己，她会厌恶用自己命运的重负来压倒男人，于是她只好在千头万绪的混乱中挣扎。我们在日常生活中也大量地遇到这种事情，找不到令人满意的解决办法，因为它们是由不令人满意的状况决定的：一个男人如果不得不在物质上和精神上养活一个他已经不爱的女人，他肯定会觉得自己是受害者；但假如他抛弃那个已经把自己整个一生和他拴在一起的女人，她也同样很不公正地成了受害者。罪恶并不来源于某个人的邪恶——当一方指责另一方时，他才开始有了恶意——它来自于一种一切个人行为都无法改变的状况。女人总是"纠缠不休"，她们依赖别人，自己也因此而痛苦；这是因为她的命运是像寄生虫那样吮吸另一个机体的养分；只要人们给她一个独立的机体，她可以与世界斗争，并从中获取衣食，这样她就不会再依赖于男人了，男人对她们的依赖性也将消失。无论男人或女人都会因此而更加健康。

一个男女平等的社会是很容易设想的，因为这正是苏维埃革命所许诺的：女子将与男子按照同样的方式受到抚养和教育，并且同工同酬（某些过分繁重的工作不应当让妇女担任，但这与我们的计划并不相违背：即使在男人中人们也越来越强调从事自己适合的职业；他们的体力和智力限制着他们的选择，应当取消一切性别与等级的界限。——原注）；爱情自由将被社会习俗所承认，但性行为不再被当作应当受到酬报的"服务"，女人将不得不取得另一个谋生手段；婚姻建立在自由许诺的基础上，双方只要愿意就可以宣告结束；生育自由，即准许节育和流产，另一方面，给予所有母亲和她们的孩子完全相同的权力，无论她们是否已结婚；妊娠期间应当由集体付给工资，并且由集体来负担孩子。这并不是从父母那里夺走孩子，而是不抛弃他们。

但改变法律、制度、道德、舆论和一切社会背景是否就足以使女人和男人真的成为同类？"女人终究是女人"，一些怀疑论者说；另一些预言家则预言一旦去掉了她们的女性特征，她们不会因此而变成男人，而将变成妖怪。这等于肯定今天的女人是自然的创造。必须再次重复在人类集体中没有任何东西是自然而然的，女人也是文明的产物：别人对她命运的干预自古就开始了；如果以另外的方式去干预，那么结果也会完全不同。女性既不是由她的性激素也不是由某种神秘的本能确定的，而是由她透过陌生的意识把握自己的身体及其与世界关系的方式所决定的；在她们幼小的时候分隔少女和少男的深渊就已经掘成了，以后就不可能阻止女人成为她被造就的样子，她的身后永远拖着过去；如果掂量一下这份重量，就可以明白她的命运并不是永恒不变的。

当然，不要以为只要改变了她的经济状况就能改变妇女；这个因素曾经是并将始终是妇女变化的根本因素；但只要它还没有带来道德、社会、文化等方面的结果，无论怎样宣布和要求，新的女性还是不会出现；就目前而言，这些变化在任何地方都还没有实现，无论在苏联、法国还是美国；所以今天的妇女便夹在过去和未来之间左右为难；她经常显得像是装扮成男人的"真正女性"，她在女性的肉体和男性的装束中都同样感到局促不安。她必须脱胎换骨，并创造出自己的服装。必须通过集体的发展她才能做到这一点。任何一个孤立的教育者今天都不可能造就一个能完全与"男人"对等的"女人"：女孩受到和男孩一样的抚养，她会感到自己是特殊的，由此她又有了一个新的规定性。司汤达深刻理解这一点，他说："必须一下子种出整个森林。"但相反，假如我们设想一个两性平等已经实现的社会，这种平等必将在每个人身上体现出来。

如果从幼年起，小女孩就和兄弟一样用同样的要求和尊严，同样的严格与自由教养大，参加同样的学习、游戏，许诺同样的未来，周围是明显地互相平等的男人和女人，那么"阉割情结"与"俄狄浦斯情结"的含义将大大改变。母亲同父亲一样承担夫妇的物质和精神责任，享有同样持久的威信；女孩感到自己周围是两性世界，而不是男性世界；即使她在感情上更受父亲吸引——何况这也是不能肯定的——她对他的爱中也带有某种竞赛的意愿，而没有那种软弱的感情，她不会趋向于被动状态；人们允许她在劳动和运动中证明自己的价值，积极地与男孩竞争；没有阴茎——她的前途可作为补偿——不足以产生一个"自卑情结"；相应地，男孩也不会自发地产生"优越情结"，假如人们不向他灌输，假如他认为女人和男人是同样的（我认识一个八岁的小男孩，他与自己的母亲、姨妈、奶奶三个能干而独立的女人以及半残废的爷爷生活在一起，他在女性面前有着不可克服的"自卑情结"，尽管他母亲竭力想帮他克服。在学校他蔑视同学和老师，因为他们都是可怜的男人）。女人也就不会在自恋癖和梦幻中寻求无益的补偿，她不会再认为自己的一切都已注定，她将感兴趣于自己所做的事，她会毫不迟疑地投身于自己的事业中去。

我已经讲到过，如果她像男孩一样有着做一个自由的成年人的前景，她就会很轻松地度过自己的青春期；如果月经并不意味着她突然坠入了女性特征的更深的深渊，就不会引起她那么大的恐惧；如果她对自己的整个命运不感到厌恶，她就会很平静地正视自己最初的情欲；系统的性教育会大大帮助她度过这个危机。男女混合教育会使庄严可畏的男性神话无由产生；它将被日常的亲近和坦率的竞争所取代。对这种制度的反对意见中总是包括对性禁忌的尊重。但试图抑制儿童的好奇心和愉悦感纯属徒劳，只会导致产生压抑心理、强迫观念和神经官能症；少女的多愁善感、同性恋癖以及柏拉图式的激情，和随之而来的所有蠢事和变态心理，比一些孩子气的游戏和明确的体验要有害得多。只要不在男人身上寻求一个半神——而仅仅是同志、朋友和伙伴——她就会有勇气承担自己的命运；情欲和爱情成了她自由决定的一种超越，而不是放弃和失去；她能够以对等关系来处理。当然，不可能把儿童成长为成人所需要克服的困难一笔勾销；最聪明、最宽容的教育也不能代替她自己去体验生活；应当要求的是不要无故地在她的生活道路上设置重重障碍。人们不再用烧红的铁去烧烙那些"堕落"的女孩，这已经是个进步；精神分析学多少给了父母一些教益；但完成妇女性启蒙和性教育的现存条件实在是太糟糕，毫无疑问必须来一场彻底的变革。当然不可能从她身上消除人类命运的偶然性和苦难，而是要给予她克服这一切的方法。

女人并不是什么神秘的天生的牺牲品；她的特殊性也仅仅具有它们本身的含义。只要我们从新的角度去理解这些特殊性，它们就会被更普遍的东西所超越；因此我们看到在妇女的性经历中，她感到——并且常常憎恨——男性的支配；却不能由此推断她的卵巢注定了她得永远毕恭毕敬地生活。只有在一个一切都标志着男性的绝对权力的体系内部，男性的进攻性才会显得像是专属于领主的特权，女人在性行为中之所以深深地感到被动，是因为她本来就已经认为自己是被动的。许多现代妇女尽管要求得到人的尊严，却仍然按照传统观念把自己的性生活理解为一种奴隶的苦役。因此她们感到被男人压在下面，被他穿透是一种耻辱，于是因为厌恶而陷入了冷淡症；但假如现实的情形是另一回事，性生活的动作和姿态的象征意义也将改变：比如一个酬劳着情人并能左右着自己情人的妇女可能会为自己绝妙的安闲而骄傲，并以自己能控制主动地自我消耗的男性而感到自豪；并且从现在起也存在相当多的配偶在性生活方面处于平衡状态，胜利与失败的概念让位给了互换的观念。实际上，男人与女人一样都是凡胎肉身，因此都处于被动状态，是自己的性激素和物种的玩物，自己的欲望的焦灼的猎物；她和他一样处在肉欲的狂热中，自愿而主动地奉献自己；他们各自以自己的方式去体验肉体的浑然一体的状态。在这些他们自以为是相互冲突的战斗中，每个人都在和自己作战，放弃自身的一部分而把它给予对方；与其模棱两可地生活，双方都竭力让对方来承受卑劣的部分，而保留自己的尊严。然而如若双方都具有清醒的认识和真正的骄傲，他们就会相互把对方当作同类，心平气和地进行性生活。共同作为人类一分子的事实比他们的特殊性的任何区别都具有无限的重要性；优越性从来不是天生的：古人所称的"美德"的定义完全"取决于我们"。两性都同样感受到肉体与灵魂、有限与超越的冲突；他们都被时间所消耗、被死亡所纠缠，他们对另一方都有着同样的本质的需要；他们可以从自身的自由中获得同样的光荣；如果他们懂得享受这一点，就不会上当去争夺那些虚假的特权；这样他们之间就有可能产生平等友好的关系。

有人可能会说所有这些论述都是乌托邦式的，因为由此就得"彻底改变"女人，而她们早已被社会改变得与男人真正平等了；保守者从不错过任何类似的机会来宣扬这个恶性循环；然而历史是不会原地转圈的。无疑假如我们把一个等级置于低下的状态，它就自然是低下的，但自由可以打破这个循环；只要允许黑人投票，他们就会变得有能力投票；只要让妇女承担责任，她们就会知道怎样承担；问题是我们不能等待压迫者突如其来地发善心；但或是被压迫者的反抗，或是特权阶层内部的进化都有可能产生新的局面。正是这样男人已经为了自己的利益而部分地解放了妇女：她们只需要继续争取，她们已经获得的成功对她们就是一种鼓励；几乎可以肯定她们将在或长或短的时间内达到经济和社会的完全平等、并导致女性内部的深刻变化。

有人可能会反对说，无论如何，即使这样的世界有可能出现，它也并不令人向往。如果女人和男人"一样"了，生活就会失去它的"刺激性"。这个论点也并不新鲜：那些希望永远维持现状的人总是洒泪痛悼将要失去的美妙的过去，而不愿用微笑去迎接新鲜的未来。的确在废除奴隶买卖后，人们也断送了装饰着杜鹃花和山茶花的美丽的大种植园，断送了美国南部精致细腻的文化；一些老式花边和西克提纳教堂的被阉的歌手的清亮嗓音一起进入了时间的仓库，有某些"女性魅力"也有成为灰烬的威胁。我承认野蛮人不懂得欣赏花边、奇花异草、阉人的清脆嗓音和女性魅力。当"迷人的女性"光彩夺目地出现时，她是比任何让韩波神魂颠倒的"俚俗绘画、门楣上的装饰品、街头卖艺人的布景、爵徽、民间宗教小彩画"更动人的尤物；用最现代的技巧打扮，用最新奇的方法修饰，她让人想起古老的年代，想起忒拜、米诺斯和支申伊扎（忒拜，希腊神话中俄狄甫斯王的传说发生的地方；米诺斯，罗马神话中克里特岛的部族；支申伊扎，墨西哥玛雅文化遗址）；她还是非洲丛林中的图腾；她是直升飞机的小鸟；还有最大的奇迹：在她浓妆的美发下树叶的飒飒声变成了奇特的思想，从她的酥胸中迸发出锦言妙语。男人用渴望的双手去拥抱奇迹，但一等他捉住，奇迹便消失了；妻子、情妇像所有人一样用嘴说话：她们的话语只具有它本身的价值，她们的胸脯也如此。一个转瞬即逝的奇迹——并且如此罕见——值得我们永远维持这样一个对两性都十分有害的局面吗？我们可以欣赏鲜花的美丽，女人的魅力，并且按她们本身的价值去欣赏；假如这些珍宝必须以血和不幸为代价，就应该懂得割爱。

事实是这个牺牲对男人来说格外沉重；很少有人从心里希望女人达到自我完善。那些轻视她的人看不到自己将要得到什么，那种钟爱她的人过多地看到自己要从中失去的东西；当前的发展还不仅仅威胁到女性魅力：女性一旦为自己而生存，她就将放弃自己的双重身份和调解身份，这种身份在男性世界里就算是女性的优越地位了；男性既要面对大自然的沉默，又要面对别的自由的苛求，自然十分需要女性既作为他的同类，又处于被动状态；他的伴侣的形象尽可以是虚幻的，以之为源泉或借口的经验仍然是真实的：可以说没有比这更珍贵、更亲密、更热烈的经验了；无可否认的是，女性的依赖、低下和不幸使他们具有特殊的特点；无疑女性的独立尽管会给男性免除许多烦恼，但也使他们失去了不少方便；

无疑某些风流韵事在明天的世界中不可能再有了，但这并不意味着爱情、幸福、诗意和梦幻将不复存在。值得注意的是，我们枯竭的想象力常常使我们把未来看得那么苍白贫乏；因为未来在我们眼里还仅仅是一个抽象的概念，所以我们每个人都在暗中哀悼自己失去的东西；但明天的人类也将过着有血有肉的自由的生活，这将是他们的现在，他们也会衷心喜欢的；两性之间将产生新的肉欲和情感，我们暂时还无法了解：现在的男人和女人之间已经产生了友谊、竞争、默契和同志感情，纯洁的或肉欲的关系，这都是以往的时代所想象不到的。

　　我认为最不可信的就是那些使未来世界陷于单调划一，也就是说陷于烦恼之中的标语口号。我既不相信在这个世界里将会没有烦恼，也不相信自由会造成千篇一律。首先，男女之间总是存在着一些差别；她的情欲，她的欲望世界有着独特的面貌，因此必然会在她身上产生特殊的肉欲和感受：她与自己的身体、与男性的身体的关系以及她与孩子的关系绝不会雷同于男人与自己的身体、与女性的身体以及与孩子的关系；那些津津乐道"有区别的平等"的人显然是恶意地不肯说出还存在着平等中的区别。另外，是人为的规定产生了单调：那些年轻漂亮的后宫女奴在苏丹的怀抱中都是同样的；基督教在把灵魂赋予男人的女性时，也赋予了肉欲主义一种罪孽与传奇的意味；只要我们给情欲恢复其至高无上的特殊性，爱人的拥抱就不会失去感人的情趣。宣称男人和女人成为同类后狂欢、堕落、沉醉、激情将不复存在，这种观点是很荒谬的。肉体与精神、片刻与永恒、内在的诱惑与超越的召唤、欢娱的绝对与忘却的空虚之间的矛盾将永远不会消除；在性欲中永远会体现出生命的紧张、痛苦、欢乐、失败和胜利。解放妇女，就是拒绝把她禁锢在与男人的关系中，而不是否认这些关系；她既为自己而存在，同时也仍然为他而存在：双方都承认对方为主体，而同时相对于对方却又都是别人；他们之间关系的相互性并不会使人类分为两部分所产生的奇迹消失：欲望、占有、爱情、梦幻、奇遇，那些使我们激动的字眼：给予、征服、结合将依然存在；相反只有当消除了人类一半的奴隶状态以及由此导致的虚伪体系时，人类的横断面才会显示它真实的含义，人类的两性关系才会表现其真正的面目。

　　"人与人之间最直接、最自然、最必需的关系，是男人和女人的关系，"马克思说，"从这种关系的特点中可以看出人在多大程度上意识到自己是一般的存在，是人；男人和女人的关系是人与人之间最自然的关系。从中可以看出人的自然行为在多大程度上是合乎人性的，或者说人在多大程度上变成了自然的人，人性在多大程度上变成了他的天性。"

这段话说得实在是再好不过。人应当在现存的世界中树立自由的至高无上的地位；为了获得这个崇高的胜利，男人和女人首先应当超越他们的自然差别，真正地建立起坦率友好的关系。

（葛雷鲁进 译）

※ 致奥尔格伦

一

星期日1947年5月18日

我的宝贝，亲爱的芝加哥男人：我在巴黎想你，想念你。整个旅途好极了。我们往东飞行，所以几乎没有夜晚。在纽芬兰，太阳开始落山，然而5小时后飞越香农岛时太阳在美丽绿色的爱尔兰上空又冉冉升起。一切都是那么美丽。我思绪万千，不能入睡。今晨10时（你的当地时间6时）我已在巴黎市中心。我曾希望巴黎的魅力能帮我忘去悲伤，但没有。首先，巴黎今天并不美。天空布满乌云，显得阴暗；今天是星期天，街上冷冷清清；一切显得沉闷、黑暗和阴郁。也许是我的心在巴黎已经死去。我的心仍在纽约，在百老汇我们告别的路边；在芝加哥我那温暖的家，在那温暖的紧靠你亲爱的心的地方。我想过两三天后会不太一样，我又必须重新关注法国的知识界和政治生活，我的工作和朋友们。但是今天我对这些丝毫没有兴趣。我感到懒散和疲劳，我只想沉浸在回忆中。亲爱的，不知为什么，我等了那么久才对你说我爱你。我只是想对此确信无疑而不是随便说空话。现在看来，从一开始爱情已产生。不管怎么说，爱已在此，这确实是爱，我的心思念你。我是多么的痛苦，为此我又感到幸福，因为我知道你也难过。能共同感受同一痛苦又是多么甜蜜。和你在一起的欢乐来自爱情，现在呢，痛苦也是爱。我们必须体验爱的各种感受。我们将享受再次见面的快乐，我要它，需要它并一定会得到它。请等我，我会等你的。我心中爱你胜于言词，也许比你知道的更深。我会常给你写信，请你也常来信。我将永远是你的妻子。

你的西蒙娜

又及：你的书我读完了，非常喜欢，我一定要找人把它译出来。

吻你，再次多多地吻你。当你吻我时是那么的甜蜜。我爱你。

二

星期三1947年5月21日

我亲爱的丈夫：

巴黎是那么凄凉和令人不愉快，今天下午我离开了巴黎，没走太远，大概20英里，但感觉很远。这里是乡村，鸟在唱歌，平地和树林绿油油的。这里说不上是个村子，树林中有几间零星小屋。我准备在一个可爱的蓝黄颜色的小客栈住两个星期。现在大约下午7点，太阳正慢慢落山。我坐在旅馆前的小花园里，周围景色很好，阵阵暖风吹来。我在这里感到很愉快，和你很近。

我需要休息、睡眠和安静；我想重新开始工作、看书、消遣、思考和回忆。这些天我见到了一些朋友，几乎所有的人都显得冷漠，至少相当冷淡。恐怕是你把我惯坏了，你是多么热情、慷慨、多情。也许我自己也表现冷淡和冷漠；一切似乎都是一场乏味的梦，我对任何人、任何事都不放在心上。不过昨天傍晚，我坐在圣日尔曼大道旁一家咖啡馆露天座上时我的心融化了。茂盛的树木、傍晚的灯火是如此美丽。我觉得真应该陪你看巴黎的街道，我感到巴黎在等待你，我又开始爱它了，和你一起并为你爱巴黎。

我把你的书给了伽里玛出版社，他们将在两周内读完并答复我是否准备出版。如果他们不出版，我另找出版商。无论如何，我们将在《现代》杂志上刊登一段。我急切地等待你的来信。也许两三天后能转到这里来。你一定要常给我来信，亲爱的朋友和恋人，我最亲爱的丈夫。我们不应感到彼此分离。相反，在

九、十个月后再相会时，我们应比分手时更接近、更亲密。尽管大西洋和广阔的平原把我们分开，在这些日子里我们应试图生活在一起。你无法阅读法文书，我深感遗憾，你为何不试试学习法文呢？这样，你能更好地了解我和我的生活。如果你觉得我的书还有点用处，我可以寄给你。

我正在阅读卡夫卡的《日记》。他的书我都读过，非常喜欢，你呢？

我知道你不喜欢乡村，然而，我仍希望你在这里，在这蓝黄色的客栈的小花园里。我能看到你坐在我身边，向我微笑。我是多么爱你的微笑！两个星期前，你会想到在一个法国小花园里那么可爱地微笑，在一颗爱你的法国人的心中体会你的微笑吗？你就在这儿，亲爱的，向我微笑，爱着我。一只杜鹃鸟在近处歌唱。我也在法国的小花园里，在芝加哥向你微笑并爱着你；我在我的芝加哥的家中，犹如你和我一起在法国。我们并未分开，永远不会分开。我永远是你的妻子。

你的西蒙娜

博格扎

杰奥·博格扎（1908—1994），罗马尼亚诗人，散文作家。
主要诗集有《反抗、爱情与死亡之歌》《奥里扬》等。

※ 织女

　　每个女人在一生中，总有一天、一小时、一秒钟是世界上最漂亮的女人。每个诗人在一生中，总写过一首、一节、一行使他接近于世界上伟大诗人的诗歌。

　　多年来，我常常喜欢在海边伫立。在我同大海的关系中，我总感到缺乏那种简单自然、合乎人情、无所不包的，就像见面打招呼一样的用语。发明"你好"这一短语的人无疑是人类第一伟大诗人。试想，人们见面时要是不说声"你好”，这世界将会多么悲伤，多么暗淡！

　　我伫立在大海边，倾听她那含义如此丰富的低声絮语，对她说不出一句最简单而含义又最广的问候，心里感到很难过。于是，那个多布罗加青年特拉场·科索维来了。他对我说：大海是个织女！

　　“大海——织女！”多贴切的称呼！当然，大海并非任何时候都是织女。当她撞击岸边的崖石，或者被风暴袭击的时候，她都不是织女。可是，当她从遥远的地方把那给人心田以抚慰的层层细浪不停歇地推涌到沙滩上时，她确是一个织女。她仪态文静、内涵丰富、神秘莫测。听着她那无尽无休的沙沙声，你就会觉得她是一个织女，而不会是别的。

　　“大海——织女！”开天辟地以来，她就一刻不停地抛掷着那使宇宙万物充满生机的、水花四溅的巨大梭子，将那匹宽广无边的大布——人类一切梦想和生命的长无尽头的纱缦织了又拆，拆了又织……

　　我伫立在大海边，思绪万千，可是找不出一句实质性的、简单明了而又深刻隽永的话同她打招呼。于是，那个多布罗加青年来了。他对我说：大海是织女！

　　因此，犹如我一开始所说的：每个女人在一生中，总有一天、一小时、一秒钟是世界上最漂亮的女人。每个诗人在一生中，总写过一首、一节、一行使他接近于世界上伟大诗人的诗歌。

米吉安尼

米吉安尼（1911—1938），原名米洛什·杰尔吉·尼古拉，阿尔巴尼亚诗人、作家。
主要作品有《自由的诗》《贫困之歌》等。

※ 樱桃

樱桃成熟了，通红通红的，像年轻的山区女人的血液。而在山区女人的心房下面，爱情的果实也成熟了。山区女人坐在自己茅屋的门槛上，在她苍白的面孔上有着鲜红的嘴唇，就像枝上的樱桃一样。

樱花长得多好啊！累累的果实把树枝都压得垂下来了，随时都有折断的危险。山区女人心房下的重荷使她感到很难受，她无力站起来去折樱桃枝……

　　樱桃树和山区女人都因自己的果实变得沉重了，大自然对她们满意地微笑。

　　但是谁看见了大自然的微笑呢？山区女人想尝尝鲜红的果实以解除饥饿，因为她早就没有玉米了。剩下的一点玉米是做种子用的。明天就要把它们撒到地里，等待新的收成。

　　唉，能吃点樱桃也好！这个有如生气蓬勃春天的山区女人，这个有着像天空一样蔚蓝色的眼睛，有着像樱桃一样鲜红嘴唇的山区女人，在忍受着痛苦……她在忍受着饥饿的痛苦。她的眼光是困倦而忧郁的。整个世界都使她感到憎厌，但她并不憎厌生活。在没有粮食吃的贫困中，生活在她看来仍然是可爱的。生活本身带来了欢乐和微笑。还有一种欢乐，即夜晚的欢乐，征服了这个山区女人。夜间来到了，丈夫在床铺上抚爱她，她忘记了白天的痛苦，醉人的欢乐解除了饥饿。夜晚的欢乐在她身上产生了果实，变成了沉重的、但却是幸福的重荷，重荷紧连着她的心。她看着樱桃，但是没法把它摘下来，樱桃挂得太高了。去年她是自己摘樱桃的，她毫不费力地爬到树上，而当看见丈夫的时候，就跳到地上，因为她衣服穿得不整齐。

　　山区女人在沉思，由于弄不到樱桃而发愁。但当她想到弄不到樱桃是由于身怀重荷，而身怀重荷的原因又是由于夜晚的欢乐，她的烦恼就消失了，代之以愉快的感觉。唉，夜晚，夜晚！可爱的黑暗的夜晚。年轻的山区女人这样想着，她的思想是单纯的，就像她青年时代的愿望一样单纯而自然。

　　面色忧闷的老婆婆站在茅屋的门槛上，眯着眼睛，春天的光亮使她睁不开眼。年轻的女人想说摘樱桃的事，但是她感到害羞。她站起来，慢慢地，有如风平浪静的天气里的小帆船，向樱桃树走去，拿着一根长杆子，想把樱桃树枝打断。但是她未能成功。她浑身出冷汗，抛掉杆子，坐在樱桃树下的地上了。站在门槛上的婆婆没有看到她的这番努力，她解开脏得像冬天的天空似的衬衣的纽扣，在那儿数钱，也许，在做别的什么事情。钱！……哪里来的钱呢？因此，一定是在做别的什么事情。媳妇眼看着，心想将来她也会变得像这位老太婆或列支·麦塔的。列支·麦塔过去就像一棵苗壮的橡树，而现在老了。他经常来，用淫荡的眼光看着她，说些猥亵的话。而丈夫、婆婆却在一旁笑。难道在他晚年的时候这些话对他能有所慰藉吗？

山区女人叹口长气，腹内一阵剧烈的疼痛。"如果是个女孩还不错……上帝保佑！……而如果是个男孩呢，也没有什么……等他长大了，挣一袋钱，替自己买个老婆。"

"妈妈！"

"干什么，孩子？"

"我丈夫快回来了吗？"

"他到哪儿去了？"

媳妇的眼光没离开樱桃树，饥饿在折磨着她。由于饿，她最后的一点气力也失去了。

"妈妈！你能不能替我摘点樱桃，非常想吃东西。"

"我不能够，孩子，等你丈夫回来吧。"

媳妇感到自己的心在收缩。她发出了呻吟声。身体内有什么东西在颤动。憎恨，无对象的、无情的憎恨涌上心头，扼住了她的喉咙，紧压住她的心，总也不肯松开……只有当她苍白的面孔上泪如雨下的时候，憎恨心才缓和下来。

一个饥饿的、不幸的、怀孕的妇女，她能不能把孩子生下来？她的孩子能不能成为大自然的爱子？

在贫穷中受孕和生下来的孩子是注定要过穷日子的。他获得的遗产是苦难和贫穷，随着苦难和贫穷而产生的便是憎恨心。

他带着憎恨心出生。憎恨可以使他成为强盗或盗贼。而强盗就是强盗！他的命运就是抢劫和燃烧建筑在国家法律基础上的房屋。而为此他将要遭到怎样的惩罚呢？

"要我的命吧！你再也不会从我身上逼出什么东西来的！"被关在燃烧着的火圈内的强盗喊道。

山区女人坐在地上呻吟。老婆婆慢慢地向她走去。在母亲的痛苦的号泣声里很快就加入了婴儿的哭泣声。他向世界宣称他的出现，在宇宙的这个不受注意的角落里，他向人类宣告自己的到来。人们向年轻的母亲祝贺说："他会讨一碗饱饭！"先生们，你们喜欢不喜欢这个祝贺？如果你们新生下孩子时碰到这样的祝贺，你们该怎样呢？

春天的大自然在欢笑，因为鲜红的樱桃成熟了，穷人的孩子出生了。

（裴培 译）

图甘

法德娃·图甘（1917—2003），巴勒斯坦女诗人，阿拉伯自由诗歌的先驱者之一。成年后面对文学与婚姻，她毅然选择了诗歌作为终身伴侣。

※ 悔

有多少人问我，

你是为哪一个

唱这些柔和多情的歌？

它们温煦，明亮似光，

充满了浓郁的芳香；

它们出自你巨大的爱，

你为这爱流血流泪，

为了这爱，

你把情感的宝藏开采；

它们出自你丰满、善良的自身，

出自你那如花似玉的灵魂。

但愿他是一个最好的人，

但愿他是这样一个人——

值得你为他如此慷慨，如此献身。

我低下眼睛，保持着

令人怀疑的沉默，

含含糊糊，什么也不说。

但是痛苦中有一种讥讽的声音

出自一颗懊悔的受伤的心，

又倾注在我稀里糊涂的胸中。

它不断地在鼻子中哼哼，

充满了悲苦的讥笑和嘲讽：

但愿他是一个最好的人，

但愿他是这样一个人——

值得你为他如此慷慨，如此献身。

啊，真羞煞我！

真羞煞我，若是他们晓得

你是何人，感受将会如何？！

（仲跻昆 译）

布吕克纳

克丽斯蒂娜·布吕克纳（1921—1996），德国女作家。

以畅销小说《约亨与莱夫科叶》和《波埃尼欣失踪记》获得众多的读者。

※ 你们不要忘记翠鸟的名字——萨福在累斯博斯山上致离别的姑娘们

你们真美呀，姑娘们！我教会了你们编织花环，它们今天装饰着你们的发辫。你们轻盈地舞蹈着，向女神致意。你们的声音清脆得像云雀的晨歌。莫回首！我教你们成为幸福的人并使别人幸福。我站在阴影里，让全部阳光都照射到你们身上，你们是我的作品，现在，我把你们献给了女神阿芙洛狄特。我没有使你们做好怎样当女人的准备，原谅我吧。就在今天晚上，一只男人的手将会伸进迪卡的头发。今天，你们的男人将要解开我教给你们用巧妙的方法结成的带子，你们将会满足他们未受过约束的欲望，并听从他们发号施令。

让那些把你们称为自己人的人们幸福吧，让那些将离开你们的人们倒霉吧！

我爱你们大家。我通过一个人爱你们大家，我通过你们爱并尊敬阿芙洛狄特这位爱情、青春和美的女神。你们再一次聚集到我跟前来吧！把我围在你们中间，在女神面前遮住我那已经变得苍老的身躯。不要哭泣，姑娘们！我看见你们的手臂正向以后将属于你们的男人伸去。

但是，你们不要忘记米蒂利尼的花园，不要忘记萨福！你们已经习惯了自由，你们的白天在嬉戏与跳舞中逝去。有人告诉你们，今天是你们一生中最美、最伟大的一天。因为人人都相信了，所以你们也不怀疑。我对你们所期望的东西保持沉默。我没有教给你们忍受痛苦的艺术。然而，忧虑正等待着你们。这是义务啊！夜里，你们将再也听不到小鸡的叽叽声，因为有一个男人睡在你们身旁，他喝得酩酊大醉、鼾声如雷。早晨，唤醒你们的不再是小鸟的鸣啭，而是正长出第一颗牙齿的小孩的哭声。我忘了告诉你们关于孩子长牙的事情。你们将不得不省吃俭用，再也不能乱花钱；你们将谈论变味的油，而不会再谈什么阴影浓密的油棕榈树。你们将为水缸里是否有水而操心。当你们打发使女去泉边取水时，可别忘了你们曾怎样对着泉水梳妆打扮，怎样在水里沐浴嬉戏！不要忘记翠鸟的名字！你们曾经同声念过的那些词语，都变成了诗歌。阿芙洛狄特就在你们中间，她微笑着靠在鲜花盛开的石榴树上。到处都是花朵，都是春天，都是渴望。我没有告诉你们，这一切都将消逝。你们生活在一个没有尽头的今天里，你们打发了一天又一天。你们曾赤身裸体，光着脚丫在草地上行走，你们的步履那么轻盈，连草茎都不会踩折。你们学会了不损坏神允许生长的一切。你们小心翼翼地将蜗牛从路上拿开，放到路边。谁也不曾伤害过一条蜥蜴。如今，你们却要把一只鹌鹑温暖的躯体拿在手里，不得不扭断它的脑袋，拔掉它的羽毛，掏出它的内脏。看见你们做这些事，我将一言不发。你们的婆婆正等待着你们用平静的手把那只鸟收拾干净。

在今天最初的时刻，夜幕还笼罩着山谷，只有山头被那初升的太阳照亮，我起来，掐了一朵玫瑰，放在我宠爱的迪卡头上，花中的露珠滴在她梦一般的面颊上，那就是泪珠。我让黑夜逝去，毫无睡意地躺着等待黎明。当你们消磨着生命的时候，我正清醒地面对着死神。我对你们将缄口不言，丝毫也不泄露关于孤独的事情，一点儿也不。我是一棵树，你们是树叶。我教你们认识雾霭，用植物和星辰的名字称呼你们。你们吹笛、弹琴、唱歌，空中回荡着你们的欢声笑语。我说：歌唱你看见的事物吧！演奏你听见的声音吧！我在树叶上写诗，然后又把它们揉碎，撒向风里。一首诗像一棵树，它起初枝荣叶茂，秋天到来时，树叶飘零。我的诗像大海的涛声在你们玫瑰红的耳廓里发出响声，当你们年老时，当你们记起可爱的苹果树林时——我们曾在那下面紧挨着小憩，呼吸过蜂蜜的芬醇——那时候，大海的波涛将给你们带回我的歌声。阿芙洛狄特曾经是你们的女主人，从现在起，你们的女主人变成了丰饶的女神赫拉，我不得不痛苦地献出你们。

我爱小伙子的美，但我更爱姑娘的美，因为她们的性情更含蓄，更深沉。可是，我怎能将美的事物与美的事物相比！谁在爱，谁就不进行比较，爱情是无可比拟的。在那充满温柔的日子里，我的手轻轻地抚摸着阿班蒂斯发烫的身体。对阿芙洛狄特来说，美与媚是她的目的。

当你们打扮自己并将香气馥郁的茴香编织成花环给另一个人戴上时，多好啊！阿班蒂斯的卷发披散在肩头，同阿波罗的卷发一样，金灿灿的。

你们习惯了自由，像小鸟一样啁啾、鸣啭，在泉边洗濯，夜晚在枝头的窝里栖息。可是，明天人们将把你们用暴力禁锢起来。你们将变得像家禽一样，你们将停止歌唱。不要相信他们的许诺！他们今天用许许多多礼物压住你们。你们还不够美吗？为什么还要给胳膊套上镯子，给手指套上戒指？他们将把你们少女的头掩藏在头巾下面。

迪卡！戈吉拉！阿班蒂斯！当你们靠在坚实的岩壁上，唱起那甜蜜的歌时，当你们跃过岩石的时候，你们每一个人都像位女神。

我将呼唤着你们的名字，波涛将吞没我悲凉的声音。然后，我将听从神的安排。昨天我还爱着阿班蒂斯，明天我将爱上阿纳克托利亚。昨天我还感到有所渴望，今天我却忍受着分离的痛苦，永远是同样的荒凉的感觉。爱情像一个容器，它装满时会溢出，而当它空虚时却必须重新装满，像冬天里雨中的储水池。

我教你们懂得了温柔。在男人发现你们的身体之前，你们已经先发现了它。迪卡，你曾让我抚摸，是我的温柔不再使你感到满足，你才要求别人的快乐吗？我的诗歌，我的微笑，都是对你的，这你知道，你玩弄自己的脚趾，这种表示是对我的，那使我感到幸福。女人的爱比男人的爱更隐秘。年迈的男人和他喜欢的男孩一起在大街和广场上自由地漫步，这一个是老师，另一个是学生。双方都努力要成为出类拔萃的人并使别人得到荣誉和快乐。青春和老年，是一个整体，它们必须先分开，然后再重新相聚，交换角色。今后，你们自己也将成为萨福，给年轻的姑娘们上课。一切都将在时间的长河中绵延不断。

我喜欢倾听年老的智者们讲话，观察他们那曾留下汗水和泪痕的面孔，我看到了他们过去的辛苦和未来的忧虑，年轮爬上了他们的手腕，棕色的老人斑使他们的皮肤望而生畏。在我的诗歌中，人们找不到凯尔克拉斯的名字，他是我的丈夫，他曾经想控制我。我忘却了男人们给我们造成的欢乐与痛苦。一个男人把我变成了我的女儿克勒斯的母亲，我又不得不把她许给一个男人，正如我现在不得不把你们奉献出去一样。

我的话语消失在我曾教给你们唱的歌中。你们就要离开我了，但爱罗斯仍留在我的身旁。当你们年老的时候，你们要想着萨福。她在你们年轻的时候，已经老了。

快乐将在温暖的阳光里与你们为伴，快乐在花园中，快乐在反射着光辉的波浪里。女人爱的是长久的、永恒的东西，男人爱的是能带走的东西。他们爱马，他们爱船。

姑娘们一年年长大，愿你们为她们感到高兴并使她们快乐！过一会儿，我将把自己打扮起来，为的是越过阿赫隆的这最后一次旅程。如果死亡是一种更美的东西，神就不会长生不老了。他们将在哈得斯生活，留下，不再回到人间。我站立在洛伊卡得山的岩石上，当我的脚想跳起来时，我的双手却紧紧地抓住岩石。轻飘飘的茴香草的茎秆就足以将我擎住。难道我得等着，让卡隆来接我吗？为什么我不心甘情愿地做将来必须做的事情？

年龄将使我佝偻吗？我的理智会迷乱吗？我的声音会消失吗？众神啊！萨福将变成什么人？当我迈着死亡跳下去时，谁将拉住我的手？难道往日的幸福不再使我感到温暖了吗？难道我不再是萨福——累斯博斯山上人人赞扬的女诗人了吗？难道我必须回到怨声怨气的女人合唱队中去？

我爱年轻的法翁！为了得到他，我竟把你们全奉献出去。去吧，我的姑娘们！

（李士勋 译）

卡西安

尼娜·卡西安（1924—），罗马尼亚著名女诗人、女作家。
出版过《在半度音阶上》《风与海的对话》等诗集及《假日游戏》等散文集。

大师谈爱情

161

※ 妇女年

　　一年尚未过完，所有人都纷纷制订计划、希望、梦想、为个人生活设计转折点（我将天天做操，我不再为鸡毛蒜皮的琐事烦心等）。仿佛只要开始新的一年就足以改变我们的性格、习惯和缺点似的。

　　瞧，正当国际妇女年接近尾声时，妇女们便开始希望、开始梦想这一年中所开展的有意义的理论探讨将产生最最直接、最最明显的实际效果（比如公共汽车上为女士让座，物资供应时优待女士等）。

大家都知道物质基础的变化并不会自动地并相应地引发上层建筑的变化；大家同样知道物质第一位，意识第二位。然而，约内尔却成功地将所有被认为攻不可破的论点颠倒了过来并加以取消。听说妇女不该与锅盆为伍，他就扔掉了家里所有的锅盆，用《高等数学》取代了《厨艺大观》。听说妇女应该同男人享受同样的权利，他就强迫妻子抽雪茄烟并报名参加举重训练班。听说世上并不存在纯粹女性的事务，他就动手为妻子缝制了一顶绿油布帽子。他冷笑着对妻子说限她六个月内学会一门快速钻探理论，否则就同她离婚，因为他可不愿同一个落后分子，一个没有头脑的人随随便便度一生。在一阵嘲讽的大笑后，他要求妻子去钓银枪鱼，考虑到养家糊口并不仅仅是男人的事。可是，为了圆满实现男人和女人间的令人眩晕而又完完全全的平等，并不是约内尔的妻子，而是约内尔本人因严重的神经病住进了医院。这一事实表明男性的敏感丝毫也不亚于所谓的女性敏感。

幸好，绝大多数男人还很正常。他们并没有以过度的热情去实现一些或许对他们口味的观点，而是继续心平气和地出现在女人——妻子——女工——母亲——女厨师——下提网兜、上抓公共汽车吊钩者，一言以蔽之，平衡器的面前，绝不会以嘲讽或急于报复的口吻宣布：

"够了，别再撒娇了，亲爱的，别忘了国际妇女年已经过去了。"

（高兴 译）

※ 女诗人境况

我叫杜利娜·波佩斯库，是个女诗人，出过两本诗集。我的大学男同学叫杜利·波巴，也是个诗人，也出过两本诗集。从我们一起参加文学社的那一刻起，我就意识到我们的命运，根本不会相互交织，只会截然分开。

记得在一首处女诗中我这样写道："月亮是夜之鱼金色的眼。"结果有人评论说我表现出了一种细腻的女性敏感。我的男同学也读过一首自己的诗，其中有这样的诗句："泉水从玻璃瓶中喷涌而出，恰似一条银蛇。"结果人们在他身上发现了无限广阔的想象力。

当我出版第一本诗集时，有关书评——实际上只有短短十行字——宣布了一个"崭新的女性手笔"的出现。杜利·波巴的诗集却享受到了三篇评论。但我想从这些评论中看看他是否是一个"崭新的男性手笔"却属枉然。谁也没提到这回事。

实际上，自己的女性意识这么引人注目，我还挺骄傲的。然而，令我迷惑不解的是谁也没在杜利的诗中发现相应的素质。我觉得他够男性的。

您也许会反驳我说"女性的"和"男性的"这两个形容词并不能决定一部作品的美学价值。在我年幼尚不开窍时，我也曾这么认为。可如今，看到这么多知识渊博、经验丰富的评家坚持这一标准——不错，仅仅在谈到女性时——我意识到自己毫无办法，只好认了。

即便我是莎士比亚，也丝毫无济于事。想想看我参加的正是"罗密欧与朱丽叶"文学社。我似乎听到文学社成员在说："这位女诗人表现出了无限的敏感，因此走向一些非女性的激烈和夸张实在可惜，这些激烈和夸张改变了爱情场景的细腻音色。"倘若我塑造出哈姆雷特这个人物，那会引发一场名副其实的风波："女诗人试图炫耀自己并不具备的智能，从而违背了她的女性本色。哲学抱负超出了她的实际天赋。但奥菲丽娅悲痛欲绝的情景描写得实在精彩，具有典型的女性意识。"

打从我和杜利的第二本诗集问世起，我就明白了：当他的想象力眼看着日益增强时，我却在细致入微地勾画着女性心灵的各个侧面；当他的诗句"那棵长着天蓝色枝丛的树"代表"一种饱满的力度和独特的想象，植物融化于抽象之中，伟大诗歌所特有的形而上学之路"时，我的诗句"从海的炼金炉中升腾起的浅绿色的蒸汽"则以女性特有的腼腆和含蓄描写了海滨黄昏的神奇魅力。

我明白了，不管我写出多少和多好的书，我都休想在纯粹的抒情诗领域或者——为什么不呢——在世界抒情诗领域中占一席之地。

　　谈到我的书时，必定要谈到我的女性特征，"隐藏的"、"突发的"、"被否定的"、"被接受的"、"甜丝丝的"、"侵略性的"女性特征，一言以蔽之，这种女性特征如此丰富和复杂，我几乎确信自己不久就要出嫁了。

　　也许，那些评家们恰恰鼓励我这样做哩：赶快嫁人，建立一个家庭。

　　至于我的诗么，写还是不写，有什么要紧的呢？反正少了我，我们的诗歌画卷也不会分解。至多，女性诗歌受到一点儿影响罢了。

　　既有杜利，何必还要杜利娜呢？！

（高兴　译）

圣德尼

雅努·圣德尼（1930—），加拿大女诗人、戏剧演员、导演和电视节目主持人。
圣德尼共发表过六部诗集，并于1975年出版了介绍克洛德·戈弗罗的书，名为《天鹅》。
《梦之店》是她首次发表的新作。

※ 梦之店

有一天我将在皇家山区开一个店。我将向贫穷者购买他们那些丰富而豪华的
梦，然后转卖给不再有梦想而又想为自己提供一点幻想的富有者。这是50年代里
读完特律蒙·卡波特的精彩小说集《生命树》之后冒出来的一个念头。这个奇怪
的想法一直隐隐地在我的脑子中萦绕，我企盼着有一笔开张用的资金：我要开一
个梦之店。

大师智慧书系

梦？是的，克洛迪娜，我一直来都在做梦。自少年时代起，尤其是在夏天，在魁北克东区的埃勒美湖上，更确切地说是在迪斯拉埃利村，我的祖父和祖母住在那儿，我在他们家中度假；哦，可不是在女子寄宿学校里边，在学校我的梦总是被那些令人厌烦的祷告淹没。我把桨放在小船的一边，直直地坐在中间以免翻船，眼睛望着水面，很好奇，很入迷，哪怕是一个小小的漩涡。那时，我天天都这样度过几个小时，梦想着自己成为一艘金色大船的船长，可以自由地驶向每一个方向。

几年以后，这一次是在蒙特利尔，由于家庭的破裂，我想逃开。为了让别人雇用我，为了能够立刻离开家，去哪里都行，只要远离那种永远不变的失败，我打扮成一个戴鸭舌帽的男孩，走进了一家商船办公室。

"年纪太小了。"他们说。

这个关于水和出走的梦越来越缠着我不放，而且侵入到我最初的作品之中。我一直在浇灌着这个梦，它是如此顽强地萦绕在我的心头，以至于我有时直被它缠得昏昏然……我十五岁时，我们住在奥什拉嘎区，在尼科莱街的尽头，那儿有几个码头……我坐在那里，两条腿在圣劳伦斯河上摇晃，河水在我的脚下轻轻流过，我用专注的目光向远处眺望……越过地平线……我在那里久久地遐想着，想象着陌生的地方……

又过了几年，婚后，我埋头作画。画了一块又一块画布，船的轮廓终于显示出来，并越来越像。我在一幅画上重现了一个梦，在这个梦里，我是一只庞大的海马，与狂暴的大海搏斗着。我那女孩时代的梦颇有骑士色彩。

1964年，在巴黎的一个酒吧里，我听见老板娘在向顾客们推荐"少女之梦"作为餐后甜食，其实这道点心非常简单：一个香蕉。可怜的弗洛伊德，他又会怎样分析我的梦？他会把我列入哪一类呢？

事实上，我那个永久的梦，就是出发……但又不真的准备出去旅行；并非害怕永远不能做到，而是坚信必须懂得出发：

出发——从物质支配中摆脱出来；

出发——从所有的束缚中解放出来；

出发——到另一个地方，用另一种方式去爱；

出发——不慌不忙，没有出发前的忙乱；

出发——暂时没有羁绊，没有未来；

出发——如同人们换乘汽车，换乘轮船；

出发——向往永久的自由；

出发——在听到一个长长的笑话之后所爆发的笑声中；

出发——为汹涌的波涛中所隐藏的新世界；

出发——……

出发了……在巴黎十年，我从没想过返回此地。在一个期盼到的机遇面前，我留了下来，为了某一天更好地出发；为了在一个温暖的国度里的阳光下衰老下去——我真的有一天会衰老吗？我讨厌现实那冷峻而严酷的反复。我梦想着回到最初，梦想着开始，而永远不是重复。一个超越现实的梦。

自1956年起，又一次情感上的打击给我留下了创伤。从此，不管是否愿意，我的梦总是带有一种预感。爱情、死亡、成功、失败，这些非同寻常的时刻，我在它们到来之前便已经看到；而当这一切真的发生时，我就不会再因此而受到伤害——伤口在完全裂开之前就被感觉到被治愈。我仿佛在审视自己的生活——一个白日里的梦。在夜间的睡眠中，我无法脱离我的躯体，我身体平直，高高地悬在空中，上面从没有天花板，我除掉了所有的障碍；我觉得很平静，与自己，与别人；没有天堂，也没有地狱，只有一个生存的空间。

……

再见了，醒着的小女孩的可怕的梦；千万不要错过那只船，它会带你驶向新的画面，新的感觉，新的情感和新的思想。生命是一种不断延伸、超越永久的幻想。没有时间停下来，哪怕是极其短暂的一瞬间……突然，她发现她在幻想着过去，幻想着未来，她慢慢地消失……像神话中的一个水神。

（应远马 译）

琼·迪第恩（1934—），美国女作家。

有作品《懒洋洋去伯利恒》《白色唱片》《就这么混罢》《公共祈祷书》等。

※ 妇女运动

　　要想做煎蛋卷，你需要的不仅仅是那些打碎的鸡蛋，而是"被迫"去打碎它们的某个人：每一位革命者都被认定是懂得这一点的，每一位妇女也如此——她们无论占得或不占得合众国人口的百分之五十一，都是一个强有力的革命阶级。这一革命"阶级"的创立，事实上从一开始，就是妇女运动的"概念"。此运动的大众讨论如此长时间地围绕日间托儿站中心而展开的倾向，却是那种苦心孤诣地抵抗代表们我国民生活的政治思想的又一例证。

"新女权主义绝不仅是为争取社会平等的一种严肃政治运动的复兴，"女权主义理论家舒拉密斯·费尔斯通于1970年断言道。"它是历史上最重要之革命的第二次浪潮。"这绝不是每个人都会认为其意味深长的关于目的的声明，并且绝不是其在此运动的文学中此类性质的唯一声明。尽管如此，1972年，《时代》周刊在一期有关妇女的"专刊"上仍然若有所思、友好亲切地说，此运动可能会成功地导致"更少的婴儿尿布和更多的但丁"。

这是一个非常美好的意象：无所事事的妇人坐在凉亭里，小声哼唱着 lasciateognisperanza。然而，这个意象却完全建立在那种对此运动的通行观点之上，该观点认为此运动就是一种对"满足"或"自我表现"的集体的初始渴望，这种渴望完全缺乏思想意义，仅仅能够产生最为形式上的慈善利益。事实上，它是有思想的，其思想就是马克思主义，而且还确切地达到了这样的程度：正是由于这种马克思主义思想，被认知为妇女运动的这一奇异的历史反常之事物才看似具有了些许影响力。在这个国家，马克思主义一直是一种离经叛道的、空想的激情。一个又一个被压迫阶级似乎最终都未得其要领。结果表明，穷人主要是盼望成为富人。少数民族似乎要允诺更多，最后却很是失望：后来发现他们实际上关心的是具体问题，他们往往把便餐馆与汽车前座的取消种族隔离视为真正的目的，绝少视为一场更大事业中和策略的筹码。他们反对从直接改革向社会理想必不可少的归纳性跳跃；而且，同样令人失望的是，他们不能感知与其他少数民族的共同理想，而是不断向沉湎于"兄弟情义"之高调中的组织者们展示一种极端仓皇失措的自私自利。

于是，恰在这个意志消沉，似乎根本无人情愿充当无产阶级角色的时刻，妇女运动发生了，随之还发明了妇女"阶级"。人们禁不住要佩服对这一迅速变形的极端简单化。在一个有能力合作的无产阶级空缺的情况下，一个革命阶级就可能被轻易地创造出来，组织起来，得以"命名"，并且被赋予生命；这种想法似乎立刻就显出非常实用，非常空幻，非常爱默生化，它使人激动得透不过气来，又恰恰证实了人们所持有的观点：混合着对恩格斯和马克思新近理解的19世纪超验本能会导向何处。阅读妇女运动理论家们的著作，不是去想玛丽·沃斯通克拉夫特，而是去想品格最高尚时的玛格丽特·富勒，去想将表示意见的论文匆匆油印而后用纸杯饮茶以代替午餐；想到那凄苦寒夜里的薄薄的雨衣。如果家庭是资本主义最后的堡垒，那就让我们废除家庭。如果人类传统的繁衍需要似乎是对妇女不公，那就让我们通过技术，超越"自然的这部分机体"，超越压迫，正像舒拉密斯·弗尔斯通所认为的，"那是穿过有记载以来的历史，自己返回动物王国"。我接受宇宙，玛格丽特·富勒最终承认；舒拉密斯·弗尔斯通却不能做到。

　　这种热病似的、理性的激情看似非常新英格兰式。严肃的先验唯心主义装扮成激进的唯物主义，以某种方式预言了过时的自立和谨慎的牺牲。语言笨拙的滔滔不绝成为一种原则，视风格为不严肃而加以摈弃。修辞学意义上打碎鸡蛋的意愿，事实上，仅仅成为一种在每块石头里找长篇大论的旺盛能力。当有建议提出，烧毁文学，泰·格雷斯·阿特金森实际上却说，即使是发生了革命，"性别主义者"的西方文学整体也仍会保留。但是当然，任何书籍都不会被烧毁：这一运动的女人们完全有能力对任何明显难以处理的到手材料加以有教诲意义的精心修订。"作为家长，你应该成为神话的阐释者，"莱蒂·科廷·波格雷宾在《女士》的试刊号上建议道。"任何童话或儿童故事的一些部分可以在你孩子的批评课中得以抢救。"其他文学分析家设计了抢救其他书籍的方法：《一个妇人的画像》中的伊莎贝尔·阿彻再也无需作她个人理想主义的牺牲品。相反，她可能成为一个性别主义社会的牺牲品，一个已经"适应了妻子的传统定义"的女人。玛丽·麦卡锡的小说《她的同伴》中的叙述者可能被认为是"因为她执著要在一个男人心里找到自己的位置而遭受奴役"。类似的是，麦卡锡小姐的《毕业班》能有助于表现"那些在一流女子学院受过教育——被教授过哲学和历史——而后又被委托以哺乳和烹饪美食的女人们，她们身上发生了什么"。

　　虚构小说具有某些特定的难以减少的暧昧性；这种观点似乎从来不会产生在这些女人身上，也不应该产生，因为虚构小说在很大程度上敌对于意识形态。她们已经创造了一个阶级；现在她们只需让那个阶级觉醒。作为政治手段，她们抓住了一种共同的证词，它最初被称为"座谈会"，后来被称为"提高觉悟"；在英国女权主义者朱利叶·米歇尔看来，无论如何，它是对众所周知的中国式革命活动"诉苦会"的一种治疗学意义上适应美国的再阐释。她们整肃内部，重新组合，而后再行整肃，反复揭发彼此的错误和偏差，此时是"高人一等的优越感"，彼时是"飞黄腾达主义"。也许可以简单地把她们的一些想法称为斯大林主义：它当然就是。甚至要说人们认为这些女人"正确"或是"错误"都是无意义的，眼睛老是盯着显而易见的，盯着这些社会理想主义经常引至的道德想象力的粗俗化也是毫无价值的。要相信"更大的好"就是必须在某种道德悬念状态下行事。征询任何一位忠诚于马克思主义分析的人，大头针的顶端上有多少天使，你会反过来被要求，永远不要在意什么天使，只要告诉我谁操纵着大头针的生产。

对于我们这些仍主要执著于探索道德的差别和含混的人而言，女权主义分析可能看起来像是一种特别狭隘且破裂的决定论。不过它是严肃的，而且对于那些敏感好激动的理想主义者来说发现自己出了油印房、登上了卡维特舞台，她们比那些观看者更为心神不安。他们被聆听着，却又不完全如此。关注终于得到了，但那种关注又被陷入无关紧要的困境。对于洗刷盘子的不公正，以及在第六大街上遭受到建筑工人的窥视这般令人忍无可忍的侮辱，社会舆论却非常沉闷；连最聪明的运动女性也发现自己陷入了这种讨论。（这种委屈在似乎经常就斯佳丽女士未解的弦外之音而展开的讨论中，在经培育而成的脆弱花朵受到骄横的无产者的倾诉、并因此而遭受其强暴的告发中均不是不典型。）她们计算总共擦净了多少盘子，从浴室地板上捡取了多少条毛巾，一生当中洗了多少批衣物。做饭只能算是"苦活"，宣称其中有什么乐趣正是迫不得已默认自己的被迫劳动的证明。小孩只会令人讨厌地、机械地泼撒、消化食物，机械地剥夺了女人的"自由"。从西蒙娜·德·波伏瓦庄严而令人叹为观止地认识到女人作为"第二性"的角色，到认为改变那个角色的第一步是阿利克斯·凯茨·舒尔曼的婚姻契约（"妻子取下床上被褥，丈夫重新铺好"）——在《女士》杂志上复制的一纸文件——这其中路程漫漫；然而，妇女运动看来正向着这种琐碎浅薄化发展。

当然，这种对琐事的枯燥陈述在运动开始时至关重要，它是使那些甚至对自己也已经习惯于遮掩内心怨恨的女人们从事政治的关键手段。舒尔曼太太发现自己的时间似乎总是比丈夫的少，这恰恰是此运动希望震动所有女人内心中的那根心弦（"咔哒！一声的发现"，简·奥赖利这样描述道）；然而，如果人们拒不理解那更深刻的意义，不能做出从个人向政治归纳性的跳跃，那么，这一发现就根本徒劳无益。把一周的时间分割成小时，在小时里，孩子们被引导向两位家长中的任何一位提出他们的"个人问题"；这也许能也许不能提高舒尔曼夫妇的婚姻质量，不过婚姻的进步也不是革命能实现的。像列宁那样，把家务劳动称为"一个女人所能做的最不具有创造性、最原始、最艰巨的工作"，这可能是非常有益的。不过，它只有作为政治过程的第一步，在"唤醒"一个阶级就位时才显有益的，只有作为一种隐喻时才显有益的：在60年代末期和70年代早期的美利坚合众国，相信字词具有其原来的意义不仅仅是要把运动局限于个人，而且是在正儿八经地哄骗自己。

当此运动的文学开始反映那些并不真正理解该运动之意识形态根据的女人观点时，人们越来越多地感觉到这种拖延，这种哄骗，感觉到理论家们的演习不过是靠盲目的崇拜、小小的诡辩、希望的满足、自我憎恨和苦涩的幻想，以刺激一些未经开垦的愚钝的精神蛮荒。甚至对此文学漫无目的地阅读，也是能立即认知某个忧伤的幻影，认知一个想象中的"典型女人"，作者们似乎过于完全地和她认同。这种无所不在的建构是除了她自己以外所有人的牺牲品。她甚至遭受她的妇科医生的迫害，后者让她徒然地乞求避孕。她特别需要避孕，因为她每次约会都受到强奸，被她的丈夫强奸，最后竟还在堕胎手术台上被强奸。在尖头鞋时髦的时候，她像"许多女人"一样让人把她的脚趾削尖。她受到化妆品广告的如此恫吓，以至于一天的大部分时间都用来睡觉以预防皱纹的产生，可醒来时，还要被电视里净化的商业广告所奴役。她把孩子送进幼儿园，那里的女孩子们在一个"洋娃娃之角"里挤作一团，且被强行禁止玩搭积木。她工作，可报酬却比一位干同样工作、（永远）并不称职的男士少三至十倍；她还被禁止参加工作午餐，因为她与一位并非其丈夫的男子出现在公共场合会感到难堪；而当她独自旅行时，她又要面临的是在餐厅受辱还是在饭店房里"吃个炸面包圈"的抉择。

半真半假的陈述一经重复，就自我证实自己是可信的了。苦涩的幻想也会设定其自身的逻辑。询问那些显而易见的问题——为什么她不给自己另外找一个妇科医生，另外找一份工作；为什么她不离开床，关掉电视机；或者，最怪的一点，为什么她要住在客房服务只能提供炸面包圈的饭店里——是在她本身非常神经质的水平上参加这场争论，这个水平与做女人的真实境况只有着最脆弱、最不幸的关系。许多女人都是傲慢、剥削和性角色模式的牺牲品，这早已不是什么新闻；而也有一些女人却并非如此亦不是什么新闻；没有人强迫女人去接受那一套。

不过，某种不同于对遭受"歧视"而提出反对的东西当然在这里发生着作用，某种不同于对性角色被"模式化"而表示反感的东西。渐渐地，似乎这种反感本身就针对于成年人的性生活：要能永远是孩子该纯洁得多啊。在女权主义运动文学中不时出现的有关女子同性恋关系的描述，使人们不断为它对那种关系优越的"温柔"、性关系的"温婉"所作的强调而深深感动；那种关系中的当事人似乎像是受伤的小鸟。将自信贬损为"大男子气概"已达到这样一个程度；人们想象数百万的女人因过于纤弱而不能在任何水平上应付一个公开的异性恋男子。当人们被告知女人们在建筑工地附近所经历的"恐惧和厌恶"，人们就得到了并非有意却又不可逃避的启示，那些造物过于"温柔"受不了日常生活中的生硬粗暴，过于脆弱应付不了街上发生的一切；于是，现在人们就从女权主义运动近期的文学中得到了这样一种印象：女人们对于成年生活的困难过于敏感，女人们对现实毫无准备，只是急切抓住这一运动，把它当作拒绝现实的理由。伴随月经期而发作的变化无常的一阵恐惧和失落根本就从未出现过：不过是我们认为它出现了，因为一位大男子主义精神病学家这样告诉我们。任何女人都不必在堕胎之后做什么噩梦：她不过是被告知会是如此。性力量不过是一种压迫人的神话，不再令人恐惧；因为我们从一个女人把一场婚后恋爱视为被解放与解放的描述中得知，性关系实际等同于"说俏皮话的欢笑"及"躺在一起，而后跳起来去弹唱整本的'芝麻街歌曲集'"。做女人究竟如何，所有人对此的真正疑虑、互不相容的观点——那种生活于水深火热之中的感觉，那种充斥着鲜血、生与死的黯淡的混乱——现在可以被宣布为无效的，不必要的，因为人们根本就没有感觉到。

过去人们只是被告知一切，现在，却是要被重新设计、安排，重新让她成为像坦佩斯月经棉塞广告中那个"现代"小女孩那样纯洁无瑕。我们已经越来越多地听到这种永恒的青春少年们的殷切声音，也听到那些并非因为她们作为女性的阶级地位，而是因为其童年期望的破灭和误解而心痕累累的女人的声音。在苏珊·埃德米斯顿看来，"没有人这样说过，当你说道'我愿意'时，你正在做的并不如你过去想的，是为你的永恒之爱立誓，而是在一整套对于你最珍惜的信仰来说很可能是无法容忍的权力、义务和责任制度上签字。"对于埃伦·佩克而言，"孩子的出生常常就意味着浪漫的终止，自由的丧失，理想被经济的取代。"有一位年轻女士，曾被《纽约》封面描述为"购买了妇女解放的保证而后到城市来享受这些保证的郊区家庭主妇"，她告诉我们她买到的是什么保证："响应大苹果城耀眼的灯光和文明的机会，是这样。竞争的机会，是这样。但最重要的，是享受乐趣的机会。乐趣才是一直缺少的东西。"

永恒爱情，浪漫，乐趣，大苹果城。相对而言，这些都是志同道合的中年人的计划中鲜有的奢望，尽管在孩子们的安排中并不如此；因此，谈到这些处于勇敢而崭新生活中的女人们的事迹，叫人心生痛楚。一位三个孩子的母亲离了婚，她说她的计划是要"实现我读大学时的梦想。我要去纽约做个有名的作家，或职业作家。如果这失败了，我就在出版业找份工作。"她提及一位朋友，另一个年轻女士，她"除了做女儿、做妻子、做母亲就没有过任何其他生活"，不过她"刚刚发现自己是个天才的陶工"。这样天真单纯的足智多谋——要在出版业找个工作，要做一名天才的陶工！——迷惑了想象力。对实际生活、实际男人不切实际的不满意，对成年性生活确实存在的生育可能性的否认，不知何故，却是语言所不能言及的。"在他们所看到和界定的压迫周围组织起来，这是被压迫者的权力，"此运动的理论家们顽强坚持着，试图解决这些女人的问题，并让她们自己相信，现阶段进行的仍然是一个政治过程，但字迹已然落在墙上。这是一些改变信仰者，她们要的不是革命，而是"浪漫"；她们信仰的不是女性的压迫，而是就在她们旧生活的模式中找到新生活的机会。在某种意义上，她们告诉我们的是文化对于她们已然做的而理论家们从未做过的更令人伤心的事；我猜想，她们还告诉我们，这场运动不再是一项事业而是一个症状。

（于晓丹 译）

米利特

凯特·米利特（1934—），美国女权主义批评家。
她的博士论文《性政治》是女权主义文论的重要著作。
她还发表过两部自传性作品《飞》和《西塔》。

※ 性政治理论

性交显然很难说能在真空状态下发生；就其本身而言，它似乎是一种生理和身体的行为，然而由于它深深植根于人类交往活动这一更大的背景之中，因而它就可以被当作集中了各种文化态度和文化价值的一个微观世界来看待。其作用之一，就是可以在个体或个人层面上充作性政治的一种典范。

当然，从一种表示亲密的场景过渡到带有政治含义的更广阔的背景，这着实是跳了一大步。我们要引入"性政治"这个术语，就必须首先回答这样一个问题："两性关系真的能从政治角度来看吗？"回答则取决于你如何界定政治了。本文所谓的政治不是通常比较狭义的，只包括会议呀、主席呀、还有党派等那样的政治。"政治"这一术语，应指权力结构的关系和安排，其中一部分人受到另一部分人的控制。或换一个说法，虽说理想的政治应是将人类生活建立在大家都能接受的、符合理性的原则之上，并由此将征服他人的观念整个地摒弃，但是我们却要说，这并不构成我们所理解的政治，正是这一点，我们需要好好地谈一谈。

以下的概述或可称作"试论一种男权理论"，它将证明性别是一种具有政治蕴涵的类属划分。由于前人不曾做过，因此这么说只是一种尝试，很可能不周全。它的目的只是想提供一种总体的描述，因而命题只能是笼统的，各种例外都忽略了，小标题有点重复，而且带有一定程度的主观人为性。

这里说到两性时采用"政治"一词，主要是因为它在概括男女两性历史与现状的本质时非常有用。其实，在传统的形式论政治理念框架基础之上再建立一种更为恰当的关于权力关系的心理学和哲学，是完全应当的，在今天甚或是义不容辞的事情。我们现在着手来界定一种关于政治的理论，不再像我们过去约定俗成的那样对待各种权力关系，显然已成当务之急。我从而觉得，从个人与个人的接触，从现已界定明确的社会集团成员之间的相互影响来重新对这些权力关系进行界定，是可行的，这里所谓的社会集团就是民族，种姓或社会等级，阶级，以及性别。而恰恰是因为某些社会集团在一部分已受认可的政治结构中得不到反映，所以它们的地位才会如此稳定，对它们的压迫才这么持久。

在美国，近来所发生的事件终于使我们认识到，种族与种族之间的关系是一种政治关系，是一种与生俱来的集体性对于另一种也是与生俱来的集体性的全面控制。凭借与生俱来的权利进行统治的社会集团正迅速消失，然而，却还存在着一种非常古老、非常普遍的由人的出生决定的一部分人对另一部分人的统治——这就是在性别领域中所看到的统治形式。对种族主义的研究使我们确信，种族关系中有一种完全是政治性的关系，是它造成了一系列的种族压迫。处于附属地位的集团在现行政治体制中得不到恰当的纠正，因而就无法组织起来，形成一般性的政治斗争和对抗。

对我们社会中的两性关系作一番不带偏见的考察，势必也同样会揭示：目下——乃至有史以来整个两性关系的状况，恰如马克斯·韦伯（Max Weber）所说，是一种统治与从属的关系。然而，在我们这个社会体系中基本上不被注意，甚至往往不被承认（却又被体制化了的）的一个事实，则是与生俱来的尊卑造成的男性对女性的统治。通过这样一个体系，一种巧妙绝伦的"内部殖民化"（interiorcolonization）形式扎根了。这种形式甚至比任何隔离形式都稳固，比阶级划分更严格，更整齐划一，当然也就更持久。无论这种性别统治目前显得多么沉默，它在我们这个文化中，却达到了一种几乎无处不在的意识形态的地位，而且成为一种根本性的权力概念。

所以出现这样的状况，是因为我们的社会与历史上其他文明阶段一样，也是一个夫权制社会。只要我们看一看军事、工业、技术、大学、科学、政治机关、金融——总之，这个社会的每一个权力系统，包括警察这一支强制性的力量，都是掌握在男人的手里，事情就很清楚了。由于政治的本质就是一个权字，这一认识不能不产生其影响。那超自然的权威，上帝，"他"的作用力，加上道德和价值观，哲学，以及我们的文化艺术——即T.S.艾略特所谓的"文明"，这一切所存留下的，统统都打着男人制造的印记。

倘若把夫权统治作为一种体制，其中占人口一半的女人被另一半男人控制，那么夫权制原则便包括两层意思：男人统治女人，年长的男人统治年轻的。然而，正如任何人类制度一样，事实与理想往往是有距离的；在这个系统内也存在着矛盾和例外。夫权制作为一种社会体制成了一种社会恒量，根深蒂固，贯穿在所有其他政治的、社会的、或经济的形态之中，种姓也好，阶级也好，封建制度也好，官僚制度也好，它不仅渗透到各大宗教之中，而且还在历史和各种场合以各种形式表现出来。即以民主制度为例，女性往往很少供职，或即使供职（比如现在），其人数之少甚至连象征意义都没有。相反，贵族制由于强调血统的魔力及其延续统治之属性，反而有时允许女性掌权。违反年长男性统治的原则，例子就更多了。我们了解了不同形式、不同程度的夫权制——例如沙特阿拉伯与瑞典，印度尼西亚和中国的夫权制，还应该看到美国和欧洲的我们自己的夫权制形式，这种夫权制已为下一章所要描述的种种改革大大地改变和弱化。

迪迪昂

琼·迪迪昂（1934—），美国当代首屈一指的散文大家，上世纪60年代美国青年的文学偶像，获2007年美国国家图书奖终身成就奖，代表作《与荒诞结婚》《奇想之年》。

※ 与荒诞结婚

要是在内华达州克拉克县的拉斯维加斯举行婚礼，新娘必须发誓自己已十八岁，或已得到父母的允许。而新郎则必须发誓自己已二十一岁，或已得到父母的赞同。另外，还得有人付上五元钱买一张结婚证书（在星期天或度假日则要十五元。除了中午十二点到一点，晚上八点到九点以及清晨四点到五点以外，克拉克县府办公楼每天任何时候都办结婚证书）。除此之外再也不需要什么了。在美国的这些州中，内华达既不需要婚前血液检查，也不需要在签发结婚证书之前或之后让你等候一段时间。人们从洛杉矶出发，驶过莫哈韦沙漠，甚至在拉斯维加斯的灯光像海市蜃楼一般出现在地平线上之前，就能隐隐约约见到在远处月光下的景色中赫然耸起的招牌："您想结婚吗？斯特里普街第一家免费结婚证书咨询处"。也许拉斯维加斯的结婚业在1965年8月26日晚上九点至半夜这段时间里达到了最高效率。在平常的日子，这也许是个普普通通的星期四，但碰巧总统发布了命令，于是这一天便成了人们想靠结婚来逃避兵役的最后一天了。那晚有一百七十一对男女以克拉克县和内华达州名义结为伉俪，他们中的六十七对只有一名治安法官詹姆斯·A·布伦南先生主持婚礼。布伦南先生在沙丘街主持了一对婚礼，另外六十六对则在他自己的办公室内主持，每一对要价八元钱。一位新娘把自己的婚纱借给了另外六位新娘。"我把婚礼的时间从五分钟缩短到三分钟，"布伦南先生后来这样谈起自己的赫赫战功。"我其实可以给他们举行集体婚礼的，但他们毕竟是人，不是牲口。当人们结婚时，总期望能得到更好的服务。"

　　人们在拉斯维加斯结婚真正期待的东西——也就是从最大的意义上来说，他们预期的事情——使人感到难以理解和自相矛盾。拉斯维加斯是美国新拓居地当中最极端、更富讽喻意义的地方，这是一个在金钱万能和使人获得即刻满足上表现出如此怪诞和美丽的地方，一个由暴徒和那些制服口袋里装着抗心绞痛药丸的应召女郎定下基调的地方。几乎所有的人都意识到在拉斯维加斯没有"时间"这个概念，没有白天和黑夜，没有过去和将来（然而，没有一个拉斯维加斯的卡西诺赌场能像雷诺的哈罗德俱乐部那样使人失去时间感。该俱乐部不分昼夜每隔一段时间便发布一份报道外界消息的油印"公告"）；在这儿人们也没有此刻身在何处的地点感。一个人正站在一望无边的不友好的沙漠中间的公路上，看着一个闪烁着"宇宙星团"或"恺撒宫"的八十英尺高的招牌。不错，但这又能解释什么呢？这个令人难以置信的地理位置，更加强了那种在这儿发生的一切与"真实的"生活毫无关系的感觉；内华达州内诸如雷诺和卡森这样的城市是牧场城镇，抑或西部城镇，是一些其背后有着历史必然性的地方。但拉斯维加斯却似乎只存在于观者的眼中。拉斯维加斯的一切使它成为一个极富刺激性而又极其有趣的地方，对于那梦想要穿上缀有法国尚蒂伊花边、配上一头窄一头宽的袖子和一个可拆卸的装饰性拖裙的波士顿烛光缎子礼服的姑娘来说，这地方真是古怪得很。

然而拉斯维加斯的结婚业看来正是迎合了那种冲动。"自1954年以来始终保持着真诚和庄重"，一所专供结婚用的小教堂是这样做广告的。在拉斯维加斯有十九座这样的结婚小教堂，竞争十分激烈，每座小教堂都大做广告，宣传自己能提供比别家更好、更快而且暗示比别家更真诚的服务："我们的摄影是最好的"，"您的婚礼场面将录制成唱片"，"您的婚礼将充满烛光"，"蜜月旅馆"，"免收交通费：包括从汽车旅馆到结婚登记处到教堂再回到旅馆的全部路钱"，"宗教或世俗仪式任您选择"，"化妆室"，"鲜花供应处"，"戒指专卖处"，"登报启事"，"提供证婚人"，"大停车场"。所有这些服务项目，就和拉斯维加斯的其他项目（桑拿浴、工资单支票兑换、绒鼠毛皮大衣出售或出租）一样，每周七天，每天二十四小时服务，这些服务项目的出台或许是基于这样的想法：结婚就像掷骰子赌博一样，是一种要趁赌运好的时候赶紧下注的游戏。

然而散布在斯特里普街的那些筑有祝愿井、镶嵌彩色玻璃纸窗、备有人工制作的花束的小教堂，最令人吃惊的是它们的那么多业务不是给人提供便利，不是在歌舞女伶和小歌星之间牵线搭桥。当然，也不是完全没有这种情况。（一天晚上十一点钟光景，我在拉斯维加斯看到一个身穿橘黄色超短裙、染着一头火红色头发的新娘倒在新郎的怀中，从斯特里普的一家教堂中跌跌绊绊地出来。这新郎长得像《迈阿密辛迪加》这类电影中的可怜的侄子一样。"我得去接孩子们了，"新娘抱怨道。"我得找个人来看管孩子，我要去看午夜戏。""你要的都是合理的，"新郎说着拉开凯迪莱克牌豪华轿车的门，扶着她一头倒在座椅上。）但是拉斯维加斯看来能提供"便利"以外的东西；它向年轻人推销"高雅"，推销恰当的礼仪的摹本，这些年轻人不知道如何才能获得"高雅"，如何作出种种安排，如何按规矩操办一切。在斯特里普街，整个白天和傍晚人们都能见到那些婚礼聚会，聚会者在过街人行道的刺目的灯光下等候着，在停车场上心神不安地站立着，与此同时，受雇于西部小教堂（"明星们的婚礼场所"）的摄影师正在摄下这一场景：新娘头戴面纱，脚穿白色缎子浅口皮鞋；新郎通常穿白色晚礼服，甚至还带了一两个随从，一个妹妹或一个穿着粉红色双面横棱缎的最亲密的朋友，一袭飘动的帐幔，一束康乃馨。风琴手奏起《一旦爱上就将永远》，然后是几小节《天鹅骑士》。于是母亲便哭了起来；继父因自己的尴尬身份，便邀请小教堂的女招待和他们一起去沙滩喝酒。那位女招待带着职业性的微笑婉言拒绝，此刻，她已将兴趣转移到等候在外的一对对新人了。一个新娘出去了，另一个新娘进来了，小教堂门上的招牌又一次亮了起来："欲举行婚礼者，请稍等片刻。"

我上一次在拉斯维加斯时，来到斯特里普的一家餐馆，正巧和这样的一个婚宴毗邻。婚礼刚举行完毕，新娘身上依然穿着结婚礼服，母亲仍佩着胸花。一个神态厌倦的侍者给除了新娘以外的所有人都斟上几口淡红色的香槟（说是"由饭店付账"），新娘因年龄太小，按规定不予侍酒。"你需要喝点比这更刺激些的东西"，新娘的父亲向他的新女婿放肆地打趣道；这种关于新婚之夜的老一套的玩笑有种过分乐观的性质，因为新娘明显地已有了好几个月的身孕。后来酒又斟了一巡，这次不再是免费的了。新娘开始哭了起来。"今天真是太好了，"她呜咽道："就像我所希望所梦想的那样。"

（汪义群 译）

阿兰·德龙（1935—），法国著名电影演员。

1957年以《当女人卷入时》初登银幕，著名作品有《住嘴，美人儿》《女人是弱者》

《生活多美好》《洛可及其兄弟》《大枪手》《名门望族》《佐罗》《三个该杀的人》等。

其中，《红圈》与《冒险家》等作品使他获得了国际声誉。

※ 别了，我的布蓓蕾

我凝视着你那长眠不醒的面容。我就在你的身边，你的床头。你身着一件黑红相间的长裙，上衣还绣着花。我觉得这好像是花，但这无关紧要。我来向你道别，永别了，我的布蓓蕾！以前我就是这样称呼你的。德语的意思是："小娃娃"。我看的不是花而是你的面庞。我觉得你很美，可能你从来都没有像今天这样美。这是我生平第一次看到你这样安详、从容（这对你来说也是第一次）。你是多么的恬静、清秀，你是多么美啊！就像有一只手，轻轻地拂去了你脸上由不幸带来的烦恼和忧伤的一切痕迹。

我凝视着你那长眠不醒的面容，别人告诉我，你已经与世长辞了。我在想你，想我，想我们的往事。我有什么该受到谴责的地方吗？人们在自己曾经爱过和一直在爱着的人面前，总是这样扪心自问。这种想法涌上心头后，又消失了。我想自己是无可指责的，但是，他却是有责任的……是的，我有责任。那天夜里，你的心脏是在巴黎停止跳动的。我有责任，因为25年前，我曾被选中在电影《克里斯蒂娜》中与你合作。那天你从维也纳来，我在巴黎等着，手捧一束鲜花，当时我都不知该怎样拿才好。制片人对我说："当她走下飞机的时候，你就向她走去，把花献给她。"我就像个傻子一样，捧着这些花等待着，身旁围了许多摄影记者。你下了飞机，我迎上前去。你问你的母亲："这年轻人是谁？"她答道："大概他就是你的合作者阿兰·德龙吧……"后来什么事也没有发生，我们并没有一见钟情，没有。后来我去维也纳拍片子。在那儿，我疯狂地爱上了你，你也爱上了我。我们经常像恋人那样互相问道："谁先爱上的，你还是我？"我们开始数数："一、二、三！"然后回答："不是你，不是我！我们俩！"上帝啊，我们当时是多么年轻、多么幸福！拍片结束后，我对你说："和我一起到法国生活吧。"你以前已经向我表示过："我愿意去法国生活在你身边。"你还记得吗？你的家庭、父母都很愤怒。整个奥地利、德国都把我看成是强盗、骗子，都谴责我夺走了"皇后"！我是一个不会讲德语的法国人，你呢，布蓓蕾，你一句法语也不会讲。

开始，我们无声地相爱着。我们互相看着，笑着。几个月后，我还是不会讲德语，你已经开始讲法语，而且讲得很好。我们一起在法国演出了戏剧。维斯孔迪当时是导演，他说我俩长得很像。当我们愤怒和苦恼的时候，当我们为生活担忧的时候，我们的眉宇间都有一个"V"字。他把这叫做"伦勃朗的V字"。他解释说，这位画家的自画像上都有这个"V"字。我凝视着你那长眠不醒的面容。"伦勃朗的V字"已经消失，你不用再担惊受怕提防别人了。

没有人再打扰你，你可以安息了。

我看着你，看了又看。我对你是这样的熟悉和理解，我知道我的为人和你的死因，正像别人所说，我了解你的个性。我对别人说道，罗密的性格就是她本人的性格。你很粗暴，因为你很固执。你是一个很早成名甚至是过早成名的孩子。一方面，你显得孩子般地任性、易怒、变化无常，当然这总是有理由的，但你的情绪总是不可捉摸；另一方面，你是个业务上的权威。这点不错，但你却是一个不很懂得自己在玩什么、和谁玩、为什么玩的孩子。在这种矛盾中，忧愁和不幸就顺着这个缺口乘虚而入。怎样对别人解释你曾经是怎样一个人，我们这些演员又是怎样的人呢？对别人该怎么讲，由于总是扮演、表现那些我们不一定熟悉的人物，我们变得失去理智、晕头转向了。怎样对别人解释，这是多么艰难，需要有多大的个性力量和精神平衡才能勉强有立足之地啊！……但是在我们这个世界，我们这个手技演员、丑角和空中杂技演员的马戏团里，聚光灯给我们打上了一层荣誉的光环，我们怎样才能得到这种精神平衡呢？你曾说过："我对生活一无所知，但演起电影来却得心应手。"不，"别人"是不会理解这点的。他们不懂得，一个演员越是伟大，他在生活中表现得越是笨拙……在你安息的时候，我在你身旁喊叫着、哭泣着，不、不、不，这种可怕的职业不是妇女所能干的，我很清楚这一点，因为作为一个男人，我对你最熟悉、最理解，因为我也是一个演员。我们是同一类人，讲同一种语言，只不过我是个男人罢了。别人不能理解我们。演员们能理解，"别人"不理解，这无法解释。别人不能理解像你这样的演员会死于这个职业。

开始，你经常饮酒和服安眠药，后来这成了习惯和需要。最后，什么也代替不了酒和安眠药了，受损害的心脏停止了跳动，因为它已经疲惫地跳不动了。

别人说，你儿子大卫的夭折使你绝望而死。不，他们错了。大卫的丧失并不是你致死的原因，而是给了你致命的一击。不错，你曾对你最后一个理想的生活伴侣勒昂说过：我好像走到了隧道的尽头。不错，你是想活下去，本来也是应该热爱生活的。星期六的凌晨，你果然走到了隧道的尽头。然而，当你的心脏停止跳动时，只有你一个人清楚，那才是隧道真正的尽头。

我随想随写，东一句、西一句。布蓓蕾，你是这样的好强，你选择了演员这个职业并且热爱这个职业，但你从来不接受也不能理解这个职业中的人情世故。你不懂得你是个著名人物这一点的重要性。作为一个演员，你一直是光明正大的。你从来不得安宁，像一头被追逐的牝鹿走投无路。你感到个人生活受到了围攻、伤害和侵犯。你很清楚，命运对于你总是一手赐予，一手又收回。

大师智慧书系

我们一起生活了5年多。你陪着我,我伴着你。后来,生活——我们俩与他人无关的生活将我们分开了,但是我们经常通电话。是的,确实如此,我们相互"呼唤"。随后,《游泳池》在1968年开拍。我们为工作又相聚在一起。我到德国去找你,并认识了你的儿子大卫。

我们在这次合作之后成了兄妹。我们的关系既纯洁又明朗。我们不再互相迷恋了。更值得宽慰的是,我们情同手足,形离神合,息息相通。你后来的生活印满了不幸和忧愁的足迹。"别人"说:"多出色的艺术家!""多出色的悲剧演员啊!"他们哪里知道,你这个银幕上的悲剧演员在生活中也扮演着悲剧角色,并为此付出了巨大的代价。他们猜想不到,你在银幕上才华横溢是因为你体验了生活中的悲剧,你之所以能够打动观众,是因为不幸启发了你的艺术灵感。你只有在被不幸之火点燃时才光彩耀人。噢,布蓓蕾,这是需要付出多么大的代价啊!可是,我终究是你的痛苦的分担者而不是旁观者。

然而,直到大卫死前,还有事业在支撑着你。后来大卫去了,事业也不足以维持你的生命。所以当我知道你也去了的时候,我并没有感到意外。使我感到意外的不是你死于心脏衰竭,而是你这并非自杀的自杀。我说:"这就是隧道的尽头。"

我凝视着你那长眠不醒的面容。昨天你还活在这个世界上。那是夜里的事了,你和勒昂回到家,你对他说:"你去睡吧,我就来。我听听音乐,再和大卫待一会儿。"每天晚上你都重复这句话,临睡前独自一人回想死去的儿子。后来你坐下,拿起纸笔开始画画。你正给你小女儿萨拉画着,你的心脏突然剧痛起来。你已经是那样的美丽、富有、著名,你还需要什么呢?你需要的是安静和一点点幸福。

我凝视着你那长眠不醒的面容。我对自己说:你爱过我,我也爱过你。我使你成为一个法国人,一个法国明星。正因为如此,我感到负有责任。由于我,你热爱的这个国家——法国,变成了你自己的国家。你将留在这里,永远安息在法国的土壤中。

布蓓蕾,我看着你,看了又看,看不够。我要对你一遍又一遍地说,你从来没有像现在这样秀美,这样从容。放心睡吧,我守在你的身旁。我原来跟你学习过几句德文"Ichliebedich",我爱你,我爱你,我的布蓓蕾!

西克苏

埃莱娜·西克苏（1937—），法国著名学者，女作家，
代表作有《乔伊斯的自我放逐或替代的艺术》，《内在》《上帝的名字》《第三部分》等。

※ 美杜莎的笑声

　　我要讲妇女写作，谈谈它的作用。妇女必须参加写作，必须写自己，必须写妇女。就如同被驱离她们自己的身体那样，妇女一直被暴虐地驱逐出写作领域，这是由于同样的原因，依据同样的法律，出于同样致命的目的。妇女必须把自己写进本文——就像通过自己的奋斗嵌入世界和历史一样。

　　未来绝不能再由过去决定了。我不否认过去的影响仍然存在。但是我拒绝重

复它们而使之强化，拒绝把过去同命运联结在一起，拒绝混淆生物学与文化的界限。期待是绝对必要的。

由于这些反思是在一个初受注意的领域形成，它们必然带有我们这个时代的印记——这是一个破旧立新的时代，更确切地说，是新的冲破旧的，女性本质冲破过去的故事（lanourelledelancien）。由于没有基础建立新的话语，却只有一片千年的荒土要打破，因此我所说的至少分两个方面，有两个目的：击破、摧毁；预见与规划。

作为一个女人，我向妇女写这些。当我说"妇女"时，是指在同传统男人进行不可避免的抗争中的妇女，是指必须被唤醒并恢复她们的历史意义的世界性妇女。但是首先必须说明，尽管巨大的压力一直将她们隐蔽于"黑暗之中"——人们一直竭尽全力将黑暗强加于她们身上——在目前还不存在妇女独立的整体，不存在典型妇女。我将要谈的是她们的共同点。然而真正打动我的是她们无限丰富的一个人素质：就像你无法谈论一种潜意识与另一种潜意识相类似一样，你无法整齐划一、按规则编码、分等分类地来谈论女子性特征。妇女的想象力是取之不尽用之不竭的，就像音乐、绘画、写作一样，她们涌流不息的幻想令人惊叹。

我曾不止一次地惊叹一位妇女向我描述的一个完全属于她自己的世界，从童年时代起她就暗暗地被这世界所萦绕。一个寻觅的世界，一个对某种知识苦心探索的世界。它以对身体功能的系统体验为基础，以对她自己的色情热烈而精确的质问为基础。这种极丰富并有独创性的活动，尤其是有关手淫方面的，发展延伸了，或者伴随着各种形式的产生，一种真正的美学活动，每个令人狂喜的阶段记载着幻境，一部作品，美极了。美将不再遭禁止。

我曾希望这位妇女能描写并公开赞扬这一独特的王国，以便使其他妇女，其他未予承认的国君们也能大声呼喊：我也激情洋溢，我的欲望创造了新的愿望，我的身体懂得前所未闻的歌。我也曾一次又一次地感到自己充溢着富于启迪的激流以致要爆发，爆发的形式远比那些镶在框架里卖臭钱发财的形式要美丽得多。可我还是什么也没说，什么也没表露；我没有开口，没有再去描绘我的那一半世界。我感到羞耻。我感到害怕。但我强咽下了这耻辱和恐惧。我对自己说：你疯了！这些波澜，这些洪流，这些激情的爆发的意义何在？那位热情奔放、自由自在的妇女在何处？她和以往一样沉溺在自己的天真质朴中，禁锢在她周围的一片黑暗中，被父母婚姻的男性中心主义的铁臂带进自我羞辱中，她就没有为自己的力量感到羞耻吗？在对自己的奇异骚动感到吃惊和恐怖的同时（因为她被迫相信，一个行为端正的正常女人，具有一种……神圣的沉静），有谁没有谴责过她自己是个魔鬼呢？在感到自己的欲望在奇异地激荡（想唱，想写，想大胆地说，一句话，想表露一种新的东西）时，有谁不以为她自己是病了呢？好嘛，她这丢人的毛病就是她抗拒死亡，她惹麻烦。

那你为什么不写呢？写吧！写作是属于你的，你是属于你的，你的身体是属于你的，接受它吧。我知道你为什么没有写。（也知道我为什么在二十七岁之前没有写）因为写作对于你来说一下子太高深太伟大了，这种事是留给那些伟大人物的，也就是留给"伟大的男人们"的。还有就是干这种事太"傻"。再说，你还是写了一点，不过是偷偷写的，写得也不好，因为是偷偷写的，还因为你为写作而惩罚了自己，因为你并没有一直写下去，或者是因为你无法抑制写作的愿望，就像我们会偷偷摸摸手淫一样。并不是为了干下去，而是为了减弱一点紧张感，刚够收敛那渴望。于是我们刚一接近，就马上走开并且自觉负罪——以便得到宽恕，或者能够忘却，将它埋藏起来，直到下一次。

写吧，不要让任何人、任何事阻止你，不要让男人、让愚笨的资本主义机器阻止你，它的出版机构是些狡诈的、趋炎附势的戒律的传声筒，而那些戒律则是由与我们作对并欺压我们的经济制度所宣布的。也不要让你自己阻止自己。自鸣得意的读者们，爱管闲事的编辑们和大老板们不喜欢真正的替妇女伸张正义的文章——富于女性特征的本文。这类文章会吓坏他们。

我写妇女：妇女必须写妇女。男人则写男人。从前这里只能看到男人们偏颇的考虑，他的男性和女性意识何在，都由他说了算。只有当男人们睁开眼睛看清了他们自己的时候，才会联系到我们。男人们对他们的性特征还有很多辩白之辞，很多可写的。因为到目前为止他们所说的大部分是来源于积极与消极之对立，这种对立来自两方势力之间的关系，一方是梦幻中的原本就要去侵犯与进入的强制性的男子气，另一方则必然是梦幻中的被当作"黑暗大陆"去渗透和"抚慰"的妇女。（我们明白这"抚慰"的含义）一旦征服了她，他们就急忙离开她的疆界，逃离视野以外，身体以外。男人那种背离自己，不是为对方而是为自己而去进入、占有她的方式，使他丧失了自己的身体领地，这点男人是明白的。人们可以理解，对自己的阴茎迷惑不安而急冲进去攻击的男人来说，对于被妇女"占有"，失落于她身上，不管是被她吸收（吞并）还是独自一人可能会感到怎样的愤恨和恐惧。

现在妇女从远处，从常规中回来了；从"外面"回来了；从女巫还活着的荒野中回来了；从潜层，从"文化"的彼岸回来了；从男人们拼命让他们忘记并宣告其"永远安息"的童年回来了。小姑娘们和她们"没有规矩"的身体被幽禁、被妥善保存着，完整如初地冷藏于她们自己的镜中。但是在底层她们仍然在沸腾！性稽查永无终止地奔忙，要费多大劲去阻止她们可怕的返回呵。这是一种何等的双方力量的较量呵，这场斗争几世纪以来竟在颤抖着的均衡僵局中一直停滞不动。

因为潜意识是不可征服的，所以她们来了，归来了，一次又一次地到来了。她们曾经漫无目标地转圈子，曾经被关在小房间里拼命地洗脑筋，你可以监禁她们，磨掉她们的棱角，再成功地玩弄老一套南非种族隔离的把戏，但那只能是一时的。一旦她们开始讲话，就在有人教会她们自己的名字的同时，她们就能认识到自己的领土是黑色的：因为你是非洲，你就是黑色的。你的大陆是黑暗的，黑暗是危险的。你在黑暗中什么也看不见，你害怕。不要动，会跌倒的。最要紧的是，不要到森林里去，这样我们就把这种黑暗的恐怖内在化了。

男人对妇女犯下了滔天罪行。他们阴险凶暴地引导妇女憎恨自己，与自己为敌，发动她们的巨大力量与自己作对，让妇女成为他们男性需要的执行者。他们为妇女设计了反自恋！一种只是为了妇女所没有的东西而去爱自己的自恋！他们创造了臭名昭著的友爱逻辑。

我们，这些早熟的、文化上受压抑的人，我们可爱的嘴巴被花粉堵塞着，我们被打得气息奄奄。我们这一群群的妇女，就是迷宫，就是阶梯，就是被践踏的地方。虽然我们是黑色的，但我们是美丽的。

我们暴烈，属于我们自己的东西从我们身上迸发出来，而我们却丝毫不怕削弱自己。我们的目光和微笑都耗尽了，笑声从我们大家的口中流出；我们热血涌流，我们伸展自己却从未触到过边际；我们从不抑制自己的思想、印记和写作；我们不怕贫乏。

对于我们这些在继承遗产的场合中被遗漏、被漠视的人来说，那是怎样的欢乐呵；我们给自己鼓气，我们死去却未曾咽气，我们无所不在！

从现在起，只要我们说是，谁能对我们说不是？我们从常规中回来了。

现在是新妇女从旧妇女中解放出来的时候了，通过认识了解她，来解放她，通过爱她，因为她活过来了，因为她毫不迟疑地超越旧妇女。还通过走出去到未来新妇女之前，就像离弦的箭，在运动中和谐悦耳地聚集和分解而震颤着。

我说我们必须写作，是因为除了极少数的例外，还没有过任何刻画女性的作品。例外是如此稀少，事实上在语言、文化和时代中（我这里指的是西方世界为妇女"保留"的位置。——原注）文学耕耘之后，人们只会为这一徒劳无益的探寻使命而吃惊。众所周知，妇女作家的人数（虽然从19世纪起稍有增加）一直少得可笑。这是一上无用而带有欺骗性的事实，除非我们在一开始就从种种妇女作家中扣除为数众多的与男人写作手法别无二致者。而这一点不是埋没妇女，但是会重新产生妇女的典型表现方式（如敏感的——直觉的——梦幻的，等等）那么，哪些作品可以被称为女性的呢？我只要举出几个例子：人们要想从它们的意义中揭示出什么是普遍意义上的女性就得全面研读它们。我在别处将这样做。在法国（你注意到了我们在这块土地上的无限贫困吗？——盎格鲁撒克逊国家表现出意义明显更加重大的资源），把20世纪的作品翻阅一遍——并没有多少——我们看到的唯一刻画女性的是Colette.MargueriteDuras，……和JeanGenet的作品。

让我在这里插进一段附带说明，我讲到男性写作时不是随便说说的。我明确肯定地认为，带有印记的写作这种事情是存在的。我认为，迄今为止，写作一直远比人们以为和承认的更为广泛而专制地被某种性欲和文化的（因而也是政治的、典型男性的）经济所控制。我认为这就是对妇女的压制延续不绝之所在。这压制再三重复，多多少少是有意识的，而且以一种可怕的方式。因为它往往是藏而不露的或者被虚构的神秘魅力所粉饰。我认为在这里粗暴地夸大了一切性对立（而不是性差别）的标志，在这里妇女永远没有她的讲话机会。因为写作恰恰正是改变的可能，正是可以用来作反叛思想之跳板，正是变革社会和文化结构的先驱运动，所以前面提到的就变得更加严重并不可原谅了。

整个写作史几乎都同理性的历史混淆不清，它既是其结果，同时又是其支持者的特殊的托辞之一。它是菲勒斯中心主义传统的历史，它的确就是那同一种自我爱慕、自我刺激、自鸣得意的菲勒斯中心主义。

那巨大的机器几世纪以来一直在运转着并生产着"真理"，除了一些例外，因为有过失败，如果没有这些失败，我就不会写作了（我——妇女，逃脱者）。曾有这样一些诗人，他们千方百计写出一些与传统相悖的东西，即那些能够为了真诚爱情而去爱，所以能够热恋并需要女人的男人。那些男人设想出这样一种妇女：她坚持反抗压制，将自己造就成无比优秀的、平等的，因而是"不可能"的主角，她在一个真实的社会结构中是站不住脚的。对这样的妇女，诗人只能靠破除那些否定她们的清规戒律才可能出现。诗人的出现必将带来如果不是革命（据说堡垒是不可攻破的）至少也是惨烈的爆炸。常常是在地震引起的缝隙中，诗人偷偷地描写了一点妇女，那只是短暂的一瞬。那地震是由一种物质的动荡引起的剧烈的变更，那时候一切结构都暂时失去平衡，一阵片刻的狂乱将秩序扫荡。就是这样，克莱斯特在他对从不因羞耻而垂头的姐妹情人、母性女儿、母性姐妹之存在的渴望中伸展了他自己。一旦执政官的宫廷复辟，付出代价之时就到了：对越轨分子立即血腥处死。

但是，只有诗人（而不是小说家）是表现主义的同盟。因为诗歌是通过潜意识来获取力量，也因为潜意识这个无限的领域正是被压制者妇女们或如霍夫曼所说的仙女们得以生存的地方。

她必须写她自己，因为这是开创一种新的反叛的写作，当她的解放之时到来时，这写作将使他实现她历史上必不可少的决裂与变革，首先是在下面两个不可分割的层次上表现出来。

a）通过写她自己，妇女将返回到自己的身体，这身体曾经被从她身上收缴去，而且更糟的是这身体曾经被变成供陈列的神秘怪异的病态或死亡的陌生形象，这身体常常成了她的讨厌的同伴，成了她被压制的原因和场所。身体被压制的同时，呼吸和言论也就被抑制了。

写你自己。必须让人们听到你的身体。只有到那时，潜意识的巨大源泉才会喷涌。我们的气息（naphtha）将布满全世界，不用美元（黑色的或金色的），无法估量的价值将改变老一套的规矩。

写作。这一行为将不但"实现"妇女解除对其性特征和女性存在的抑制关系，从而使她得以接近其原本力量；这行为还将归还她的能力与资格、她的欢乐、她的喉舌，以及她那一直被封锁着的巨大的身体领域；写作将使她挣脱超自我结构，在其中她一直占据一席留给罪人的位置（事事有罪，处处有罪：因为有欲望和没有欲望而负罪；因为太冷淡和太"热烈"而负罪；因为既不冷淡又不"热烈"而负罪；因为太过分的母性和不足够的母性而负罪；因为生孩子和不生孩子而负罪；因为抚养孩子和不抚养孩子而负罪……）。通过研究探索、分析启发工作和解放她自身非凡的本文等途径使她挣脱，她急需学会讲话。一个没有身体，既盲又哑的妇女是不可能成为一名好斗士的。这样的女人只能沦为好斗的男人的奴婢和影子。我们必须消灭那些阻止活着的妇女呼吸的假女人。要保证妇女的呼吸。

b）这行为同时也以妇女夺取讲话机会为标志，因此她是一路打进一直以压制她为基础的历史的。写作，这就为她自己锻制了反理念的武器。为了她自身的权利，在一切象征体系和政治历程中，依照自己的意志做一个获取者和开创者。

现在是妇女们用书面语和口头语记载自己的功绩的时候了。

每一位都深知站起来讲话的折磨。她心跳，常常慌乱地说不出一个字，道理和措辞都不知踪影。对妇女来说，讲话就是一件如此英勇之举，一件如此伟大的侵越雷池之举，哪怕只是让她当着众人开口。那还是一种双重的痛苦，因为即使她跨越了雷池，她的话几乎总是落入男人们听而不闻的耳朵，他们只听得到男性的语言。

只有通过写作，通过出自妇女并且面向妇女的写作，通过接受一直由男性崇拜统治的言论的挑战，妇女才能确立自己的地位。这不是那种保留在象征符号里并由"象征符号来保留的地位，也就是说，不是沉默的地位。妇女应该冲出沉默的罗网。她们不应该受骗上当去接受一块其实只是边缘地带或闺房后宫的活动领域。

听听妇女在公共集会上的讲话吧（如果她还没有痛苦地泄气的话）。她不是在"讲话"，她将自己颤抖的身体抛向前去；她毫不约束自己；她在飞翔；她的一切都汇入她的声音，她是在用自己的血肉之躯拼命地支持着她演说中的"逻辑"。她的肉体在讲真话，她在表白自己的内心。事实上，她通过身体将自己的想法物质化了；她用自己的肉体表达自己的思想。从某种意义上说，她在铭刻自己所说的话，因为她不否认自己的内驱力在讲话中难以驾驭并充满激情的作用。即便是在讲"理论性"或"政治性"内容的时候，她的演说也从来不是简单的，或直线的，或客观化的，笼统的；她将自己的经历写进历史。

这里没有一般男人在口头演讲与本文逻辑之间所划的割裂和区别，因为男人受到他与控制权之间古老关系的束缚，那是一种奴颜婢膝并且苦心算计的关系。吝啬的虚假空话即出于此，说这些空话只需动用身体的极小部分，再加上面具就够了。

就像在妇女的写作中一样，在她们的讲话中有一种轰鸣不止的成分。它一旦穿透我们，深沉而不知不觉地打动我们，就能保持感到我们的力量——这成分就是歌，活在每一位妇女心中出自爱的第一声鸣响的第一首乐曲。为什么与声音有这种特殊关系呢？因为没有一位妇女储备像男人那样多的反抗内驱力的防御力量，你从不在自己周围筑墙，你从不像他那样"明智地"弃绝欢乐。即使男性所崇拜的神秘性普遍地破坏了良好的关系，妇女却从未真正脱离"母亲"的身份（我指的是在她的角色作用之外：不是作为称呼而是作为品格和才能之源的"母亲"）。在她的内心至少总有一点那善良母亲的乳汁。她是用白色的墨汁写作的。

妇女为妇女。在妇女身上一直保留着那种产生别人同时产自别人的力量（尤其是别的妇女）。在她身上，有母体和抚育者；她自己既像母亲又像孩子一样，是给予者；她是她自己的姐妹加女儿。你可能反驳："那坏女人生下的歇斯底里的女孩呢？"一旦妇女将妇女给予其他妇女，一切都会改变的。在妇女身上一直隐藏着随时都会涌出的源泉；那个为了他人的所在。母亲也是一个隐喻。她把自己的精华由别的妇女给予妇女，这使她能够爱自己并用爱来回报那"生"于她的身体，而这对于她是必要的也是足够的了。触摸我，爱抚我吧，你这活着的无名氏，把我的自我原原本本地给我吧。就欢乐与暴烈的强度来说，与"母亲"的关系并不比与童年的关系有所减弱（那个曾经是、现在还是的儿童，那个一再造就，然而又毁灭了的儿童，在此种意义上，这个儿童也就成了自己的母亲）。本文：我的身体——充满了一连串的歌。我指的不是那个傲慢专横、把你紧抓在手心不放的"母亲"，而是那触动你的、感动你的平等声音，它使你胸中充满了用语言表达的冲动，并且激发你的力量；我指的是那以笑声打动你的韵律；是那使一切隐喻都成为可望可及的内在的亲密的接受者。肉体（肉体？很多肉体？）不比上帝、灵魂或他人更容易描写；你的那一部分在你自身中留下一片空间，并且鼓励你用语言刻画你的妇女风格。在妇女身上，总是多多少少有那母亲的影子，她让万事如意，她哺育儿女，她起来反对分离。这是一种无法被切断却能击败清规戒律的力量。我们将重新思考妇女，从她身体的每一种形式和每一个阶段开始思考。美国人提醒我们："我们都是女同性恋者"，就是说，不要污蔑妇女，不要像男人们评价你那样去评价她们。

因为她的内驱力的机制是巨大非凡的，她在抓住机会讲话上，在直接与间接地变革一切以男性机制为基础的交换体系上是不会失败的，她的利比多将产生的对政治与社会变更的影响远比一些人所愿意想象的要彻底得多。

由于她一次又一次的震颤着到来，我们处在一个新的历史开端，或者不如说处在一个几种历史相互交叉的转化过程的开端。妇女作为历史的主体，总是在几个地方同时出现。妇女改变对整齐划一的、标准化的历史的看法，那种历史均匀地调和并疏导各种势力、把矛盾冲突驱赶进唯一的战场。在妇女身上，个人的历史既与民族与世界的历史相融合，又与所有妇女的历史相融合。作为一名斗士，她是一切解放不可分割的一部分。她必须高瞻远瞩，而不局限于一拳一脚的相互交锋。她预见到自己的解放将不仅是改变力量关系，或者是把球抛向其他营垒；她将在人类关系上、思想上和一切常规惯例上引起一场突变：她的斗争不仅仅是阶级斗争，她将其推进成为一种更为广大得多的运动。并不是说为了做一名斗争的妇女你就得离弃阶级斗争；而是你得将它劈裂开、扩展开、向前推进、使它充满根本性的斗争，这样就能防止阶级斗争或其他任何解放某一阶级或人民的斗争来用压制的形式发挥作用，那是个借口，目的是延缓那不可避免的在力量关系上和个性的创造上将出现的令人震惊的更迭。这一更迭已经降临到我们身上了——比如在美国，成百万的昼伏夜出者们正在暗中破坏着家庭，正在瓦解着美国社会习俗的完美健全。

新的历史即将到来：这不是梦，尽管它的确超越了男人们的想象，而且具有充分正当的理由。这一历史将剥夺他们的概念矫形学，首先是摧毁他们的诱惑机构。

要给女性的写作实践下定义是不可能的，而且永远不可能。因为这种实践永远不可能被理论化、被封闭起来，被规范化——而这并不意味着它不存在。然而它将总会胜过那种控制调节菲勒斯中心体系的话语。它正在而且将还在那些从属于哲学理论统治之外的领域中产生。它将只能由潜意识行为的破坏者来构思，由任何权威都无法制服的边缘人物来构思。

因此有必要肯定这种写作的繁荣发展，有必要赋予其运动以形式，赋予其远远近近的冷门僻径以形式。首先要记住，（1）一直为男人的利益服务以至把写作也贬为男人的法律的两性对立，只是一种历史与文化的局限。一种产生出无法贬低的女性影响的文学作品，正在并将越来越迅速地传播普及。（2）大部分男女读者、批评家和作家们是出于无知而不愿承认或者公然否认女性与男性写作之间具有区别的可能性或相关性。以下说法常常会被用来消除两性的差别：或者一切写作就其物质化的程度而言都是女性的；或者反之——不过结果相同——写作这一行为等同于男性手淫（因此妇女写作就是为自己剪裁一个纸的阴茎）；再或者说写作是双性的，因而是中性的，这种说法还是排除了差别。要承认写作恰恰是从中间起作用，是视察二者的作用过程，没有它一切都无法生存，写作正是解除死亡的作用——要承认这些，首先就需要不但两者之合而且两者双方都不陷于一连串的斗争、驱逐或者其他的死亡形式，而是通过双方不断的交流过程而产生无限的活力。这是一个不同主体之间相互了解并且重新开始的过程，它只能始于对方的生命疆界：这是一个多样重合、永不竭尽的过程，其中有无数的冲突和变革。妇女从中获得其形式（男人也会轮到的，不过那是他的另一部历史）。

我在说"双性的、因而是中性的"时，指的是传统概念的双性。它在阉割恐惧象征的碾压之下，带着一种"完整"的存在的幻想（尽管这存在是由两半组成的），会消除差别的。这种差别使人感受到招致失落的作用和可怕的切割印记。

与这种自我抹杀和吞并类型的双性相对，我提出另一种双性。前者要念咒驱除阉割（当情形有利即非此也非彼时，就有作者打出招牌："这儿写着双性呢，快来看吧"）。我提出的是另种双性，在这种双性同体上，一切未被禁锢在菲勒斯中心主义表现论的虚假戏剧中的主体都建立了他和她的性爱世界。双性即：每个人在自身中找到（répérageensoi）两性的存在，这种存在依据男女个人，其明显与坚决的程度是多种多样的，既不排除差别也不排除其中一性。而且，从这个"自我批准"而倍增的欲望印记遍布我和别人的全身。

正巧，目前由于历史和文化的原因，恰恰是妇女们在向着这预知的双性开放，并且从中受益。这种双性并不消灭差别，而是鼓动差别，追求差别，并增大其数量。从某种意义上说，"妇女是双性的"；男人——人人皆知——则泰然自若地保持着荣耀的男性崇拜的单性的观点。凭借着确认和利用男性生殖器崇拜的权威地位，菲勒斯意识已经使不止一名妇女受害。作为一名妇女，我就曾经被那王权宝杖的巨大阴影笼罩过，并被告知：崇拜这个偶像吧，你是无法举着它挥舞的。但在同时，男人又继承了那荒唐怪诞，简直不值得羡慕的命运（想象一下吧）即被沦为一尊泥丸偶像的命运。而且，就像弗洛伊德及其信徒们指出的，他因为惧怕变成女人而精疲力竭！因为如果心理分析学是由妇女制定的，要压制女性（这压制并不很成功，这点男人们已经表明了），现在它对男性特征的解释几乎无懈可击；就像所有"人的"科学一样，它再现男性的观点，同时又是其效应之一。

我们在这里不可避免地遭遇到强硬男人，他笔直地竖立在陈旧的弗洛伊德领地上，他的武器是拉康设在菲勒斯中心的圣殿以"免遭"阉割的匮乏！因此这一形象就被放回到语言学正在"更新"的概念里去了。他们的"象征符号"正存在着并持有力量；而我们这些制造混乱者是最清楚不过的了。但是我们绝无必要将我们的生命存储于他们匮乏银库之中，不必从一场拙劣重演的戏剧的角度来考虑这个主题的结构，不必一次又一次地恢复父亲的宗教地位。因为我们不想要它。我们也不必为了那个孔穴而垂头丧气。我们作为妇女没有理由走向另一端。女性（如诗人们所认为的）确认："……的确可以，"莫莉说道，她成功地带着《尤利西斯》，奔向新的写作，"我说过可以，我就可以。"

黑暗大陆既不黑暗也并非无法探索。——它至今还未被开发只是因为我们一直被迫相信它太黑暗了无法开发。还因为他们想迫使我们相信，我们关心的是白色大陆，还有它的匮乏之碑。我们相信了。他们将我们牢牢地钉在两个可怕的神话之间：美杜莎与深渊。这已足以让半个世界大笑了，只是这个神话还在继续着。因为菲勒斯中心主义的扬弃仍然存在，而且它斗志昂扬，赋予固守在阉割信条中的旧模式以新的活力。他们什么也没有改变：他们为了现实而将其欲望理论化了！让牧师们颤抖吧，我们将让他看看我们的祈祷式！

如果他们一发现妇女浊男人，或者一发现母亲没有男人即土崩瓦解，那就太糟糕了。不过这种恐惧对于他们难道不是很便当的吗？如果妇女不受阉割而只需不再听海妖的歌（因为海妖即男人）就能让历史改变意义，那难道不是最糟的吗？其实并不是。你要想见到美杜莎，只需直视她。而她并不是致人死命的。她是美丽的，她在笑。

男人们说有两样东西是无法表现的：死亡和女性。那是因为他们需要把死亡与女性联结起来。正是紧张不安才使他们坚挺！是为他们自己！他们需要害怕我们。瞧瞧那些颤抖着的柏修斯们吧，他们倒退着走向我们，全身披挂着驱邪装备。多么可爱的后背呵！不要再耽搁片刻。让我们快离开这里吧。

赶快：那大陆并不是那么暗无天日的。我曾常去那里。有一天我遇到让·杰内特（JeanGenet），真让我喜出望外。那是在《盛大的葬礼》（PompesFunebres），还是有一些不害怕女性本质的男人（总是太少了）。

几乎一切关于女性的东西还有待于妇女来写：关于她们的性特征，即它无尽的和变动着的错综复杂性，关于她们的性爱，她们身体中某一微小而又巨大区域的突然骚动。不是关于命运，而是关于某种内驱力的奇遇，关于旅行、跨越、跋涉，关于突然的和逐渐的觉醒，关于对一个曾经是畏怯的既而将是率直坦白的领域的发现。妇女的身体带着一千零一个通向激情的门槛，一旦她通过粉碎枷锁、摆脱监视而让它明确表达出四通八达贯穿全身的丰富含义时，就将让陈旧的、一成不变的母语以多种语言发出回响。

我们一直被摈拒于自己的身体之外，一直羞辱地被告诫要抹杀它，用愚蠢的性恭谦去打击它，我们成了那老傻瓜诡计的牺牲品。人人都会爱异性的把戏。我把你的身体给你而你把我的给我。但是那些把身体给予妇女而妇女就盲目地屈从他们的男人们是谁呢？为什么本文这样少呢？因为到目前为止只有这样少的妇女赢回了她们的身体。妇女必须通过她们的身体来写作，她们必须创造无法攻破的语言，这语言将摧毁隔阂、等级、花言巧语她们必须盖过、穿透并超越那最终的保温留话语，包括对于念出，包括对于念出"沉默"二字的念头都要嘲笑的话语，这话语以不可能为目标，在"不可能"一词面前突然停住，然后把它写作"结束"。

这就是妇女的力量，它横扫句法学，切断男人当作代用脐带的线（人们说这是根极窄细的线）。妇女长驱直入不可能的境地。

一旦他们的文化和社会的"受压制者"返回，那就是一种爆炸性的、彻底毁灭的、令人目瞪口呆的返回。这返回带着一股从未被释放过的力量，它可与最可怕凶险的镇压力量相匹敌。因为男性生殖器常拜终止之时，妇女们将或者已经被消灭。或者已经升腾至最高峰最狂暴的辉煌顶点。她们在自己的历史中始终被迫缄默，她们一直在梦境中、身体中（尽管是无言的）、缄默中和无声的反抗中生活。

然而她们的脆弱中含有如此强大的力量；那是一种与她们无比的强度相等同的脆弱性。幸亏她们没有升华；她们安然无恙，保存了精力。她们没有忙于消灭无望的生命。她们愤怒地栖息在这些奢华的身体上：可爱的歇斯底里患者们使弗洛伊德屈服于众多无法表白的淫逸时刻，用她们肉欲与激情的身体语言轰击他的摩西首领塑像，用她们听不见的而又是雷鸣般的谴责烦扰他。她们简直令人目眩，遮掩在七层恭谦的面纱之下却更加赤裸露骨。她们就是妇女，她们用身体的唯一话语刻画出一部急速旋转无限广大的历史。这部历史如离弦之箭正跳出整个男人的历史，跳出《圣经》和资本主义的社会。这些妇女是昨天的祈求者，她们作为新妇女的先驱而到来。在她们之后，一切互相从属的关系都将改变。你，朵拉，你这不挠不挠的诗的化身，你是预言者的真正"女主人"。不久人们就会看到你的效应，那时你的言论将不再受压制，你的言语将矛头向内对准你的胸口，然而全写出来则对准别人。

用身体，这点甚于男人。男人们受引诱去追求世俗功名，妇女们则只有身体，她们是身体，因而更多的写作。长期以来，妇女们都是用身体来回答迫害、亲姻组织的驯化和一次次阉割她们的企图的。那些过去曾摇舌一万次又七次而没有开口讲话的人们比其他任何人都熟悉她们自己的口舌。现在，我们要炸毁这条法律，要开口说话，爆炸从此将成为可能，而且是不可避免的。让爆炸成功吧，在此刻，用语言来完成它。

我们可别陷入那种至今还受到潜意识行为阻碍的分析中去。语言包藏着不可战胜的敌人，这没什么可怕，因为那是男人和他们的文法的语言。我们绝不能再留给他们一块仅属于他们而不属于我们的地盘了，一块也不能留给他们了。

如果妇女一直是在男人的话语"之内"活动，是一个总要回头求助其对立面的象征者的象征者，其对立象征者则消灭其特有的精神并且减弱或者窒息其不同凡响的声音，那她就该打乱这种"内在"秩序，该炸毁它、扭转它、抓住它，变它为己有，包容它、吃掉它，用她自己的牙齿去咬那条舌头，从而为她自己创出一种嵌进去的语言。然后你就将会看到，她将怎样从容自如地从那话语"之内"向前弹跃，口若悬河，她将盖过大海。而过去她是怎样昏昏沉沉地蜷缩在那话语"之内"的呵。

我们不必去盗用他们的手段、观念和地位，或者对他们的主人公身份愤愤不平。仅仅因为有被划为同等的风险并不意味着我们将屈服。让我们把它留给那些忧心忡忡的人们，留给男性的焦虑及其对操纵事物作用方式的执迷者吧——他们搞懂"它如何起作用"，目的是"使它起作用"。对我们来说，问题不在于为了把别人的观念化作自己的或者为了操纵而去占有，而在于要冲破，要"飞翔"。

飞翔是妇女的姿势——用语言飞翔也让语言飞翔，我们都已学会了飞翔的艺术及其众多的技巧。几百年来我们只有靠飞翔才能获得任何东西。我们一直在飞行中生活，悄然离去，或者在需要时寻找狭窄的通道和隐蔽的贫道。Voler一词具有双重意思而且它是双关的，所以意义就失去作用，这绝不是巧合。这不是巧合：妇女好像鸟和抢劫者，正如抢劫者很像妇女和鸟一样。她们逃脱。她们喜欢搅乱空间秩序从而迷失方向，喜欢反复变更家具摆设，打乱事物和价值标准并砸碎它们，喜欢架空结构、颠倒性质。她们以此为乐。

妇女为什么没飞过/偷过？谁没有感受过、梦想过、表现过那些扰乱社会风俗的姿态？谁没有碾碎过、嘲笑过那隔离的栅栏？谁没有用她的身体刻画过那差异、戳穿过那成双成对而又相互对立的制度？谁没有通过某种越轨行为推倒过连续性、关系和围墙？

女性的本文必将具有极大的破坏性。它像火山般暴烈，一旦写成它就引起旧性质外壳的大动荡，那外壳就是男性投资的载体，别无他路可走。假如她不是一个他，就没有她的位置。假如她是她的她，那就是为了粉碎一切，为了击碎惯例的框架，为了炸碎法律，为了用笑声打破那"真理"。

只这一次她在象征中燃亮了她的足迹。她必然将其看作"个人的"混沌宇宙——用她的代词、名词和她的一小撮有关概念。而且她是有充分理由的，将存在一段漫长的扼杀雌性的历史。这点已为昔日殖民地的人民所了解，为那些工人们和各个民族所了解，为那些背上被男人的历史射中的人们所了解。饱尝迫害屈辱的人们从折磨中获得对壮丽未来的执著渴望；被囚禁的人们比狱卒更懂得自由空气的甜美。由于她们的过去，今天的妇女懂得如何去获得男人们只有在许久以后才可能想象的东西。我说妇女推翻"个人"，是因为，如果凭借法律、谎言、讹诈和婚姻，她的名称和她对自身的权利同时被掠夺了，那么她就能够通过这生死搏斗的运动本身，更清楚地看到"礼节规矩"的荒唐无理和男性加婚姻的从属机制的过分吝啬。这些是她加倍反对的。一方面，她必然将自己造就成那种可以失去其一部分而不失其完整的"人"。但在暗中、在沉默中，她在内心深处成长壮大。因为在另一方面，她比任何男人都更加懂得生活，懂得内驱力的机制与控制自我之间的关系。妇女不像男人。男人太珍爱他的头衔和资格，他的囊中价值、他的冠冕和一切与他的头有关之物。妇女则不，他们对斩首（或阉割）是最不在乎的了。她勇于隐名埋姓，而不带有男性的鲁莽；她能够溶于无名之中而不消灭自己；因为她是一位奉献者。

对于馈赠这个带有欺骗性的问题，我有很多话要说。妇女显然并不是尼采梦境中的那个只为获取才给予的女人。重读德里达的《女性文体》（"LeStyledelafemme"）一文，载于Nietzscheaujourd'hui（UnionCénéraled'Editions，Coll.10/18），文中可以看到这位哲学家运用一切哲学的"消除"（aufhebung），系统地将妇女贬至诱惑的地位。她以被欺占者和亲自做诱惑物者出现，一切面纱被揭开后，就是一个并不给予，只为了（获取）才给予的人。谁能够想象得出这种为了获取的馈赠呢？除了男人还有谁恰恰是要夺取一切的人呢？

大师智慧书系

如果存在"妇女的正当行为"这回事，那么它就是她无私地对身体解除戒律的能力，永无止境，不带附属物，也没有首要的"部分"。这似乎是自相矛盾的。如果她是个整体，那就是一个由各自同时也是整体的各部分组成的整体。那个仅仅是简单的不完整物体，而是一个运动着的、无穷变化着的集合体，一个爱神不知疲倦地横贯其中的宇宙，一个巨大的星际空间，其结构并不是以任何一个比其他星体更成其为星体的太阳为中心的。

这并不是说她是一块无差别变化的混沌物，而是说她不对自己的身体或欲望称王霸道。虽然男子性特征以阴茎为中心，由此而产生那集中化的身体（用政治的反义词），身体受其各部分的专制统治。妇女并没有同样的区域划分。区域划分有助于头和生殖器在界限之内组成的对应。妇女的性本能是宇宙性的，就像她的潜意识是世界范围的一样。她的写作持续不断，从不记下或者辨别外围轮廓。写作敢于旋风般地跨越一切，短暂而热情地在他、她和他们中间逗留。写作在他们之中徘徊直到他们醒来之前。她从离他们的潜意识最近之点观察他们，从离他们的内驱力最近之点热爱他们。随后她周身充满这短暂而同一的拥抱。她离去了，消失于无垠宇宙之中。只有她敢于并且盼望从内部来了解。在那里，她这个被遗弃者从未停止倾听那预知语言的回响。她让别的语言先讲——那带有一千种腔调的既不懂包容也不懂消亡的语言。对于生活，她什么也不拒绝。她的语言不是囊括，而是运载；不是克制，而是实现。当本我（id）模棱两可地表露出来时（成了好几个，真是奇迹），她并不保护自己抵御那些她惊奇地发现变成了自己的陌生女人。相反，她却从这变化的馈赠中得到快乐。我无拘无束，吟颂情欲，没人知道在那上面嫁接着哪一个我。或多或少是人性的，只是因为变革我才有活力。

写吧！这样，你寻找自我的本文将了解自己甚过了解血肉。这是一个由飞舞的色彩、树叶和我们哺育的涌入大海的河流构成的鲜活组合。"啊，那就是她的海，"他将对我说，一边从那矮小的菲勒斯母亲那里向我端出一满盆水，他是无法与母亲分离的。然而请看，我们的海是我们造就的，它充满了鱼或者没有一条鱼，它幽暗或者透明，它是红色的或者是黑色的，它风急浪大或者风平浪静，它狭窄渺小或无边无涯。我们自己就是大海，是沙土、珊瑚、海草、海滩、浪潮、游泳者、孩子、波涛……波浪起伏的海洋、陆地、天空——有什么东西能够阻挡我们？我们懂得怎样说一切话。

这真是异类混杂，没错儿。女人是性感的，她是性感的混合体：空中的游泳者。在飞行中，她不固守自我。她可以消散，巨大惊人，充满欲望。她有能力成为其他人，化为其他女人，成为与她不同的其他女人，成为他，成为你。

妇女们不要惧怕任何地方、任何相同物或相异物。这是我的眼、舌、耳、鼻、皮肤、口、躯体。如果男人真的需要相信我们在渴求满足欲望、相信我们是充满渴望他们的阴茎的孔洞——那是他们的事，自古以来便是。女人在孩子身上的欲望不是阴茎，不是那块吸引着每个男人的著名的肉皮。除非是在古人的历史局限以内，怀孕是不能追溯到某种命运的形式，不能追溯到那些由某些永恒的"嫉妒的女人"的潜意识所引起的机械替换的，也不能追溯到女人想成为男人的压抑的希望和自恋，或某种永存的与母亲相关联的同性恋！生孩子并不意味着这个女人或者男人一定要不可避免地落入模式或者必须给繁殖的电路重新充电。就算有风险，也并不存在无法避免的陷阱。妇女应免受增加禁忌的压力，这压力是在提高意识的伪装之下的。你想不想要孩子——那是你的事。不要让任何人威胁你。在满足你的欲望时，不要让惧怕变成一种社会习俗的帮凶来接替旧日被"占有"的恐惧。还有男人，你还打算依靠所有人的盲目和消极吗？还恐怕那孩子变成了父亲，女人因为有了孩子而在子——母——父——家庭受到许多糟糕的待遇吗？要打破旧的循环顺序，全在于你。要让以前的关系及其一切后果都成为过去，要想开创一个全新、生疏而活生生的主题，将取决于男人和女人。让我们解除对妇女的母性加父性化，而不是否认她们，力求避免对生育的选择。生育是女人身体的一个令人激动的时期。让我们消除物恋迷信。让我们抛弃那种认为只有死去的才是好父亲，或者认为孩子等于其父母的死亡的辩证逻辑。孩子是另一个人，是没有暴力、越过失落和斗争的另一个。我们受够了重结的联盟，它的结果只是被永久分割，我们讨厌那流传下来并被编入系谱的阉割的重复祷文。我们将不再倒退，我们将不压制像生命的欲望这样质朴自然的事。身体部位的冲动、肛门的冲动、发声的冲动——所有这些冲动都是我们的力量，在其中有孕育的冲动，就像写作的欲望一样：一种在自我内心活着的欲望，一种对隆起的腹部的欲望，对语言、对热血的欲望。如果它正好会激发我们的幻想，我们将不会拒绝它。这幻想就是怀孕的无比欢乐。在经典著作中，欢乐实际上一直被夸大或者用咒术驱赶——或者被诅咒。因为，如果存在一种受压制的东西，那么在这里可以找到它：在怀孕妇女的清规戒律里。这点很能说明她在那时似乎被赋予的力量。因为人们一直认为，妇女怀孕时，不但其市场价值成倍增加，而且——更重要的是——得到作为一个在她自己眼里的妇女的内在价值，并且不可否认地获得了身体和性欲。

有几千种度过孕期的方式。如果你没有那种特别的渴望，那并不意味着你缺少什么。每个人的身体都以自己独特的方式施放其无限的、变化的全部的欲望，而不按照任何模式或标准。你自己决定自己在矛盾的角斗场中的位置，在那里欢乐与现实相交汇，唤醒那另一个人吧。妇女懂得怎样超然地生活；分娩既不是失去也不是增加。它是给生活又加上一个生命。我在做梦吗？我看错了吗？你，"理论"的捍卫者，概念的神圣不可侵犯而又唯唯诺诺的拥护者，你是阴茎崇拜物（而不是阴茎）的尊崇者。

你又会说这一切带有"理想主义"的味道，或者更糟，你会唾沫飞溅地说我是个"神秘主义者"。

那么性本能怎么样呢？难道我没有读过"阴茎崇拜物的意义"吗？还有分离和那一点自我呢？为了它，你要出生就得经受一种消蚀——就像他们说的，一种永远成为你欲望的纪念的消蚀。

而且，阴茎在我的本文中到处可见，我给了它位置和魅力，这点还不清楚吗？当然是这样。我什么都要。我要我的一切和他的一切。我干吗要从自己身上剥夺我们的一部分呢？我要我们的全部。妇女当然有一种对"爱的欲望"的欲望，而不是对嫉妒的欲望。但那不是因为她被切除了卵巢；不是因为她丧失了而需要得到满足，就像某些受伤的人需要自我安慰或者寻求报复一样。我不需要一个阴茎来装饰我的身体。但我的确向往为了另一个的那另一个，完完整整的，男的或女的。因为活着就意味着需要一切存在之物，一切活着的东西，并且要它是活生生的。阉割？让别人去玩弄它吧。起源于匮乏的欲望还叫什么欲望？那是非常贫乏的欲望。

那种还允许那个大家伙来威胁自己的女人，那种还被阴茎崇拜姿势的骚动所打动的女人，那种还带领王室大老爷跟随鼓点的女人；她们都是昨天的妇女。她们还存在，还是最古老的滑稽剧的众多轻而易举的牺牲品。或者她们被铸进原来的沉默形式。在其中，她们像躺在用自己的颤抖造成的大山之下的大力神一样，根本就看不见那竖立的金色阴茎崇拜物的理论之碑正在以古老的方式向他们的身体逼近。或者，当她们今天脱离幼稚（infant）时期进入她们堕落的第二种"启蒙的"形式时，她们发现自己突然受到分析王国的建筑者们的攻击。而且，一旦她们开始系统地表达新的、赤裸裸的、无名的欲望，兴高采烈地露面时，她们就在浴中被新的旧男人占有了。然后，嗬！那邪恶的、用现代精神装扮的阐释恶魔就用闪光的象征物引诱她们，卖给她们和以前一样的手铐，中看却没用的玩意和锁链。你更偏爱哪一种阉割？你更喜欢谁的堕落，父亲的还是母亲的？哦，多么美丽的眼睛，你这美丽的小姑娘。来吧，买了我的眼镜你就能看到真正的我自己告诉你应该知道的一切。把它戴到你的鼻子上并尊崇地看一眼（你就是我，是另一个分析家——我要告诉你的就是这个）你的身体和别人的身体。你看到了吗？没有？等着，一切都会向你解释清楚的。你最终会明白你与哪一种精神病有关。别动，我们就要为你画像了，这样你就会马上开始看上去像它了。

是的，第一等级和第二等级的天真之人还是众多的。如果现在正到来的新妇女敢于在理论之外创新，她们就要被象征者的警察召回，被按下指纹，挨训斥，然后被带进她们本应明白的秩序行列中去。她们就被卑鄙手段发配到锁链中的一个精确位置上，这锁链的结构从来就是有利于受特殊待遇的象征者的。我们被带回到那引向倒退的绳索上，如果不是回到父之名，便是回到菲勒斯母亲那里。

我的朋友，小心那象征者，他要带你回到对被象征的权威那里去！小心那些会减弱你的生产能力的诊断。"普通"名词也就是专有名词，他们通过把你的独特性分等归类来贬损它。从这些圈子里打出来吧；不要停留在心理分析的围墙之中。环视一下四周，然后就冲出来！

如果我们人多势众，那是因为解放的战争至今才刚刚取得微小的突破。然而，妇女们正向它涌去。我看到她们了，她们既不会被愚弄也不会被驯服，她们不怕冒做女人的危险也不惧怕任何风险、任何欲望和任何她们自身和她们与别人之间以及其他任何地方尚未被探索的区域。她们不迷信、不否认、不仇恨。她们观察，接近、努力看到别的妇女、孩子和爱人——不是为了加强她们自己的自恋，或者证实主人的坚强或软弱，而是为了让爱更美好，也是为了创造。

其他的爱。我们最初的分歧弥合了。这种新的爱敢于渴望和需要别人，在知识和创造之间令人晕眩而急速地飞行。那一次又一次到来的妇女不是静止不动的，她无处不在，她在换取，她就是那奉献的欲望。（不是悖论中的那种为获取的给予，也不是幻想中的单一的结合，我们已经超越那点了。）她进来了，进入她自己、我和你之间，进入另一个我之间，在那里，人总是无限地超越自己，超越我，从不惧怕达到极限；她为我们正变成那样而激动。而我们将继续不断地变化！她冲破防卫的爱、母亲的身份和贪婪；超越自私的自恋，她在那运动着的开阔的变迁的空间冒险。超越那移至床上的拼死斗争，超越那自称代表交换的爱之战，她蔑视需要用仇恨来滋养的爱神原动力。仇恨是一种遗产，此外又是一种提示，一种蒙蔽人的对阴茎崇拜物的卑屈。去爱吧，去在别人身上观察、思考、寻觅那另一个人，去解除窥测，去消除藏在心怀的积恨。这看起来困难吗？并非不可能的，而这正是滋养生命的东西———种与忧惧的欲望无关的爱，那欲望是防备匮乏和愚弄生手的；一种为交换而欣喜的爱，这种交换会产生增值。她从不涉足那些还是以死亡的历史展现出来的任何历史。对立、等级制的交换，为争做主人的斗争，这斗争得至少有一个死亡才会终止（一个主人对一个奴仆，或者两个非主人对两个死者）——所有这些都来自一段由菲勒斯价值统治的时期。这一定时期延伸至今，这并不妨碍妇女从别处开始生命的历史。在别处，她奉献。她并不"了解"她在奉献什么，她并不计算它。尽管她奉献的既不是虚伪的印象也不是她没拥有的东西。她更多地奉献，而不确信她会从奉献中收回哪怕一点意想不到的利益。她奉献的可以是生命、是思想、是变革。这是一种不能再用经济术语来说明的"经济"。只要她去爱，一切陈旧的管理概念就全被忘记了。在一种或多或少有意识的计算之后，她找到的不是她的数目而是她的差别。我就是你要我变成的我,在你注视我的那一刻你想要我成为那样,而你在任何时刻都用一种过去从未见过我的方式注视我。当我写作时,从我身上写出的是我们不知道自己会变成的一切,不加排斥,没有契约。我们将成为的一切,呼唤着我们对爱进行不屈不挠的、令人沉醉的和压抑不住的追求。在相互之中,我们永远不会感到匮乏。

(黄晓红 译)

阿特伍德

玛格丽特·阿特伍德（1939—），加拿大著名名作家，
主要作品有《秀色可餐的女人》《女预言家》《男人面前的生活》《好骨》等。
她的《生存》评述加拿大文学的最佳著作。

❋ 女性身体

"……完全专注于'女性身体'的主题。了解到你关于这个题目写得有多么好……这个内涵丰富的题目……"

——摘自《密执安评论旬刊》上的信件

一

我同意，这是个热门话题。但只有一个吗？环顾四周，它的分布很广泛。例如，就拿我自己来说吧。

我清早起床。我的话题就急不可耐。我用水撩洒它，用刷刷洗它的一些部分，用毛巾擦干它，扑上粉，涂上润滑剂。我填充好燃料，于是我的话题出发了，我的话题的话题，我颇有争议的话题，我内涵丰富的话题，我步履蹒跚的话题，我近视的话题，我后背有疾患的话题，我行为不端的话题，我粗俗的话题，我残忍无德的话题，我衰老的话题，我那不值得考虑、又无论如何仍然难以替代的话题，穿着那尺寸过大的外衣和破旧的冬靴，沿人行道匆匆而行，仿佛它是血肉之躯，正要探寻那边的什么，一棵鳄梨树，一位高级市政官员，一个形容词，饥饿如旧。

二

基本的女性身体会有以下配件：吊袜束腰带、紧身衬裤、硬衬布衬裙、背心式内衣、衬垫、胸罩、胃托、无袖宽内衣、处女区、细高跟、鼻环、面纱、小山羊皮手套、网眼袜、三角式披肩薄围巾、束发带、"快乐寡妇"、黑色丧章、短项链、无边平顶帽、手镯、珠项链、长柄眼镜式望远镜、羽毛围巾、纯黑色眼影、带梳妆镜的粉饼盒、带朴素镶边的"丽克拉"弹力连身衣、名牌晨衣、法兰绒睡衣、镶花边内衣、床、脑袋。

三

女性身体由透明的塑胶制成，当你给它插上电源，它就会亮起来。你摁动一个电钮以照亮不同的系统：循环系统是红色的——因为心脏和动脉的缘故，紫色是静脉，呼吸系统是蓝色的，淋巴系统是黄色的，消化系统是绿色的——因为肝脏和肾脏是水绿色的。被照亮的神经是桔色，大脑是粉红色。而骨骼，正如你会想象的那样，是白色的。

再造系统是任意选择的，而且能够被移动。它可以有也可以没有一个微小的胚胎。亲本鉴定由此得以施行。我们不想恐吓或是冒犯。

四

他说，我可不想在房里放这么一个东西。这会给年轻姑娘以错误的审美观，更不要提解剖学了。如果一个真实的女人如此构造，她就会彻底失败。

她说，如果我们不让她拥有与其他姑娘一样的构造，她就会感觉与众不同。这就会成为问题。她会渴望那个构造，她会渴望变成那个构造。压抑孕育升华，你明白这一点。

他说，不光是那凸出的塑胶奶头，而是所有的服饰。所有服饰以及那个愚蠢的男性玩偶，他叫什么名字来着，就是身上紧粘着内衣的那一个。

她说，最好趁她年轻时就把它解决了……。他说，行啊，但别让我看见它。

她嗖嗖地下了楼梯，像只飞镖投出来。她一丝不挂赤身裸体。她的头发被砍断了，她的后脑勺被转到前面，她缺少几个脚趾头。她的周身被粉色墨水文了身，图案是涡形花样。她撞倒了栽在花盆中的杜鹃花，像一个被笨手笨脚弄坏的天使在那儿颤抖了一会儿，随后倒下了。

他说，我想我们安全了。

五

女性身体具有多种用途。它曾被用作一只门环、一个瓶启，用作一只腹部滴答作响的钟，用作某种支撑灯罩的东西，用作一只胡桃钳——只需把黄铜色的两腿紧紧一夹，你的果仁就滚了出来。它擎火炬，举胜利花冠，长出一双铜翅膀把一只霓虹星环举到上面；整个建筑物就支撑在它大理石的脑袋上。

它卖汽车、啤酒、剃须液、香烟、烈性酒；它出售饮食计划和钻石以及装在小水晶瓶里的欲望。这就是激发了千种产品的那张脸吗？你以为它是，但别打任何可笑的鬼主意，亲爱的，那副笑脸一钱不值。

它不仅仅出卖，它也被出卖。钱币流进这个国家或那个国家，乘飞机来，实际上是爬进来，一批又一批，都是受了那些十二岁之前的无毛大腿的诱惑。听着，你想减少国债，对不对？你难道不爱国吗？那就是这种精神。那就是我的女孩子。

她是一种自然资源，幸运的是还是可以再生的一种，因为那些东西非常快就会用旧。他们不像从前那样制作它们了。劣质产品。

六

人和人与另一个人是平等的。女性内在的愉悦不是一种需求。鹅的对偶结合更为牢固。我们不是在谈论爱情,我们谈的是生命现象。我们都是这样进化来的,女儿。

蜗牛做起来有所不同。它们是雌雄同体,就二者同做。

七

每一个女性身体都具有一个女性大脑,非常灵便,操纵事项。促使它行动起来,你就会得到惊喜的结果。古老的流行歌曲,短路,噩梦。

无论如何:每一个这样的大脑都可以分为两半。它们由一根粗绳联结;中枢神经系统的通路从这一半流入另一半,电讯的火花来回冲击,就像波长上的指示灯光,像一场谈话。女人怎么会知道呢?她聆听着。她是在收听。

男性的大脑,现在看看,情形则不同。只有一种细弱的联结。这边是空间,那边是时间,音乐和算术处于各自封闭的区域。右脑不知道左脑在做什么;尽管这有利于瞄准,扣动扳机时有利于击中目标。但目标是什么?谁是目标?谁又在乎呢?重要的是击中这一行为。对你来说这就是男性大脑。客观的。

这就是为什么男人会这样伤心,他们会感觉被隔绝,他们会认为自己是遭遗弃驱逐的孤儿,在纵深的真空中没着没落,无牵无挂。什么真空?她说。你在说什么?宇宙的真空,他说;而她说噢,然后朝窗外望去,试图对它有所把握。但这无济于事;有太多的东西在消逝,树叶在发出太多的沙沙声,还有太多的音响;因此她说,你想不想来一份奶酪三明治,一块蛋糕,一杯茶?而他则因为她的不可理喻而磨碎了牙齿,然后漫无目的地游走,是独自一人但不仅仅是独自一人,迷失在黑暗中,迷失在脑壳中,寻找另外的一半,那可以使他完整的孪生的一半。

这时他想到:他丢失了女性身体!瞧啊,它在远处的黑暗中闪亮,那是个完整而成熟的景象,像一个大瓜,像个苹果,像恶劣的色情小说中对乳房的隐喻;它闪亮像一只气球,像一个雾气迷茫的正午,像一轮湿漉漉的月亮,在它的光晕中闪耀。

抓住它。放它在西葫芦里,放在一座高塔里,放在一个化合物里,放在一间卧室里,放在住宅里,放在房间里。快啊,在它身上拴一条皮带,一把锁,一副锁链,一些疼痛,让它老实下来,这样它就再也不能从你这儿跑开了。

(于晓丹 译)

※ 制作一个男人

本月,我们将暂且不讲细带式钩织比基尼装和残剩重写的旧文学材料,而要就如何在自己厨房和休息室里制作一种既实用又具装饰性的东西,给我们的读者提供一些建议。要是能在家里有这么一样东西会很不错,它或者在户外草坪上,样子忙碌,或者倚在椅子里,躺靠或直坐。选择好所有的罩单以与窗帘相般配。

用旧以后,它们可以换个面儿,用作门挡头。

一、传统制作方法

取些地上的泥土。做出形状。往鼻孔里吹进生命三气。简单,但很有效!

(请注意,尽管男人都是由泥土做成,女人却是用肋骨做的。在你下次得克萨斯风格的全牲野宴上记住这一点!)

你应该给你的男人一个肚脐吗?还是不给?传统制作方法的权威不赞同。而我们自己却愿意有一个,因为我们认为它增添了一个完成的标志。用你的大拇指。

二、姜饼制作方法

任何一种不错的制作圆面包的方法都行,但如果你想要生动的效果,就要额外添加姜;我们选择这种方法的读者通常会这么做!葡萄干能做出很好的眼睛和纽扣,只要你能当心不张开你的牙齿去咬它们,你也可以使用那些小银珠。

一旦你的男人出了你的烤箱,你可能就会有随之而来的麻烦。以这种方式制作的男人偏好于顺着公路离去,骑上摩托车或甩掉它们,抢劫便利店,给自己文身，跳来跳去，还唱着："跑啊，跑啊，尽你可能地快跑，你抓不到我，我是姜饼男人！"在入炉箱之前就在他腿上拴根绳子或许有益处，但是——唉呀——只能在我们的经验中，不会长久。

尽管如此，关于这种方法，还有一点好处要讲：这些家伙都是第一流的！吃起来太棒了！

三、衣服制作方法

男人靠衣装！你是多么经常听到这种说法！

是啊，我们是再同意不过了！然而，男人靠衣装，可女人——一般说来——制作了这些衣服，因此，对已经完成的模特负责就继之而成为家庭缝纫女的职责。

选用一种好纸样，沿线裁剪开，否则你的男人就一副歪歪扭扭的样子。事先让织物缩过水，要不你的男人结果会比你期望的小。首先要缝纫缝褶，记住给那个肚子打个很好的褶裥，要不你过后会后悔！注意那些拉锁。位置不适的拉锁能造成严重的功能性问题。别出心裁是奇妙的，但不要过于奇异！

随意或是正规都由你决定；如果你拿不定主意，就制作两种，然后变换着用。你的房间里一定要有很多镜子。以这种方式制作的男人——像虎皮鹦鹉——似乎很喜欢它们！

我们所知道的一个非常有创造力的女人曾经完全用橡胶布缝制出了她的男人。然后她用了一只自行车打气筒。多么惊人！

四、杏仁糖制作方法

我们经常想，如果男人小一些就能更容易控制一些。好吧，这儿是个小家伙，你可以把它握在你的手心里！

通常可以在婚礼蛋糕上看到，这些穿戴正式的微型新郎需要极其小心谨慎地加以复杂而精细的装饰。你会发现你用彩笔给食物涂色花去的时间总是值得的，你最后会看到那个完成的结果在"Seven-MinuteBoiledIcing"（一种食品）最上面那层泡沫上带着虚伪的温柔在冲你微笑。

我们深为用塑胶替代原先的甜蜜饯的现代习俗而惋惜。因为一点，当你感觉有冲动——我们确实这样！——要把这些漂亮的小鬼突然放入你的口中，并且吮食他的衣服时，却根本没有什么高潮了。

五、民间艺术制作方法

你在其他人的前院里看见过这些可爱的小人，脑袋上绑着小风车。他们用他们的小锤锤打，用他们的小锯锯着，或者当风一个劲儿地吹时，就围绕一支签子旋转他们的两臂。要不然，他们就站立不动，抓紧马勒、灯笼或钓鱼竿。他们当中有的可能还穿着地精灵的衣服。

你为什么不为你自己制造这样一个可爱的家伙？不要任何理智的！就用熟石膏涂在你丈夫的身上，然后……

（于晓丹 译）

米歇尔

波利娜·米歇尔（1945—），加拿大女作家、电影脚本作者、演员和歌手。
其代表作有小说《海市蜃楼》《水灵灵的眼睛》，诗集《狂烈的目光》等。

※ 心灵之岛

　　她们在等着我，在首场演出之后，我的前六次生命的魂灵们。她们不让我与活着的人们、与艺术家们一起去参加庆祝。她们把我带到我的乡间别墅——她们最喜爱的聚合处，这也是我最感孤独的地方。走了两小时的路，我一个人面对她们大家，面对这几个自我，面对这些被我记忆的汹涌波涛所激荡着的女人们。这几个女人，都被禁锢在各自的存在当中，如同那个俄罗斯布娃娃一样，在我澎湃的意识流中翻滚着。

我不停地自语："这里，现在，"但仍无济于事。我被她们附了身，这些魂灵接踵而来，骚扰我，直至我思绪混乱，无所适从。

当我不再优柔寡断，做出让其中一人满意的动作时，其他几位的指责便劈头袭来。

她们搅扰着我，纠缠着我。

先是那个为人之母的女人，我始终未能与之分离……她在悦耳的心跳声中，继续让我生出许多梦想来。我晃动着摇篮里这些看不见的梦想，既不能拥抱它们，也不能抚慰它们……我将这些梦想驱散，因为我不愿让迷乱的心灵随它们而去。

有一个游泳的少女，每当月圆的夜晚，她的绝望都穿透我的心，把我引入她的永恒……

有一个摇滚歌手在纵情高歌，她痛饮着聚光灯的灯光，仿佛那是生命的源泉。当她附身于我时，我便奔忙于她的光辉之中；是这光辉在刹那间让我生，也让我死。我一走下舞台，她便死去……

有一个女人，终日渴望着爱情，而寻到的只是一片荒漠……

有一个虔诚信仰上帝的女人，她让我觉得每一个偶然都有一种含义……

还有一个女人，她想留下一些字迹来填补空虚，从而使自己觉得自己是个有用的人；想永存的那一个折磨着想自我毁灭的那一个……

今天晚上，我想同往常一样，我想让她们平静下来，使我们和睦相处，我选择了舒曼的音乐，它使我们在我那支离破碎记忆中，在我强烈的情愫中融为一体。

我用手指轻轻触摸着我们的过去的遗物：一个布娃娃，一个奖杯，一把吉他，一只金戒指，一枚根十字架和一些书，书上有我签的一个陌生的名字。

我摇晃着说谎的布娃娃，想倒出那些我们难忘的童年；我把它放在浴缸的边上，浴缸里的水让我们感到闲逸。

一个能让人神迷的浴女们沐浴的虚幻浴场，这是唯一能使我们合为一体的方式……

我是一个女人，并与水有着特殊的关系，这两个特点紧密相连，在我所有的生命中始终未变；女性的海洋是一个个跳动着浪花的谜……她们的快感、生命的初水、直至死亡的冷汗……

我在布娃娃的注视下，滑入温热的水中。

万般温柔的震颤轻轻掠过我的肌肤：我是一个颤动的胚胎，在母腹中，我沉浸于对第一次生命情感的体验；那是第一个我，孕育在一个女音乐家的腹中。

我在母亲躯体里的浩瀚海洋中畅游，那里融会了所有音乐大师的灵性，犹如一潭原始的净水，她的感知就像摇篮抚育着我。一种令人心静神宁的和谐与奇幻的融洽将我与音乐那空灵飘逸的世界连在一起。我就这样缓缓地编奏着一次生命……

我母亲身上常有宝贵的时刻，犹如美丽的岛屿，我看不见，只能潜心聆听。我在她的体内接触到一个声音的世界，这世界是那么温存，我真不想离开。我存在于母亲体内，母亲则将我环抱，我完全融入她的女性天地之中。一根脐带把我与一个梦想相连，我不愿从中醒来。这是我梦想之泉、生命之水……我不愿与这个母亲的海洋分开……

第一次来到人世时，我是一个死婴。

我的躯体，像一个被遗弃的小岛……

我的灵魂又回到了母腹蔚蓝色的海洋中漂游……等待着另外一位母亲来将我孕育。我悬浮在女性的奥秘和潮汐的莫测当中……我在她们散发的海水气味中漂流……沉迷在甜蜜的诱惑之中……

那天晚上，一颗亮丽的星星搅动着潮水……

在他们的一见钟情的爱欲之中，诞生了我。

我最初的记忆是我第一声啼哭，在此之前是一片空白。我的母亲不经意地怀了我，这个皮肤光洁的美妇人有一颗沼泽般泥泞的心，连一只青蛙都会陷下去……

我得不到她的抚爱，只好求救于水的温柔。

我又回到最初生活的地方，惬意的快感夹杂着撩人的情愫；身体、水和音乐的紧密结合唤醒了我生的欲望。记忆中，我在似水般流逝的时光中起舞，这时光中生活着一个幸福的生灵……我第一次出生前的情景历历在目……

在家中的室内泳池里，我穿越了我的现在，穿越了不为人爱的痛苦。

十岁那年，我成了游泳冠军！可妈妈却连奖杯都没看一眼……

十年以后，在海边度假时，父母总是为我而争吵不休，在他们的叫嚷声中，我似乎听见远处的波涛中传来一个女人的声音……

月亮撩拨着大海……我决定到海里游泳，直到永远……

我溺死时，只有十一岁。

我的第二次生命只给我留下了一个奖杯。

我的灵魂……在我第三位母亲的酒杯中迷失了航向……

她刚才在一间几乎空荡荡的大厅里演唱……一位中国诗人走上前向她表示祝贺和安慰，在她耳边悄声说道："喝醉的诗人在道教的宴会上重又回到了冷漠的混沌状态。他摆脱了自我，重又回到广阔宁静的天地，在那里，他不再受感情的支配。"

她开始对着她的酒杯哭泣，而他则开始喝酒……

许多年中，他们曾努力想浮出海面。

他们写诗，写歌，也生下了我。

我！一半东方人一半西方人，还有他们要沉入水底的诱惑。

我抵住了诱惑。

音乐和诗句，我要让它们永存！我怀抱着电吉他，奏出"重金属"的节拍，与那杀人的温柔抗争！我需要一种严酷的力量，摇滚乐！节奏！

我的乐队重重地弹奏，占领了舞台，冲击着一切！扫荡着温柔！加快着创作和巡回演出的速度！我的乐队像一列疯狂的快车，向前冲着！

直至最后一根枕木……直至最后一列火车……疯狂的列车！

直到最后一次金属的声响，重金属……

散落的乐器，躺在铁轨上的年轻的躯体……

两种严酷力量的偶然相撞……

那时，我二十二岁。

这次生命，仅留下一把破损的吉他……

还是淹死的好！

不该离开原先生活的地方，我想起来了……

"我渴！……"

在我第四次生命的荒漠中，我是那么的渴，真想饮干所有的母亲之海……饮下温柔，饮下爱；无偿的爱，实实在在的爱，远比我那摇滚歌手的嘶哑和恳求的呻吟更加祥和、宁静……

我戴上一只十四K的金戒指，这只新娘戴的戒指镂刻得如同女王的王冠……在我的脑海中沸腾着对生活的渴望！

"新娘新郎万岁！"

幸福吗？蜜月时光已然破碎，流尽……

"我要喝水！我渴……"

我的呼喊没有回应，我总是感到周围一片荒漠……

我望着那个生命中的男人，想到："我浇灌着你的心灵，看着你酣饮，可又有谁知道我的渴！"

他称我是他生命的源泉……

我的第四次生命让我与爱无缘。

这次生命留给我的最后一幕是浴盆中漂着的一缕鲜血……

那时，我二十四岁。

我多么希望彻底与我的过去决裂，永远忘掉它们吧！

另一次生命一开始，我便品尝了人类的冷酷，年纪轻轻的我开始寻找上帝的踪影。

我把一切都寄托在了上帝身上。

他是我存在的理由！他是风景的焦点，以此围绕着我内心世界的斑斓！他为可见的世界制定了准确的比例，让我产生了各式各样的念头，给予了我一切行动的意义。

他是我的答案，为我解开了比三位一体更深奥的生与死二元之谜……

他是人格化的生命之流，载着生命把它带回最初的意义。

他让我相信了仁慈、纯洁和绝美的存在。我寻找那真实的梦的开端，以传播对生命的信心。

他使我洋溢着爱与善！让我对战胜艰辛与贫困充满希望。

他是这全部。

他本能够与我结合在一起……

上帝曾是我爱情中最大的阻碍……他以沉默割断了我们的联系，打破了使我们邂逅的任何一点机缘，他假装通过敌人使我受到伤害，他总是在欺骗我，从而使我怀疑他的存在，正如他夺走了我存在的意义一般。

我从自己的呼唤和他虚妄的存在中醒来，总是感到更加切肤的疼痛……他使我的每个动作、每一次生命和每一次激情都半途而废，从而永远不能成为上帝的孩子。

从幼年起便在寻找他的我，总有一种被愚弄的感觉；他是我荒漠中的蜃楼，是为满足我对魔力的孩子般的渴求而出现的神话人物……

我深深地绝望了，无法再走下去。我把躯壳还给了他，把它掷向他那神圣的面孔，以表示对他的唾弃，正如他侮辱了我的心愿与希望那样。如果他真的存在的话……我彻底饱饮了这现实的圣泉。

我狠狠地惩罚了自己：再不信仰，什么也不信仰，永远。我停下来……

一枚小小的银十字挂在我的胸前……

一切都已结束，一切归于死寂。

我尤其不愿看到她再复活……

那时，我三十三岁。

我很喜欢这个小小的银十字架。

我把它借给了我的兄弟……他死时，我又取了回来。那时，他五岁……

一个小王子来到我身边安慰我，他有着麦穗般金黄的头发。

我再也不能走出孩提时代……我需要不停地治疗童年的创伤。

在整个这次生命中，我用笔名不停地为孩子们写着。

我爱那些没有脸孔的孩子们，那些我不能爱抚的孩子，那些看不见的孩子……

我把自己最美的故事说给他们听。

这是我最甜美的一次生命，死得也很平静，很自然，在写作中死去……

那时，我三十六岁。

我本以为生命的轮回已经完结，以为我可以安静地回到无边的虚无之中，回到那"冷漠者的混沌"之中。

然而不是！我还须转世再生……

舒曼的旋律不停地流淌……水已冷了；布娃娃的眼睛凝视着我，一动不动……我打了个冷战。

我虚度了自己的生命。我不再自欺欺人，不再被我用以前那些生命所做出的可笑的辩解所哄骗。

实际上，我把每一次决裂，不论是避免了的还是不得不接受的，都变成一个死亡的日子。我在数字的重叠中经历了六次：零岁，十一岁，二十二岁，二十四岁，三十三岁，三十六岁……

我在玩弄数字，我故弄玄虚，以相信我这几次生命的存在，好比一群岛屿……

我活了几次，最终都归结于一次我没有经历过的。生命："我"的生命！

神秘学也不能给我另外一种解释……即便在我的余生当中，我还能够作弊、虚构，在迷幻的万花筒中徒劳地寻觅……

我需要一种能赤裸裸地面对自己的力量，面对除却了幻象和信仰的自我，如同一个小岛漂流在一片迷雾中，漂流在一个模糊、不确实、看不见轮廓的虚无缥缈的存在之中，漂流在印象主义的痛苦之中……

迷雾中，风暴骤起……

在夜的梦魇中，我疯狂地乱舞，那里，七个被囚闭的女人在继续呼吸……她们一个个走出来，放声嚎叫……

即使在没有月光、在她们应该让我休息的时候……

她们没有能孕育我，我希望看见她们溺死在我女性的死海中。

一颗咸泪在我的眼角凝成晶莹的一粒……

（郭琦 译）

山口洋子

山口洋子（1946—），日本散文作家，
她的作品主要是对两性问题进行思考，具有普遍价。代表作品有《恋爱的季节》等。

※ 恋爱的季节

任何人都要恋爱。这个契机也许是一杯葡葡酒，一束小小的打火机的光焰，或者是偶然打错的一个电话。那么，不管以怎样的契机开始谈恋爱的男女，都要品味几乎相同的恋爱的四季。恋爱中一定有春夏秋冬——当然在任何恋爱中都有，在任何男女中也都有。

只是，烦恼的是，尽管她和他多次相互亲吻，热烈拥抱，但同时进入同一恋爱季节的却尤为稀少。大约男子的恋爱是从夏季开始,他火一般的求爱使她平静的心底泛起波纹。这个时候,她正在春季,暗暗地暖和起来,心境柔硕、甜美,好像世上根本不存在"失恋"这两个字。而后,当他知晓了她的全部,却不知何故以出人意料的速度进入秋季,并走向冬季。不巧的是,这时她正处在盛夏,反反复复地饱受着爱情的煎熬。

因此,自古以来男子和女子就有感情交错这一本性。男子恋爱的形象通常像猎手,女子则像逃跑的同时已忽闪着眼睛侧目猎人的一头母鹿。夏天的他和春天的她是最合适最幸福的季节。

大多数的场合,男子的恋爱不管从哪儿开始,都正好在冬天结束。女子的恋爱则是从春到夏,从夏到秋冬,然后又重返回到春。说到底,男子的心对于一个女子只是一次四季中的某一个果实。相反,女子的情绪则在春秋之间来回摇摆。因此,一旦谈恋爱了,对于他现在究竟处在哪个季节,一定要好好地观察清楚。

探马错

阿萨西里·探马错（1947—），泰国作家。

主要作品有短篇小说集《坤通，天亮时你会回来》和中篇小说《天涯海角》等。

※ 舞娘

一

她离开海滨渔村的时候，正值豆蔻年华。她的离去，牵动了小伙子们孤寂的心，许多人心怀愁绪，心如刀割……有消息说，她去了一个有名的班子，在那里跳南旺舞，而且成了明星。各地青年迷恋着她，簇拥着她，把花环套在她的脖子上，还常常包她的场。

家乡的小伙子们有点吃醋了，常常在背地里骂这个离开了故乡的少女。

我也是既钟情于她，又用最狠毒的字眼骂过她的人中的一个。

"简直像个野鸡！"一个爱动感情的渔家小伙子骂道，"总在餐厅里庙会上扭来扭去，你说和那路人还有啥不一样！"

"咳，真是让人伤心透了，白白骗去了我的一张照片，现在可能给丢到茅屎坑里也说不定！"另一个插嘴说道。他被姑娘迷住了心窍，只要姑娘喜欢，上九天揽月，他也不会迟疑的。

"见她的鬼去吧！"这回轮到我说了，"她不学好，就由她去吧！"

"你他妈说话文绉绉的，我不想听！"一个急性子的渔家青年伙伴对我的话嗤之以鼻了。

我们——我和一些渔家的小伙子们，整天厮混在一起，见了面总免不了在背地里骂她。我们——我指的是我们小伙子和这位姑娘，曾在一个班里读书，可现在却只剩我一个还在学校里。

在去当舞娘之前，她是码头上的一个渔工。

她从小就长得好看，长大以后就变得更美了。鱼的腥气，海的咸味，弄脏的面孔，掩盖不住她的美貌。渔家的小伙子们像捕捉海味一样，跟踪着她。清晨，每当渔船靠岸的时候，他们都会跑到码头上，想出各种新奇的花样，以期引起姑娘的注意。

我曾经说过，我也是他们之中的一个。

在码头上，她早上的活儿，是把鱼从船上拖下来，开膛破肚，洗净，摆在屉里，送去蒸熟，然后拿到一个高屋檐的房子，人们都叫它"咸鱼屋"，在那个地方卖。她是那儿的雇工，一天忙到晚。我和其他渔家的小伙子早晚都要顺便到那儿转一转。

其实，大家心照不宣而已，心里藏着的是同样的目的，就是想去看看她。我们瞧她哪儿都觉得美，举例说吧，她笑着和我们打招呼时所露出的牙齿，真像海上激起的浪花那样洁白……我们的确有点神魂颠倒。

我呢，竟常常装模作样，扮做一个迷恋大海迷得发疯的人，每当清晨，我都要跑到海边，假装观海，看日出。其实呢，我的眼睛瞄的是"咸鱼屋"，看她什么时候出来，都到哪儿去。

我比别的伙伴更加"走火入魔"。

当我们知道她离开了"咸鱼屋"，离开了村子，我和我的渔家年轻伙伴们都陷入了同样的心境，我们既伤心又愤恨！南旺舞班的班主什么时候把她弄去学舞的，我们之中谁也记不清了。我们不想让她去当舞娘，或者说不想让她走，但这话是难于出口的。

我们看到她跳舞时穿的是筒一样的裙子，短得可以看见屁股蛋。动作是摇来摆去的，看上去很像水面上上下翻飞的小鸟。这并不是我们乡间每逢节日所跳的南旺舞，这种餐厅里庙会上的南旺舞，我们从中看到的，只是少女的卖弄风骚和陌生的青年男子的挑逗和越轨行动，这是多么令人厌恶啊！在彩虹、色纸之中，五颜六色明明灭灭的灯光照在她的身上，我们看到她浓妆艳抹，脸颊、嘴唇和指甲都是涂红了的。然而，我们想起了她的过去，她的身上曾经沾满了纯净的大海的气味，两相对比，这种变化怎么可能呢？她怎么能做得出来呢？

当她在一个出名的南旺舞班里成了明星，人们向她献花环、包她场的时候，我们都是又气又恨的。为了排解我们痛苦的感情，我们不知狠骂了她多少次！

可是，有一天，她却突然回来了——她是在我们把她忘却之后回来的。

二

那天，海上聚集了许多海鸟，它们的白翅膀和沙滩的颜色一模一样，与海上浪花上面夕阳的余晖交织在一起，闪烁着光亮。她似乎是和饱含海水咸味的一年一度的寒季季风一起到来的。

她坐着三轮车，气派不小呢！车上的喇叭被按得呜呜直响，大家都不由自主地转过身去看她。

"真是想不到呀，都有了孩子！"我的一个渔家年轻的朋友看到她抱个孩子下了车，凑到我的身边说道，——其实说话人自己也有了孩子。大家都有了家室，只有我一个人还不能结婚，因为我还在读书。

只有我一个人喜笑颜开地和她打了招呼，攀谈了几句。

这位几年前身在"咸鱼屋"的姑娘变得判若两人，她比以前白皙、细嫩、文静，因而更加妩媚动人；她看上去时髦多了，但像一个陌生的外乡人；如果你这么地看她，那是一点也找不出渔家女的影子的。

她的丈夫是个为南旺舞伴奏的吉他乐手——我对朋友们讲述着她的事情——被一个跳舞的男子给捅死了，原因是为了争夺她。她不想再继续跳下去了，于是带着孩子回了家。她告诉我说，她要和父亲一起出海去打鱼。

伙伴们笑得前仰后合，腰都伸不直了。

"要把指甲上的红油弄掉，恐怕还得有些日子吧！"他们嘲笑地说。

有人搭腔："她来给鱼鳖虾蟹跳舞，不也蛮有意思吆！"

另一个说："她是想再找个老公，好养活那个吉他手留下的儿子呀！"

最客气的人也摇头："用不了多久，她又会去跳舞的，像她这种样子怎么干得了重活！"

我们大家一致认为，她大概在外面混不下去了，才回来投靠爹娘的，可爹娘也老了。

她的父亲是个在近岸打鱼的人，每天摇着一个小船出海，打上鱼来便交给老太婆去卖。当她一点不疼父母，不顾二老双亲走出家门的时候，我们是很可怜这两位老人家的。

我们曾是她的朋友，并且偷偷地爱过她，但是，当她回来的时候，一切都变了，这就像是波浪的影子，沙滩的痕迹，漂过的水流和吹过的风声，一切都过去了。我们已经不再爱她，因而没有了苦恼，也不再恨她了，我们心安理得。我们看到了她身上所隐藏的许许多多难于捉摸的东西，说明我们是熟悉的，但是，了解并不深。我们只知道一切都不会长久，我们是用疑惑和轻视的眼光静观事态发展的。

其实，自从我离开家，离开那些伙伴，上了学，我已经不记得我和她究竟是怎么一回事了。每当我回首这些往事的时候，我都想，这其实是我自己和我的伙伴们自作多情，而那时她的心里很可能是什么都没有的。而现在，当她回来的时候，我们还能意气用事，还能对她怀有成见吗！我这样想。

可是，她此次回到海边渔村的时候，我也是背地里笑她，在心里讥刺她的人之一。

她和父亲出海的第一天，在她背后的海岸上传出了一阵笑声……

三

"你说奇怪不奇怪？孤单单一个女人，到海里去打鱼。我是到海滨避暑时听到这消息的。你或许会认识吧？她和你同乡，年纪也差不多。"

"你不大回家，所以不知道那一带的渔民都叫她'护船海娘娘'，讲起来像故事。她和老母亲一起过日子，有一个孩子，还小。她当姑娘的时候漂亮极了，在和她父亲下海打鱼之前，还是个跳南旺舞的明星呢……"

"她爸爸死了以后，谁都以为她会找一个新活干干，但是渔民们都没有想到，她驾个小船，破天荒地一个人出海，迎风破浪。她没有再嫁，因为怕孩子受罪，老母亲受苦。人家都说她勤劳、勇敢、能吃苦，好像渔家的男人，在整个暹罗湾里，与大海的风浪、漆黑、孤寂和危险搏斗的只有她一个女人。"

"我想写写她这些新鲜事，登在我们的刊物上。我想跟她详谈一次，问问各方面的问题，比如，在夜深人静的时候，在漆黑的大海里有什么感受，冷不冷，寂寞不寂寞，害怕不害怕，在生活中她有什么寄托，收入怎样，怎么休息？看电影，看哑剧，还是听民歌？此外，我还想问问她，对于以船谋生的渔民的这种生计有什么看法？作为一个女人，她对妇女的权利问题是怎么想的？……"

"嗨，可别忘了问她，为什么她没有再婚，对于情爱她是什么观点？"

"哎，你知不知道，她的小船叫什么名字？他们给渔船命名了吗？"

四

她给自己的小船取了个"舞娘号"的名字，这两个鲜艳夺目的红色大字贴在船头上。傍晚，当猎猎的海风吹起来的时候，她便开船出海了。她站在船尾，掌着舵，在银白色的浪花中穿行。海风吹拂着她的渔民白衣，吹乱了她黑黑的头发。

她身上已经没有往昔"明星舞娘"和"咸鱼屋"美人的影子。她皮肤黝黑，脸皮粗糙，手掌满是老茧，还有不少裂口，浑身肮脏，散发着海腥的气味。她健壮而伟岸，动作像男人一样粗犷，已经完全不像一个女人。

对于我此次回来的目的，我有点羞于出口，我只说会会老朋友，问问平安而已。

"您呢？现在在干些什么？"她问。

"还不是干老本行，编杂志，写书卖！——我们照张相好吗？"

她羞涩一笑："嗨，快别照了。白费胶卷……你的照片我还保存得好好的呢！"

这也算是一桩不好向朋友们泄露的难为情的事，我也曾经把照片送给她以表殷勤。好吧！我日后给她拍照也可以。

我的渔家伙伴们都称颂她是渔民的"护船海娘娘"，他们是诚心诚意地赞颂她的，就像在海中真的遇见了神仙一样。在感情上，她是海上和岸上渔民的共同财富。我的朋友告诉我，当她刚刚回到村里来的时候，他们曾经小看了她，歧视过她，他们为此而感到内疚。

问我吗？……我只能说，我比别人更感到羞愧。我离开了海滨渔村的生活，离开了故乡，好像成了一个陌生人。我回来了，可我的手掌是柔嫩的，碰到海水会脱皮。见到海浪会晕船，晒久了太阳会中暑。作为一个本地人，我是太羸弱了！可这里的人却是我的老朋友，他们不怕热，不怕冷，不怕雨，他们经受着风霜，生活在浪涛和风暴之中，其中包括被我所藐视的"舞娘"。

在浪涛、海滩、水流之中，在海风的咆哮声中，这里的一切都变了，变得与昔日的面目全非，但她仍然是个值得人们包场和敬献花环的"舞娘"。

我看到了她身上所展示出来的另一种美，它比过去的美更有价值，更长久。我想正是这样的女人才是创造世界——至少是渔民的世界的一分子。她很可能是星辰，是海鸥，是天边绚丽的朝霞，或是一朵美丽的白云。不管她是什么，总之，她会使我们已经十分美丽的渔村更加美好。

（栾文华 译）